JN306716

# 長宗我部元親

人物文庫

学陽書房

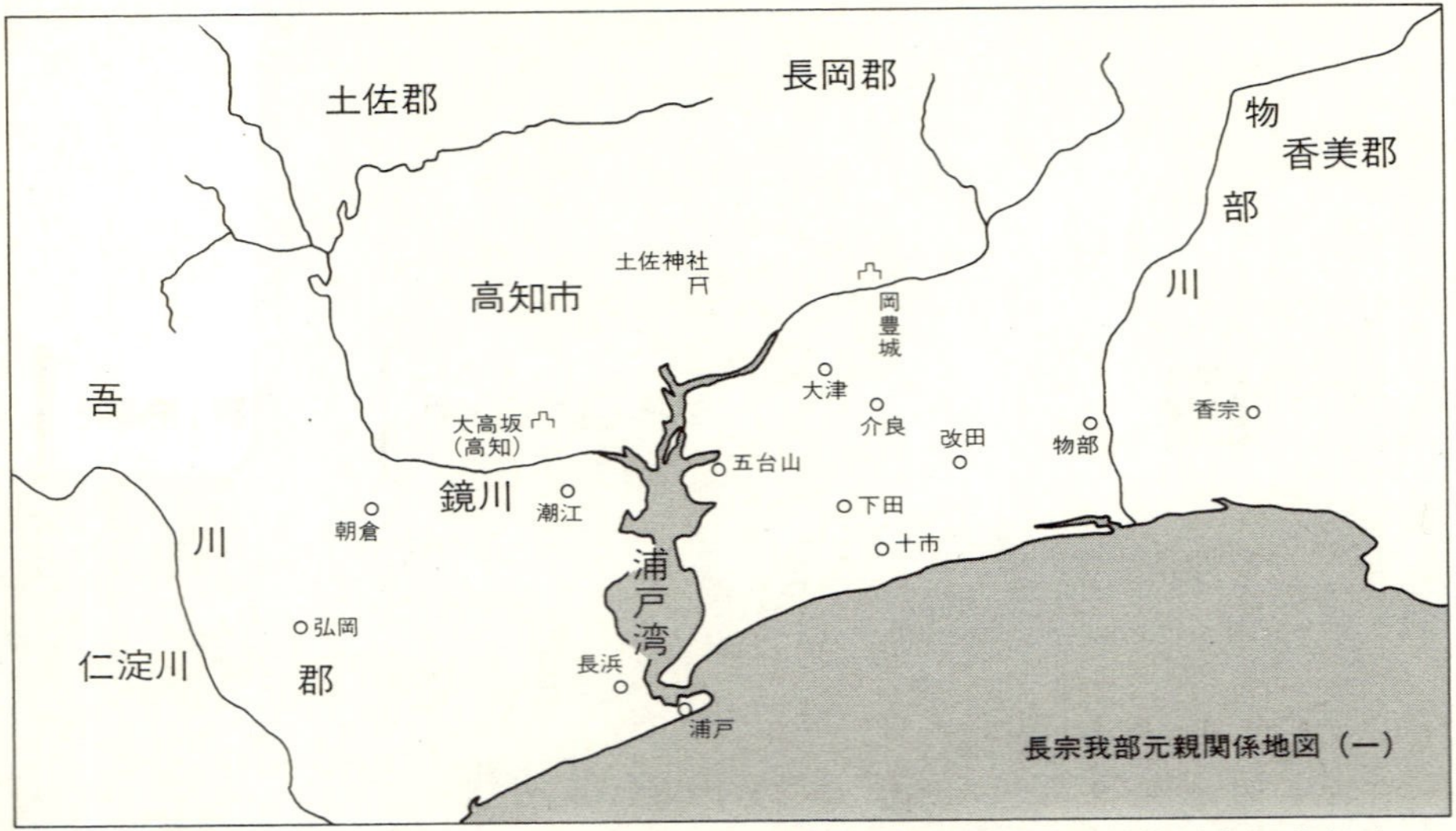

㈠㈡ともに山本大「長宗我部元親」（吉川弘文館）を参考に作成しました。

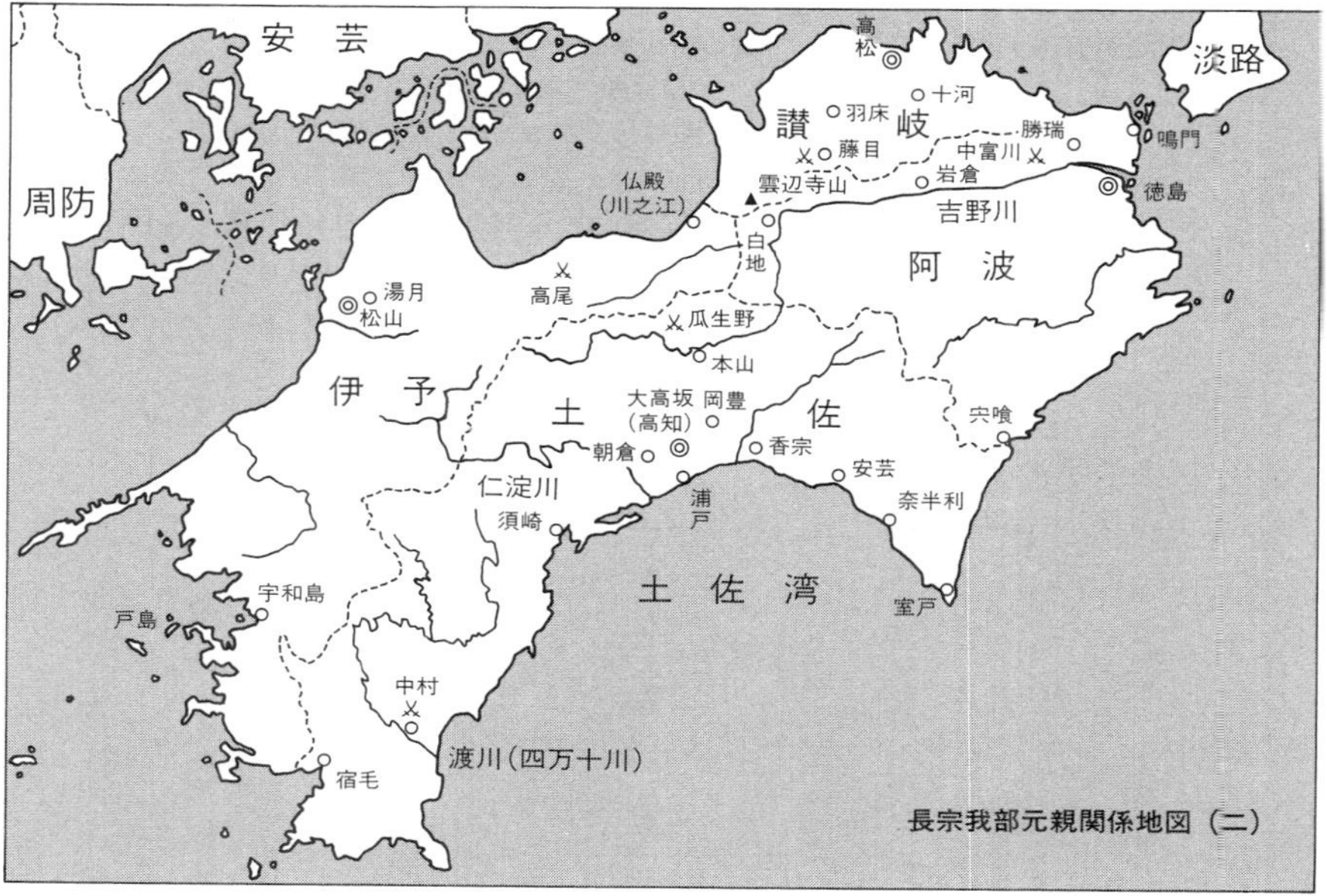


長宗我部元親関係地図（二）

目次

# 第一部

# 長宗我部元親

# はじめに

## 土佐人の果した四大テーマ

土佐国（高知県）は、海岸線が大そう長くて、三面を海に囲まれ、背に四国山脈を背負った扇型《おおぎがた》をしている。

南面はさえぎるもののない太平洋、北はすべて蒼翠《そうすい》の自然樹林地帯である。人は海に臨み、山にかくれ他国と隔絶《かくぜつ》して、数千年を過してきた貴種流離《きしゆりゆうり》の遠流《おんる》・落人《おちうど》の土地である。

この土佐人が中央に志向し、日本国全体に向って呼びかけたことが、日本史二千年の間に四度ばかり数えられる。

第一回は中世から近世にかけての戦国期、長宗我部元親《ちようそがべもとちか》が果した四国征覇《せいは》と、中原への進出の企図《きと》である。一千年来、南海の辺土に骨を埋めた流人《るにん》・落人《おちうど》の魂魄《こんぱく》や怨《えん》恨《こん》が、子孫に呼びかけて中原に志をのばして、都へ回帰しようとする中央復帰志向《ふっきしこう》であった。

第二回は戦国末頃より、土佐国に根着き拡まった海南朱子学（南学《なんがく》）である。南学は近世に入り、幕藩体制期に中央の学界を風靡《ふうび》し、さらに日本の各地へ伝わった。会津（福島県）、水戸（茨城県）、若狭（福井県）、長州（山口県）、薩摩（鹿児島県）等の諸国諸藩にひろまり、ついに三百年後の尊王倒幕、大政奉還、明治維新新政府樹立《じゅりつ》への、導火線《どうかせん》の思想的役割りを果してゆく。

第三回は、幕末維新の際、長宗我部氏の一領具足《いちりょうぐそく》の子孫であった土佐郷士の、おびただしい脱藩と活躍と犠牲《ぎせい》のことである。この階層の人々より、澎湃《ほうはい》としておきた尊王攘夷「土佐勤王党」によって、掛川（静岡県）より進駐居城した山内藩上士層をゆさぶった、幕末維新期の活躍である。

第四回は、明治期、薩摩長州の藩閥専制《はんばつせんせい》政府に対する四民平等、議会政治、憲法発布等の言論啓蒙《けいもう》より発した憲政政府を理想とした、板垣退助《いたがきたいすけ》、植木枝盛《うえきえもり》、中江兆民《なかえちょうみん》ら土佐人の自由民権運動が、近代日本から現代へ影響を与えた。

## 遠流《おんる》の国　落人《おちうど》の国

このような四大テーマが、南海僻陬《へきすう》の土佐国でどうして発生したか？

土佐国は三面に海をめぐらし、さえぎるものなく黒潮の流れる太平洋に抱かれている。長い海岸線に囲まれ、北に四国山脈を背負って、阿波《あわ》（徳島県）、伊予《いよ》（愛媛県）、讃岐《さぬき》（香川県）と境を隔《へだ》て異《こと》にして、独立国のように位置している。

それゆえに遠国として古代より、流刑の制がこの地に及び、土佐は「遠流《おんる》の国」として人々に恐れられてきた。

配流の制が神亀《しんき》元年（七二四）定まったとき、土佐国は、伊豆《いづ》、安房《あわ》、常陸《ひたち》、佐渡《さど》、隠岐《おき》と共に古代刑罰《けいばつ》史上の遠流国となった。京都から土佐へ三百二十五里（千三百キロメートル）であって、重罪人、政治犯から縁座《えんざ》（親類、縁者で咎人《とがにん》の一類として罰せられること）による一族の流人も送りこまれた。

土佐の海山を一所の塒《ねぐら》として、配所の月を見てくらした人々である。ある者は年経《へ》て都へ帰るが、他の多くの者は許されず永住を余儀なくされ、土佐人の血筋に溶けこみ、この国人に何かを加え、育てていったのである。

記録によれば、弘文天皇、白鳳《はくほう》元年（六七二）蘇我赤兄《そがあかえ》の配流に始まり、天武天皇五年（六七六）の筑紫太宰三位《つくしのおおみこともちさんのくらい》屋垣王《やがきおう》より、平安時代末まで、約六十人の流人があった。

人妻と密通した万葉集の歌人石上乙麻呂《いそのかみおとまろ》、孝謙《こうけん》天皇に仕えた大伴古慈斐《おおともこじひ》、淳仁《じゅんにん》天皇の弟池田親王、天武天皇の曽孫《ひまご》氷上志計志麻呂《ひかみのしけしまろ》、道鏡の弟弓削浄人《ゆげきよんど》、応天門事件に縁座した紀夏井《きのなつい》、太宰府に配流された菅原道真《すがわらみちざね》の子高視《たかみ》、保元の乱で父左大臣頼長《よりなが》が敗れて縁座した藤原師長《もろなが》、源頼朝《みなもとよりとも》の弟希義《まれよし》らである。

鎌倉期の主な流人は、

安部泰親《やすちか》、宇都宮朝綱《あさとも》、法然《ほうねん》上人、土御門《つちみかど》上皇、尊良《たかなが》親王である。

さきの石上乙麻呂の歌が「萬葉集」巻六に、妻と交わした相聞歌《そうもんか》（唱和、贈答、恋歌）が、この際の想いをこめている。

「大君の命恐《みことかしこ》み　さし並ぶ　土佐国に出でますや　わが背《せ》の君を懸《か》けまくも　ゆゆし恐し住吉《すみよし》の　現人神《あらひとがみ》　船の舳《へさき》に　領《うなづ》き給ひ　着き給はむ　島の崎崎《さきざき》　寄り賜はむ　磯の崎崎　荒き波　風に遇《あ》はせず　恙《つつが》無《な》く　病あらせず急けく　還《かえ》し賜《たま》はね　本《もと》の国辺《くにべ》に」

このほか配流中の五言詩に「旧議に贈る一首」に「恨を呑みて独り傷み悲しぶ」と

あるのは、人妻若売《わかめ》に贈ったものであろうと言われる。乙麻呂は藤原宇合《うまかい》の妻久米《くめ》連若売《むらじわかめ》と恋愛事件をおこして夷辺《ひなべ》であった土佐国へ遠流となり、若売も下總《しもふさ》（千葉県）に配流されたのである。

流人のほか、落人《おちうど》・落武者《おちむしゃ》が土佐国の山間から海辺に逃れて来住《らいじゅう》している。源平合戦、南北朝内乱、戦国の動乱に追われた人々である。ことに中世、屋島の合戦や壇の浦における平家滅亡のときの落武者の入国が多かった。

平能登守教経《たいらのとのかみのりつね》や平重盛の子資盛《すけもり》の子孫が、土佐の山間に分け入って棲み着き、今日も門脇、小松、安岡らはこの末裔を称している。

時代が下って、南北朝抗争、戦国時代、関ヶ原合戦等の落武者もおびただしく入国した。

このような落人と流人が、千数百年を棲みつき、土着の原土佐人と結ばれたのが、土佐国の歴史であった。土佐の文化、風俗、言語にまで、流人文化と言われるほど、その人々の影響を受けて今日に至っている。

# 第一章　長宗我部家の出自

## 土佐の出来人《できびと》

長宗我部元親《もとちか》は幼名弥三郎。天文八年（一五三九）土佐国岡豊《おこう》城（高知県長岡郡）で、国親《くにちか》の長男として出生。

同じ天文の世代には、織田信長（天文三年）、豊臣秀吉（同六年）、徳川家康（同十一年）がいる。元親は幼少の頃は「姫若子《ひめわこ》」と言われて育った。

「元親は生れつき背が高く、色白く柔和にして、器量、骨柄、天晴《あつぱ》れ類《たぐ》いないと見えながら、用事の外はあまりものも言わず、人に対面しても会釈《えしやく》もなかった。日夜深窓に居られたので、人々は姫若子と仇名《あだな》をつけて、上下囁《ささや》き笑いあった」

と、少年期を記録されているが、この元親が宿敵《しゆくてき》本山氏と戦った長浜戸《と》の本《もと》（高知市長浜）における初陣に、初めて勇敢な武将の働きぶりを示した。

このとき元親は二十二歳であったが、味方から離れて戸の本西方に、二十騎ばかりで控《ひか》えていた。本山方は五十騎ばかりが、これを見つけて、「願う所の相手だ、若大将ぞ」とまっしぐらに打って懸《かか》ってきた。

元親は待ちかまえていて少しも憶せず、槍をつけた。敵三騎を弓手《ゆんで》と馬手《めて》の左右に、大音声をあげて突き伏せた。元親は声を励まして、

「武士は命より名こそ惜しけれ。一足も引くな」

と下知《げち》した。したがう家来たち一同、この大音声に励まされて、大勝利となった。

元親は出陣前に、鎗《やり》の使い方を家臣の秦泉寺《じんぜん》豊後《ぶんご》に尋ねた。豊後は「敵の眼を突け」と教えた。

「大将は先に行く者か、後を行く者か」

と、元親が尋ねると、「大将はむやみに猪突猛進《ちょとつもうしん》をして、先頭に立ってはなりませぬ。大将は掛らぬ者、逃げざる者でござる」と教えた。

戸の本の合戦の後、潮江《うしおえ》城の乗取りを敢行した。元親は、

「この城は無人である。急ぎ攻め入れ」

と、躊躇《ためら》う家来に命じて突入した。果して敵が脱出した後の空城《からじろ》であった。手柄を重ねてたてたわが子に、国親は理由を訊いた。

「天に飛ぶ鳥、林に居る鳥は一向に驚く様子がありません、これ一つ。旌旗《せいき》の動かな

いのは詐《いつわ》りと申しますが、城の旗印が所定《ところさだ》まって動かない、これ二つ。逃げる者がいると、城に味方ある時は、出るのを待ちかねて必ず城を見返るでありましょう。けれども城の方を見返るものは、一人もいません、これ三つ。人あれば城より必ず討って出るものです。その気配もない、これ四つです」

と四答をすらすらと応えたので、国親はじめ家臣一同、いまさらのように「姫若子」の智謀と勇気に感じ入った。「ああ、これぞ当国は申すに及ばず四国の主《ぬし》になるべき、大将の御分別《おんふんべつ》ぞ」と家臣は、語りあい、

「土佐の出来人《できびと》」

と、仰がれるようになった。

## 長宗我部家と七郡七雄

「土佐の出来人」長宗我部元親の先祖は、秦《しん》の始皇帝《しこうてい》に始まると伝えられている。その子孫が、古代日本に帰化《きか》し、諸国を経て土佐国に入ったと、古書にある。秦《はた》氏は帰化人中、有力氏族であって、一族の繁栄は関西から関東まで、全国的に分布されているが、その体幹《たいかん》、容貌《ようぼう》、智力ともに秀れていて、殊《こと》に武将元親は、この外来帰化人の

末裔《まつえい》にふさわしい人物だった。

秦の始皇帝より二十六世の子孫と称せられた秦能俊《よしとし》が、信濃国（長野県）から、土佐国長岡郡宗我部郷（南国市）に移り、長宗我部の家をはじめたのは、鎌倉時代の初期であった。

長宗我部領は江村郷、廿枝《はたえだ》郷、野田、大曾《おおそね》、吉原の都合三千貫（約一万五千石）を領知する綸旨《りんし》（天皇の仰せを受けて蔵人所《くろうどどころ》から出す文書）と盃を頂戴した。その御盃の中に鳩酢草《かたばみ》の葉が、一つ浮かんでいてこれを飲んだので、鳩酢草を家紋に定めたのである。

長宗我部家の本拠は、江村郷岡豊山《おこうやま》にある岡豊城で、守護代《しゅごだい》細川氏の支配を受けたものである。

能俊は、長岡郡宗我部郷に住んだので、地名をとって長宗我部《ちようそがべ》と称した。この宗我部郷は、土佐国の先進地帯である物部《ものべ》川、国分《こくぶ》川下流の香長《かちよう》平野に位置し、中世の国府《こくふ》もこの地域で栄え、土佐の平野穀草地帯であった。

この穀倉地帯を支配するとともに、長宗我部家の代々の職務に、吸江庵《ぎゆうこうあん》の寺社奉行があった。吸江庵は浦戸湾の五台山南麓にあって、夢窓《むそう》国師が文保二年（一三一八）、開基《かいき》した寺である。守護代細川氏の援助を受け、寺社奉行としての勢力を浦戸海辺にのばしたので、浦戸湾を発祥とする長宗我部水軍の淵源《えんげん》ができていった。

しかし土佐守護代として君臨《くんりん》した三代細川持益《もちます》が、応仁元年（一四六七）戦乱の起きた後に死去し、子の勝益《かつまさ》も土佐を去って、京都にて文亀二年（一五〇二）死去した。ついで永正四年（一五〇七）四国管領細川政元《まさもと》が、家臣香西《かざい》氏により謀殺横死《ぼうさつおうし》にあい、守護代細川刑部《ぎようぶ》一門も帰京。ここに土佐領国の支配が終ったのである。

中心勢力の細川氏を失った後は、代って京都より下国して来た貴種流離《きしゆりゆうり》の一条家を仰いで、国司として土佐国は一時、平和小康を保つが、この永正四年頃を境として、日本国各地方で戦国割拠騒乱期《かつきよそうらんき》に入る。

永正、天文、永禄、元亀、天正とつづき、豊臣秀吉が小田原で北条氏を降す天正十八年（一五九〇）頃まで、百年間国内の戦争は絶えなかったのである。時勢の流れは土佐一国の主導権を争って、群雄割拠の斬りとりの戦場となり、土佐七郡七雄が死闘を展開してゆく。

群雄屯《ぐんゆうたむろ》し、国侍土豪《どごう》が大小さまざまな城郭砦《じようかくとりで》を築き、他村郷の支配を拒み自家を主張して争闘する。覇道《はどう》、領有の斬り取り興亡《こうぼう》が土佐の山野海浜に展《ひろ》がってゆく。

○幡多《はた》郡は、中村一条氏（一万六千貫）の中村城を筆頭に六十九城。

○高岡郡は、大平《おおひら》氏（四千貫）の蓮池《はすいけ》城、津野氏（五千貫）の津野城をはじめ五―五城。

○吾川郡《あがわ》は、吉良《きら》氏（五千貫）の吉良峰城をはじめ二十二城。
○土佐郡は、大高坂《おおたかさか》城、朝倉城はじめ四十六城。
○長岡郡は、本山氏（五千貫）の本山城、長宗我部（三千貫）岡豊城をはじめ二十六城。
○香美郡は、山田氏（三千貫）山田城、香宗我部（四千貫）香宗城、はじめ六十八城。
○安芸郡は、安芸氏（五千貫）安芸城はじめ二十七城。

土佐国全体に二百四十四城を数え、四万六千貫と云われた。七人七守護を相手に苛《か》烈《れつ》な戦国に直面したのが、元親の祖父（十九代）兼序《かねつぐ》と父（二十代）国親《くにちか》の時代であった（千貫は約五千石である）。

## 祖父兼序の自刃、父国親千雄丸

永正四年（一五〇七）兼序《かねつぐ》の有力な後援者であった四国管領細川政元が家臣の手で、横死をとげると、長年土佐国に君臨していた細川守護領国が瓦解《がかい》した。

このため長宗我部を、「虎の威を借りる野狐」と侮《あなど》った本山茂宗（梅慶《ばいけい》）が、張本人となって、山田、吉良、大平の諸豪勢力と連合して、岡豊城を包囲急襲した。時に永正五年（一五〇八）九月であった。

長宗我部十九代兼序は、武勇才幹衆にすぐれ、孫呉（中国の孫子《そんし》呉子《ごし》の兵法）の妙術を得た大将と評されていたが、本山氏連合軍に衆寡《しゅうか》敵せず落城した。その前夜、「ものども一所に討死して、来世は再び同じ道に生れようぞ。この歓《よろこ》びに一さし舞おう」

兼序は妻北の方と十六歳の姫と、居並ぶ家臣を前に披露《ひろう》した。緋の袴で「猩猩《しょうじょう》」を舞った。家臣野田の太鼓、桑名の笛が奏《そう》した。

岡豊の城は田園を見おろす小高い山頂にある。笛鼓の音は夜空に響き、敵の陣までよく聞えた。

その最期は壮烈であった。乾《いぬい》（北西）の矢倉へ取りこもり、兼序四十三歳、北の方三十三歳、姫君十六歳、一所に自刃した。八人の家臣はここかしこへ火をかけ、刺し違えていさぎよく兼序に殉じた。

けれども十九代目で、長宗我部家は亡びなかった。一子千雄丸は運強く逃れて成人したからである。千雄丸六歳は、のちの国親である。落城のとき譜代の家臣近藤某に托され、皮籠《かわかご》に入れ背負われ、運よく途中無事に幡多郡中村一条家にとどけられたのである。

中村一条家と長宗我部家とは曽祖父文兼《ふみかね》から、濃い交誼《こうぎ》があった。文兼の父備前守元親《もとちか》（十五代）が上洛のとき、一条教房《のりふさ》の祖父経嗣《つねつぐ》卿の館《やかた》を訪れた。元親はもとより田舎に住んで、よろづ無骨無作法であったので、経嗣卿はひそかに御家人に仰せられて、起居から言葉遣い、衣食の諸式までを指南して扶《たす》けた。このため十五代元親は常に言った。

「一条殿の御厚恩は、七生までも忘るべからず、わが子孫は報謝の志を存じ、傳えるべし。もしこれに背いたならば、永く弓矢の冥加《みようが》も尽きるであろう」

この備前守《びぜんのかみ》元親は、のちの宮内少輔《くないしようゆう》元親にとっては、七代前の祖であった。

兼序は一条家の代官として国事に関与してきた縁もあった。一条家二代房家は、兼序夫人、娘、一族郎党の華々しい最期を悲しみ、届けられた孤児を憐んで、膝下《しつか》において養い、のちの二十代国親《くにちか》を育てたのである。

千雄丸は元服してから国親と名乗るが、幼少の頃から眼光鋭く普通人と異っていた。文武に心掛け、合戦や化物や人を呑む大蛇の話を面白がって聞き、淫《みだ》りがわしい男女の話や、利殖の話になると早々と席を立った。

ある時、中村御所二階座敷で納涼の酒宴を開いていた。傍《かたわ》らにいた七歳の千雄丸に、房家はよびかけた。

「この腰戸の上より庭へ飛びおりたら、其方《そなた》の父の名跡を取り返して仕わそう」

と言い終らないうちに、千雄丸は欄干《らんかん》より庭にとびおり、すっくり立ち上ってい
た。

「おお、見事であるぞ、長宗我部の家名復興のため、命を捨てたる飛びざまかな」

房家はじめ近習たち一同、感じ入った。そこで房家は約束を守り、永正十五年（一五一八）八月、千雄丸を元服させるとともに、本山氏らに交渉し長宗我部家の旧領の江村、廿枝《はたえだ》を返上させたので、千雄丸は信濃守《しなののかみ》国親《くにちか》と名乗って、父祖の領地岡豊《おこう》城へ帰ることができたのである。

これより国親は心に深く誓って、家の再興を目ざし、父の復仇に賭《か》けて、戦国時代の生涯に入ってゆく。

## 国親の施政、攻略

若い頃、国親は自分のおかれた苦境と、思いを語っている。

「父（兼序）の讐《あだ》は、ともに天を頂かずというのに、敵藩の籬《まがき》の内にあって、肩を並べ、膝《ひざ》を合せぬばかりで歳月を送ってしまうのは、まことに口惜しい次第である。けれど吉良《きら》氏、大平《おおひら》氏、山田《やまだ》氏、本山《もとやま》氏の彼等は本来昵懇《こんじつ》同志であって、大平氏は津

野氏、片岡氏と組み、吉良氏、本山氏は山田氏、香宗我部氏と一家の親しみをなしている。

多勢の上に、一味同心の者がいて、われはその中でも孤立していた。さきに一条殿の取り持ち周旋《しゅうせん》で本領は返してもらったが、本山氏らとは心は許すことができないので、行く末はまことにおぼつかない次第で、どうしたら父母姉の敵を討つことが叶《かな》うのか」

という心地であった。

国親は孤立の中で囲まれ、自領を経営するため苦慮《くりょ》するが、隣村江村郷吉田（南国市）の領主吉田周孝《ちかたか》と結ぶことから、固い壁を打開してゆく。

この吉田家は藤原秀郷の末裔で、相州鎌倉（神奈川県）の山内首藤家より出て、足利氏に所属して、土佐国江村郷に来住、十四ヶ村を所領した豪族であった。周孝は国親と結託《けったく》して長宗我部氏の宿老として尽力してゆく。

周孝は知勇にすぐれ、その弟重俊《しげとし》その子親家《ちかいえ》は、のちに大備後《だいびんご》、小備後と称されて、土佐戦国から四国戦線に勇将として、名をとどろかした人物である。

慶長六年（一六〇一）山内家入国の後も、吉田家は見出されて上士に取り立てられ、藩政末期に山内容堂を支えた、名宰相《めいさいしょう》吉田東洋《とうよう》を出している。すなわち十三代の祖が、国親と組んだ智将吉田周孝であった。周孝は国親へ政見を具申した。

「天の時は地の利に如《し》きませぬ。地の利は人の和に如きません。大事を思いたつものは、人を懐《なつ》くことを先にしなければなりません。人を懐かすには慈悲を先きにすべきです」

国親は肯《うな》づき実行した。田畠の高税をとりやめ、課役《かやく》を許し、法度を緩《ゆる》くし、鰥寡《かんか》孤独（男やもめ、後家、ひとり者）の人には、住家を与え衣食も給した。あたかもわが子を憐むように善政を布いたので、郷民は口をそろえて、

「阿弥陀如来様《あみだにょらいさま》の再誕《さいたん》か」

と仰ぎ、これまで諸方に散っていた譜代《ふだい》の家臣も、つぎつぎと国親の許《もと》に集ってきた。後日、長男元親が国内統一と四国制覇に出兵した際、士庶一致《ししょいっち》して尽力した理由は、このようにして国親の善政が築きあげたのである。

一条房家は国親の帰城帰国後を心配して、宿敵同士の本山家と長宗我部家の通婚を望んだ。国親は長女を本山茂宗《しげむね》（梅慶《ばいけい》）の嫡子茂辰《ちゃくししげとき》に娶《めあわ》せたので、土佐国は一時、小康を保って、人々は安堵の思いをした。

しかし国親の固い宿志《しゅくし》である所領回復と、仇敵を討滅すること、さらに土佐一国を自分の傘下《さんか》に治め統一する野望があった。

このためには、帰参した譜代重臣を中核とし、名主作人層《なぬしさくにん》の農民を軍事組織に入れ、より強力大勢の武力を結集してゆく。のちに元親は、父を見倣《みなら》って「一領具足《いちりょうぐそく》」の農兵制を採り、兵力を充実してゆく。

国親は天文十六年（一五四七）岡豊城南方の大津城攻略を開始した。隣りの介良《けら》城を降《くだ》し、さらに南下して、下田《しもだ》城、十市《とおち》、池《いけ》、改田《かいだ》の諸城を、調略を主として圧迫し臣従させる。国親の勢力はたちまちのうち長岡郡南郷一帯に及んでゆく。時あたかも武田信玄が甲斐国（山梨県）に自立し、足利義輝将軍（天文十五年）の頃であった。

さらに布師田《ぬのしだ》、一宮《いっく》など、現在の高知市東郊地帯に勢力を拡めて、宿敵本山、山田氏に鋭鋒を向けてゆく。天文十八年秋頃、楠目《くずめ》城（香美郡山田町）を五百騎で急襲し、山田城主山田基道《もとみち》は城を捨てて香美郡物部川の奥、韮生《にろう》に落ちたが、のち乱心狂気のうちに死んだという。

山田氏とともに昔日は、香美郡の勢力を二分した香宗我部《こうそがべ》氏を、国親の傘下《さんか》にした。永禄元年（一五五八）策略を用いて三男親泰《ちかやす》に香宗我部家を嗣がせて、長岡、香美の重要地帯を、長宗我部氏掌中《しょうちゅう》におさめた。

国親には、長男元親につづいて四男、三女に恵まれた。次男親貞《ちかさだ》は吉良家へ、三男親泰《ちかやす》は香宗我部家を継がせ、四男親益《ちかます》（島弥九郎）は病弱故に家にとどめおく。長女は本山茂辰《しげとき》室、次女は池四郎左衛門室、三女は波川玄蕃《はかわげんば》室となっている。それぞれ政略のための養子縁組、結婚であった。


これよりさき、天文十六年（一五四七）、国親が長岡郡大津城天竺《てんじく》氏を攻撃したとき、一条氏と安芸氏が天竺氏に援軍を送ってきた。国親は両家を相手に戦い打ち破って、城主天竺氏を降し大津を占拠した。国親の猛将福留隼人《ふくどめはやと》が、

「われは荒斬りして通るゆえ、後よりきたる者は小切りせよ」

と言って奮戦大活躍は、この時のことであった。長宗我部家に恩顧のあった一条家を相手に、敵対し遂に滅亡させるのである。

「長宗我部の子（国親）を育てて成長させたことは、国家禍乱《からん》の種を蒔《ま》いたことである。ことに、旧領を賜《たまわ》ったことは、一条家の滅亡を自ら招いたものである」

と、一条家の心ある人々はささやき合った。

## 瑞応覚世入道のこと

『元親記』を書いた高島孫右衛門《まごうえもん》は、元親に児扈従《ちごこしょう》として仕えた側近で、長宗我部

家滅亡後は、入国した山内家に仕えている。元親の三十三回忌（寛永八年五月）に、「御一生涯を記し、御影前《ごけいぜん》に備え奉る」として執筆した、文学性の濃い史書である。ことに元親の父国親が「瑞応覚世入道《ずいおうかくせい》」となってからの、知られざるユニークな顔をよく描いている。『元親記』は、平成の現代、高知県立図書館に写本が所蔵されて、泉淳《いずみじゅん》氏の名訳（勉誠社、日本合戦騒動叢書6）によって世に紹介されている。

「元親の父信濃守《しなののかみ》国親は、本山の家へ対し年来遺恨《いこん》の事ありて、本山へ対し弓矢取起すべき調略、年来工夫段々《くふうだんだん》の事」

の項に、国親のしたたかな調略家、智将から大胆な武将の側面が描かれている。

国親に娘があって、元親の姉にあたる女が、隣郷の香宗我部親秀《こうそがべちかひで》の妻に嫁していた。ところがこの女を、本山梅慶《ばいけい》が嫡子式部少輔《しきぶしょうゆう》の嫁にしたい、と所望してきた。国親は式部少輔を聟《むこ》にして本山氏と縁を結び、本山氏を油断させ、この間武備を整えようと考えた。

家臣重臣たちもこの考えを支持したので、国親は大胆不敵にも親秀の所から、妻女を盗み出させて、本山へやってしまった。

妻を盗まれた香宗我部親秀は、ただならず立腹した。「こんなことをされては男の

面目が立たないので、岡豊城に入って切腹をする」と、申し出てきた。長宗我部氏と対立状態になったので国親は、

「毛頭、自分は香宗我部へ義理をたがえるつもりはなかった。本山方からわが方の重臣たちへ申し込みがあって、家臣たちが勝手にしたのである。申し訳けない次第だ。許してもらいたい」

家来のせいにして空起請《からきしょう》を書き、親秀に送った。もちろん国親の言いわけで親秀はおさまらなかった。軍勢をひきいて押し寄せてこようとした。

そこで国親は、城下の常通寺へ入り、剃髪《ていはつ》して法名「瑞応覚世入道」と名乗り、重臣たちも寺にこもって五十日間を謹慎した。妻女誘拐《ゆうかい》関係者はすべて領外へ追放すると公表があったので、やっと香宗我部氏とのトラブルも落着した。

本山家は、「当方との縁により、国親さまがいまだ若いのに出家法体《ほったい》になられたとは、まこと御好意は末代まで忘れませぬ」と感謝した。

覚世はある時、本山式部少輔茂辰《しげとき》に嫁いだ娘に付けてあるお局《つぼね》（御殿の中で仕切りをしている女官）を、岡豊城へ呼び返して申し渡した。

「実は、予の奥方が、近日、朝倉へ姑《しゅうとめ》入りしたいと申しておる。女親は羨しいものである。われも舅《しゅうと》入りして聟殿《むこどの》（式部少輔）にも会い、娘の様子も見たいものだ。

しかし周囲がうるさくて、とても公式には出かけられそうにない。そこで考えたのだ。妻とわれは相輿《あいこし》に乗り、忍んで参りたいが、本山方の都合はどうだろうか。式部少輔殿に、隠密《おんみつ》にこのように伝えて欲しい」

姑入りも舅入りも、娘の嫁ぎ先を親が訪ねることである。戦国の世では政略で娘を結婚させているので、女親は姑《しゅうとめ》入《い》りしても、男親は暗殺されることを警戒して、絶えて訪問しなかった。

しかし岳父《がくふ》になる覚世入道の意向を聴《き》いて、式部少輔茂辰《しげとき》は、「長宗我部殿は、さてもさても本山家をよくぞ信頼して下さった。そういう事ならば、家老たちにも知らさないようにして、お迎え申し上げよう」と決まった。

覚世入道こと国親は、奥方と相乗りで岡豊を出発した。屈強の輿舁《こしかき》を選び、六人ずつが二、三町ごとに肩を代わり、輿脇《こしわき》には警備の武士が附きそった。朝倉城からは数人の侍が、国沢（今日、高知城のある辺り）まで出迎えにおもむいた。「各々方、おくたびれでございましょう、輿脇を替わりましょう」と袴の股立《ももたち》を取って寄ってきたが、

「御無用、辞退申しますので、どうぞお先に立って下さい」

と、きわめて慇懃《いんぎん》に辞退して輿舁《こしかき》はかわらず、出迎えの本山侍に先導させて進んだ。朝倉城は山城で、かなりの坂道を越えて殿中に入った。奥の間に入っても、年功

を経た接待役の女数人がいて、他の者は近づけなかった。

御台所の母君ばかりでなく、父君覚世入道も訪れているのを、城中では誰も知らせず、気配りのあるもてなしであった。式部少輔は舅の前に出て挨拶をした。

「この度は、せっかく御来訪ゆえ、能楽《のうがく》をお目にかけようと思って、準備しております」

本山家では能舞台は普段から、朝倉城の本丸に仕組んであったので、翌日演じられた。しかし国親は演能を目先きで追うだけで、決して良き客人《まろうど》ではなかった。見物の席で小さな硯《すずり》を取り出し、陪席《ばいせき》している本山家の重臣たちの名前を、傍《かたわ》らのお局に聞いては、「あれは誰、あの男は誰某」と書きとめた。そして本山領の城持ちの武将たちの名も尋ねて書き込み、懐《ふところ》にしまいこまれたのである。

「明日のお慰みは何を致しましょうか」

式部少輔が伺うと、

「されば、相撲《すもう》見物が致しとうござる」

と覚世入道が答えたので、明日は相撲の催しの布令《ふれ》が出された。

「相撲ならば家中の又侍《またざむらい》の与力や若衆まで、甲斐甲斐《かいがい》しい者は全部参加させるので、本山勢には立派な武士がいることを、岡豊のお供衆にも見せるのにはよい機会だ」

相撲の場所は本丸の下、蹴鞠《けまり》のコートであった。見物の桟敷《さじき》には本丸の塀を二、三枚屋根にし、前面に簾《すだれ》をつるし、幕を張りめぐらせ、女局達だけが桟敷の内に出入りした。

この時も覚世入道はまた、小硯を取り出して、本山家直属の侍は誰々と、局《つぼね》に訊いては被衣《かつぎ》の下で書き留めていた。覚世入道は朝倉城滞在中は被衣《かつぎ》姿、つまり女装で通したのである。まことに大胆なことであった。

覚世入道は、ここ数日の間に、本山領の侍分は、大身の者から小身の者まで残らず見てしまったので、内心含《ふく》み笑《わら》いをしていた。四日目には、行列を元のように立てて退去した。

城主自らが女装して、スパイとなって隣りの城へ忍び込んだのである。まことに大胆な行動であった。岡豊へ無事帰った国親は、家来を集めて、

「さてもさても、朝倉城の普請《ふしん》は目を驚かすばかりであった。他にも家中武士の家作《かさく》は結構なことだった」

と語った。家臣たちはいずれも、

「この度のお忍びで行かれたことは、一大事のできごとでござりました。御無事でお

帰りになってお目出度うございます」

と言って安堵した。国親は忍ばせてきた人名メモを示して述べた。

「本山氏は先代の用明殿《ようめい》より梅慶、式部少輔と三代の名門で、万事立派であった。ことに土佐国の中央、土佐郡や吾川郡を斬りとった梅慶らの働きがあって、家中の人も多かった。けれど今度の書きつけの人品は、わが家の大身、小身いずれとも比べても勝《まさ》った者は、一人もいなかった。ただ吉井修理《しゅり》だけは、家老の中でも器量《ざりょう》者と見受けられた。本山と何時合戦をしても、われらの勝利となるであろう、一同武勇に励めよ」

と申し渡したので、並いる家臣は主君国親の大胆な行動に舌を巻いた。

## 国親の調略と死

父母姉を亡ぼした宿敵でありながら、一条家のすすめで、姻戚を結んだ本山氏とは、永禄三年（一五六〇）戦いとなった。同年五月、尾張国（愛知県）桶狭間《おけはざま》で今川義元が、織田信長の急襲によって討ちとられている。

これより五年前の天文二十四年（一五五五）猛将といわれた本山梅慶が病死したの

で、合戦の大将は子の茂辰《しげとき》で、すなわち、国親の娘婿《むすめむこ》であった。

長宗我部方が大津（高知市）から種崎《たねざき》城へ兵糧を運ぶ途を、本山方の支城潮江《うしおえ》の城兵が船を出して水主を殺害し兵糧を奪い去った。この報を聞くと、国親は本山氏のこもる長浜城へ兵をくり出した。

国親は勇将であって、調略《ちょうりやく》の名手であったので、武力行使で人命を損《そこな》うよりも先きに打つ手をいつも考慮していた。さきに天文十六年（一五四七）国親が大津城を攻めて天竺氏を亡ぼし、ついで下田《しもだ》城主下田駿河守を討ったときは、駿河守に年貢滞《ねんぐたい》納《のう》のため殺された農民の母親を尋ね出して手引きをさせ、若者三人を城中に忍びこませて放火した。これを合図に斬り込み、城を奪っている。

天文十八年、仇敵山田基通《もとみち》を攻めた時も、山田氏に西内常陸《ひたち》という智謀の重臣がいたので、先ずこの西内を斃した。常陸のもとに罪を得て預けられていた加藤飛驒《ひだ》に、「お前は近いうちに、常陸に殺される」と、偽って告げ「常陸を討てば恩賞を授ける」と、吉田重俊（周孝の弟）に告げさせた。飛驒はこれを信じて常陸を暗殺したので、同時に出兵して山田城を落した。

この際の長浜城も妙策を打った。国親の元の家臣に大工上手の福富右馬丞《ふくどみうめのじょう》という者が、長宗我部家の咎《とがめ》を受けて牢入り後、長浜にかくれ棲んでいた。福富は長浜城

主大窪美作守の扶持人《ふじ》となって、城門から櫓《ろ》など建築工事を手にかけていた。国親はひそかに右馬丞を呼び、

「その方の作った城を手引きするなら、罪を許して帰参をかなわせ、所領地も与えよう」

と持ちかけた。永禄三年（一五六〇）五月、国親は右馬丞の手引きにより、長浜城を奇襲してたちまちにして、城を落した。大窪美作守は逃れて、朝倉城の本山茂辰《しげとき》に知らせたので、二千の兵力を長浜戸の本に布陣してきた。

国親は千余の軍勢であったが、長男元親、次男親貞を従えて戦い、団結奮戦して勝利となった。二十二歳の元親の初陣はこの長浜戸の本合戦や潮江城無血入城のことは「土佐の出来人」でふれたとおりである。

本山茂辰は逃れて長浜の東隣り浦戸城に入った。国親は彼を追っていったん城を包囲したが、囲みを解いて種崎へ兵を退け、さらに岡豊に帰陣した。国親のにわかに発した病気のためであった。わずか二十日のち六月十五日、国親は五十七歳で逝去した。臨終の遺言を長男の元親に言い残した。

「わがために本山氏を討つより他に、父に捧げる供養《くよう》は他にない。わしが死ねば十七日間は世法に随《したが》って、その方の心に委せよう。それを過ぎたなら喪服《もふく》を脱ぎ、甲冑《かっちゅう》

に着替えて軍議を専《もっぱ》らにせよ。われは軍神となって汝を護るであろう。この旨《むね》をかたく心得よ」

仇敵本山茂辰は元親にとっては姉婿であり、義兄である。茂辰には三男二女があって、甥、姪である。骨肉血流の濃くつながっていて、互いが相喰むのは、戦国の習いながら、十七日の服喪《ふくも》が過ぎれば、甲冑に着替えよとまで亡父国親のすざまじい遺言であった。

たとえ遺言であっても、元親に能力覇気《はき》が欠如するならば、岡豊城二十一代で元親は周りの敵から攻めたてられて滅亡し、歴史にも顔をのぞかせなかったかも知れない。

けれども元親は、父祖より受けた胆略武勇を、溢れるほど持った「出来人」であった。国親の長男として土佐国の中央岡豊城で、天文八年（一五三九）生誕した。豊臣秀吉より二歳少く、徳川家康より三歳長じていた。

戦国時代もすでに七十年ほど経て、日本国内各地の乱離合戦も大詰《おおづめ》にさしかかっている頃であった。

# 第二章　土佐の群雄

## 土佐の関ヶ原合戦

元親の戦国武将としての生涯は、父の遺命であった「喪服《もふく》を脱ぎ、甲冑に換えた日」より始まる。

本山茂辰はさきの合戦で長浜、浦戸を失ったとはいえ、本山城（長岡郡本山町）、朝倉城（高知市朝倉城山）を中心に、西畑《さいばた》、仁野《にの》、森山《もりやま》のいずれも吾川郡の出城《でじろ》から海岸までの防衛を固めていた。

これに対して元親は、国沢、大高坂、秦泉寺、久万《くま》、福井にあって、今日の高知市近郊の諸城を突き破り、永禄四年（一五六一）春、朝倉庄比治《ひじ》（尾立）以西の村々に、麦薙《むぎなぎ》戦術（農作物を刈りとるゲリラ戦）を行って、本山氏へ打撃を与えた。のちに元親は、四国征伐の時も、農村でこの戦術を用いている。

あけて永禄五年（一五六二）九月、元親は三千余の兵を率いて、朝倉城（高知市朝倉）

の本山氏拠点に向い熾烈な攻撃をかけた。

両家の土佐一国支配権をめぐる「関ヶ原合戦」となる。同年九月十六日、元親勢は朝倉城に押し出した。この時、茂辰の長男親茂《ちかしげ》のあっぱれな若武者ぶりを、叔父元親は眼前に見た。

初日、元親勢が鬨《とき》の声をあげると、城中の本山方も応えて鬨を作り、辰《たつ》の刻（午前八時）より両陣は互に矢合せとなって、入れ替り立ちかわり、この一日戦い暮らして引きとった。

翌朝も岡豊長宗我部勢が鬨《とき》をつくって、秋草を踏みしだいて押し寄せた。両陣相い挑《いど》みにらみあっている最中へ、若武者が城方から一騎現われた。緋糸威《ひいとおどし》の鎧《よろい》に同毛の甲冑《かっちゅう》、龍頭《りゅうず》を打った冑《かぶと》（兜）を着けて、塗籠籐《ぬりごめとう》の弓を持ち、葦毛《あしげ》の馬に乗って寄せてきた。大門を開かせて大音声《おんじょう》に呼びかけた。

「これは本山将監親茂でござる。叔父（元親）に向って弓矢引かんことは恐れ多いことながら、受けて御覧あれ」

しばらくは矢を定めていたが、元親方の旗を指して発射した。矢は三町余（三百余メートル）を越えて、宮内少輔元親の前に立っていた兵の甲《よろい》の金物を射削って、元親の草摺《くさずり》に当った。

敵味方期せずして、同じ響動《どよめき》の声があがった。矢を取って調べてみると、「本山将監親茂」と、漆《うるし》で書いてあった。元親はしばらく感嘆した。

「小倅《こせがれ》めは、いつの間にこれほどに射習うたのか」

ともらした。敵ながら血を濃くひく甥親茂は十六歳。背高く骨格逞しく、手も利き心も剛直であった。祖父梅慶入道は無雙《むそう》の大将で、子式部少輔は些《いささ》か劣ったが、孫の将監は父を越えて祖父にも勝る人物だ、と人々は皆、噂した。

元親は、自分の長浜戸の本の合戦で初陣の日を想起し、甥の若武者ぶりに感嘆したのである。この日の合戦は、親茂らの奮戦で元親軍は敗られ、神田《こうだ》城（高知市神田）に逃れ、再び十八日、軍勢を立て直して決戦をいどんだ。

当日の戦いは激しく、双方鴨部《かもべ》宮の前（高知市鴨部）で激突する。卯《う》の刻（午前六時）より酉《とり》の刻（午後六時）までの半日を、三十余度の合戦で、死闘を繰り返した。

ために、本山方は一族同胞二十三人、頼みきった郎党八十五人、軍勢二百三十五人が討たれた。長宗我部勢も大変な損害で、五百十一人が討死した。敵味方ともに屍山《しざん》血河《けつか》の戦いであったが、勝敗は決まらず元親は兵をまとめて、岡豊へ引きあげた。

越えて、永禄六年（一五六三）正月、本山茂辰《しげとき》は自ら朝倉城に火をかけて、本城本《もと》山《やま》に退去することにした。朝倉合戦のあと本山方の家来は、本山家をはなれて長宗我部に従《つ》いてゆくので、茂辰は犠牲の多い朝倉城死守を諦めて、領国本山へ引きあげたのである。

この頃、隣郷弘岡《ひろおか》（吾川郡）の吉良峰城を守備していた本山の兵が、ひそかに城を捨てて退去したので、元親の次弟親貞《ちかさだ》が直ちに動いて、城を乗っとった。「吉良左京進親貞」と名乗って占拠したので、長宗我部家は仁淀川《によどがわ》を境として、土佐国の中央部を掌握《しょうあく》した。

同年五月の頃、本山の部将中島新介が反撃、決死の軍勢を集め、岡豊を攻めてきた。このため国中第一の建築優雅を誇った一宮《いっく》の土佐神社は焼かれた。長宗我部方秦泉寺《じん ぜんじ》大和守らに撃退された。

本山茂辰はさらに永禄七年（一五六四）四月本山城（長岡郡本山町）を空けて、瓜生野《うりうの》（長岡郡売生野）に後退していった。長宗我部勢は瓜生野に追って攻撃。この間、敵将茂辰が病死した。

長男親茂は瓜生野の谷口に要塞《ようさい》を構えて、武将吉井修理に守らせたが、元親が攻撃して修理は戦死。遂に親茂は降参した。時に永禄十一年（一五六八）冬の頃であった。

敵としてよく抗戦した甥を、元親は許した。長男親茂、次男内記、三男又四郎、女子二人と母すなわち元親の姉の六人は、岡豊へ引き取られた。後に親茂と母は岡豊城下に居住。内記は吉良親貞に預けられて蓮池《はすいけ》（高岡郡）で知行を得、又四郎は元親の重臣西和田越後《にしわだえちご》の聟《むこ》となって、西和田勝兵衛と改めて岡豊城下の西和田に居住した。

実に、元親の長浜戸の本合戦の初陣の年より八年目で、元親は三十歳。土佐中央四郡の長岡、香美、土佐、吾川は元親の勢力傘下《さんか》となった。元親は永禄十年（一五六七）上方より、大工、檜皮師《ひわだし》を呼んで一宮《いっく》土佐神社を、もとの壮麗なつくりに再興させた。

## 安芸氏と長宗我部氏

土佐国中部の強敵本山氏を滅ぼして、祖父以来の復仇を遂げ、本山氏の旧領を掌中に収めると、元親の攻略は東部安芸郡の安芸国虎《あきくにとら》に向けられてゆく。

安芸氏の祖先は、白鳳《はくおう》元年（六七二）壬申《じんしん》の乱に与《くみ》した左大臣蘇我赤兄《そがあかえ》が、土佐に配流されてより数十代の後裔といわれた。国虎は中村御所一条房基《ふさもと》の娘を娶り、その姻戚となって勢力を張っていた。

永禄六年（一五六三）元親が本山氏と合戦中のこと、安芸勢は元親の虚をつき岡豊城を攻撃し、かえって福留隼人《はやと》らの「荒斬り」に出会って退却した。この際は一条兼定の周旋《しゅうせん》で、国虎と元親は和を講じて事はおさまった。

永禄十二年（一五六九）四月初旬、元親は国虎の許へ使者を派遣《はけん》した。

「先年は不慮《ふりょ》のことができまして、互に確執《かくしつ》が生じてしまいました。そのことは戦国の習いゆえ、必ずしも事の始終怨恨《えんこん》といっては相成りません。殊《こと》に一条殿の御計《おはから》いで双家和解も成立したので、今後は宿意《しゅくい》があるわけがありましょうか。

近年、私も慌しくて御挨拶もできず、まるで隔意《かくい》があるが如き有様にて、申し訳ございません。なにとぞ、近いうちに岡豊へ御来駕下さいませんか。御対面して互に天神地祇《てんしんちぎ》（すべての神々）を驚かし、誓約を固め骨肉同胞《こつにくどうぼう》の睦《むつび》をなし、過去の過誤を捨てて、今日を相親しみ、艱難をのり越えようではありませんか」

元親ははなはだ丁重に懇《ねんごろ》な申し入れを致したつもりであった。ところがこの手紙を受けとった国虎は、元親の言葉を疑い、元親の謀略と解してしまった。

「互いが領分の境に出かけて、誓約をなさんというならわかるが、われを岡豊にきたれ、とは降参せよと呼びつけるに等しいではないか。元親、無礼至極ぞ」

「安芸五千貫」と、昔から言われる土佐国東郡の豪族で、蘇我赤兄の出自を称する国虎は、家格、所領の優越を誇り、中村一条氏の加勢を頼んで、元親と一戦を開くことを決した。

国虎の重臣黒岩越前は、一条家は遠隔《えんかく》であって、公卿大名は頼めない、その上、長宗我部は強豪である。安芸氏は伊予（愛媛県）と国境を接して、常に窺《ねら》われている実状からも、今日は事を構えないよう、繰り返し諫止《かんし》されたが、国虎は一向に聞き入れず、岡豊の使者を追い帰した。

## 安芸落城と黒岩越前の殉死

永禄十二年（一五六九）七月、元親は七千余の軍勢をひきいて岡豊を発向、安芸郡和食《わじき》に入って勢揃いし、兵を二手に分け、一手は安芸城の後方山岳を、一手は浜通りを進撃した。これを迎え撃つ国虎は、安芸氏五千余の兵を配置、籠城を命じた。支配下の土豪たち一同へ、所領を与えると約束を告げた。

初戦の矢流山《やながれやま》の決戦から、安芸勢は敗れた。つづいて安芸城の押さえの新荘《しんそう》、穴内《あない》の支城もたやすく落ち、敗兵は安芸城へ逃げこんだ。

さらに国虎にとって不幸は、横山紀伊、岡林将監、専光寺右馬允《うまのじょう》、小川新左衛門、小谷左近右衛門、専当某らの家臣が、つぎつぎと敵方に内応したことである。小谷、専当らは安芸城搦手《からめて》の北山中の小道より、長宗我部軍を導き案内した。元親は自ら先に立って、安芸城の東北から安芸川を越えて、総攻撃を叱咤《しった》した。

一条家へ頼んだ援軍は、黒岩の予言したようにきたらず、城中の食糧は尽きた。よくこらえたが、籠城して二十四日目に城が陥った。

国虎は黒岩越前に命じて、夫人を生家一条家へ送らせた。一子千壽丸には安芸氏再興を言いきかせて、阿波（徳島県）へ落した。千壽丸は魚梁瀬《やなせ》山に走り、魚梁瀬修理亮を頼り後に一族畑山氏の周旋で、阿波の三好家に入った。

国虎は安芸家の菩提《ぼだい》寺浄貞寺に入り、元親に使いを出して家臣の命乞いを申し出た後、割腹した。時に永禄十二年（一五六九）八月であった。老臣有沢岩見が国虎に殉死した。

主命によって夫人北の方と姫を、一条家へ届けた黒岩越前は、主命をはたして幡多中村からの帰路、はからずも元親の凱旋《がいせん》の道、鏡野《かがみの》で行き会った。元親は撈《ねぎ》らいの声をかけた。

「其方《そのほう》は、主君への大任も果された。今日、安芸へ帰られても立ち寄る方もあるまい。なれば元親に、これより奉公されよ。知行は前にも増して遣わすであろう」

と、元親はあけすけにすすめると、黒岩は謝して、

「まことに冥加至極《みようがしごく》なお言葉、有難き次第でございます。御台様《みだいさま》安着の旨《むね》御墓前に

報じ、国虎十七日の法事を済ませた後、岡豊へ祇候《しこう》仕りましょう」

と答えて去った。吉田備後重俊はこの黒岩と縁戚であったが、「よし御請《う》けは申しても、彼は飢死《がし》するとも決して現われはしまい」と言って、家臣横田三郎左衛門を付けてやった。果して安芸に帰った黒岩は、浄貞寺に入り亡主十七日の菩提を弔ったのち、横田を呼びよせて、

「宮内少輔《くないしょうゆう》殿（元親）は、大勢の良き家来を持っているが、備後様（国虎）は有沢岩見ただ一人召されて、黄泉《よみ》の旅に赴《おもむ》き給えば、さぞかし寂しく万事《よろづ》不自由で痛わしき次第。拙者は譜代重恩の主君を見捨て難くて、後より追い着く所存でござる。介《かい》錯《しゃく》されよ」

と言い置いて、墓前で切腹、横田に首を刎《は》ねさせた。今日、安芸浄貞寺の国虎の墓石をはさんで、南に有沢、北に黒岩の墓が肩を寄せ合うようにして、四百余年の青苔に覆われて立っている。

## 北川城主玄蕃頭《げんばのかみ》の最期

元親は岡豊に凱旋《がいせん》して、弟の香宗我部親泰《ちかやす》を安芸城に送り、続いて麾下《きか》（指揮者の

指図に従う者）の諸城を攻略し降していった。

安芸郡安田の城主惟宗鑑信《これむねしげのぶ》を降伏させ、奈半利《なわり》城主安岡虎頼《とらより》を走らせ、北川の城主北川玄蕃頭《げんばのかしら》を攻めて討死に至らせた。この玄蕃頭の北川勢はよく戦ったが、城内で内応する者があって敗れ、玄蕃頭は城から出て北川村野川口大岩附近を決戦場とした。大身の鎗を小脇にかいこみ、馬に一鞭当てると、群がる長宗我部勢へ突入した。「福留《ふくどめ》の荒切《あらぎり》」ですでに戦場で名をとどろかし、戦功二十一回の感状をもらっていた長宗我部の部将福留飛騨守親政《ちかまさ》を求めて、玄蕃頭は突き進んできた。死に花を咲かせんとする玄蕃頭と飛騨守親政が渡り合った。

二人は槍を合せ、虚々実々の妙、進退のさばきの限りを尽して戦った。両軍の陣営は鳴りを鎮《しず》めて、この戦闘を眺めていたが、強運の福留の槍は玄蕃頭を貫き、首は斬り落された。

この時、斬られた首は宙を飛んで、野川口から奈半利川を越えて、対岸へ落ちた。ここに首付《くびつけ》の地名がおこり、今日は「久府付《くぶつけ》」となっている。実際は首を元親へ検分に供えるため、対岸の湧水《わきみず》に漬《つ》けて洗い「首漬《くびつけ》」と呼んだものと言う。

この激戦中に哀話がある。玄蕃頭に三歳の男児がいた。家臣野田与三平の妻女が連れて、東灘《ひがしなだ》へ落ちのびようとし、乱軍の中をくぐり抜けて下山した。しかし元親勢に追われ、奈半利八幡宮社前で探し出された。

「玄蕃頭の子息でござろう」

と、追手に見つかり取り囲まれた。

「いかにも左様なり。ただし若君は決してその方たちの手にはかけ申しませぬ」

与三平の妻は、言い終らないうちに懐剣をひき抜き、子息の首を刺し、返す刀で自分の喉頭《のど》を突いて果てた。今日、奈半利町八幡宮社前に二基の墓が、草叢の中でひそやかに祀られている。


幕末の志士で、坂本龍馬と二人三脚で討幕尊王の働きをした、陸援隊長中岡慎太郎は北川郷大庄屋の家に生れている。幼少時の毎日を、玄蕃頭の居城烏《からす》ケ森《がもり》を越えて、野友村の島村塾や、田野郡校へ通って学んだ。

慎太郎は志士奔走《ほんそう》家となってから「石川清之助」と変称し、諱《いみな》を「道正」と名乗っているが、北川玄蕃頭道清から採ったものであろう。この武将から受けとったものが多かったにちがいない。

## 土佐一条家と七代の興亡

長宗我部氏にとって大恩があって、主家というべき中村（高知県幡多郡中村市）一条家に興亡の歴史があった。

安芸氏滅亡は永禄十二年（一五六九）八月、本山氏降参は元亀二年（一五七一）であった。天正二年（一五七四）五代一条兼定《かねさだ》の退隠から追放のことがおきる。戦国時代の盛衰常《せいすいつね》なき姿が、中村一条家の歴史に終焉《しゅうえん》が告げられる。

一条家は京都五摂《ごせっ》家の名門として、政治的社会的に高い地位を占め、代々の人々は和漢の学問を伝え、宮廷文学の師表として仰がれてきた家筋であった。

一条家は中世における土佐国の幡多荘を領有していたので、京都の戦乱（応仁の乱、一四六七―一四八四）を逃れて、前関白一条教房《のりふさ》が、荘園の経営に応仁二年（一四六八）九月、中村へ来国したのである。

都の絢爛《けんらん》たる文化を携《たずさ》えた公卿大名が、戦国武将と成《な》り替《かわ》って、百余年五代兼定《かねさだ》まで土佐国西端に勢力を張り、影響を与えた。

初代教房《のりふさ》の父一条兼良《かねら》は号を一条禅閣《ぜんかく》。一条経嗣の子で、十一歳で元服。正二位権大納言、内大臣、摂政関白《せっしょうかんぱく》、大政大臣、准三宮と官位累進《るいしん》し当代の博学者として、神仏朝典に長じた。

「一天無双の才《いってんむそうのざえ》」の人で「和漢の才学比類《ひるい》なし」と称され、自らも菅原道真《みちざね》以上の碩《せき》学《がく》と豪語した人物。七十五歳で子を設け、文明十三年（一四八一）八十歳で没するまで、実に二十六人の子女を残すほどの精力家でもあった。

「源氏物語」「日本書紀」の学問的業績は、精細を究めて前人未踏の研究と言われ、著述に「花鳥余情《かちょうよじょう》」「日本書紀纂疏《にほんしょきさんそ》」がある。

この兼良の長男教房《のりふさ》が、土佐国幡多荘園《はたそうえん》領地の回復のため、戦乱で焼亡した京都から逃れて来国したのである。時に応仁二年（一四六八）九月のことであった。

教房の母は権中納言御門宣俊《みかどのりとし》の女で、小林寺殿と呼ばれ、兼良との間に十五人の子女があった。教房は恵まれた名家の世子であり、「和漢の才は禅閤（父兼良）に勝るとも劣らない」と評された。官位は関白として長禄二年（一四五八）から寛正四年（一四六三）まで、その任にあった。

土佐中村に来国した一条教房は、守護大名細川氏の麾下《きか》にあった国人大平氏や長宗我部十六代兵部丞文兼《ふみかね》に迎えられ、荘園内の土豪を支配下に組織して、戦国時代の公卿大名としての基礎経営に専念した。

この中村は今日も小京都と呼ばれているが、中村の町づくりはすべて京都に模して、風景も鴨川や東山に見たてて、一条御所を設営している。また経済策も当地を対《たい》明《みん》（中国明朝）の中継地として、商業貿易の拠点として利益をあげた。当時、疲弊《ひへい》した京都朝廷へ、茶碗、扇、緞子《どんす》、貂皮《てんのかわ》の珍品まで献納している。また石山（大阪）本願寺造営に、土佐木材を大量に送るなど、財力獲得《きよてん》にも働き凡庸《ぼんよう》の公卿育ちの人ではなかった。

けれども父兼良より先き、文明十二年（一四八〇）十月、来国より十三年目、五十八歳で死去。国人十余人は主君を慕って出家した。奥御前谷（中村市妙華寺谷《みようげじだに》）に、墓が立っている。

## 公卿三国司

土佐中村一条家初代教房《のりふさ》の次が、二代房家《ふさいえ》である。房家は父の没する三年前、文明九年（一四七七）に生れて幼なかったので、一条家の家督は京都の叔父冬良《ふゆよし》が継ぎ、房家は奈良の大乗院の叔父尋尊の孫弟子として、出家が決められていた。

しかし父の死を契機に内訌《ないこう》がおき、房家の七、八歳の頃、中村御所から足摺岬《あしずりみさき》の金剛寺《こんごうじ》に移され、さらに清水《しみず》（幡多郡）に逃れたこともある。それより十年が過ぎ、明応三年（一四九四）十八歳で元服。中村一条家を継いだ。国人が房家の在国を希《のぞ》んだためといわれる。

当時、飛騨《ひだ》国（岐阜県）の姉小路家、伊勢国（三重県）の北畠家と相並んで、「公卿三国司」と称され、公卿の血統による大名として、戦国乱世に対処君臨《くんりん》してゆく。房家は天文八年（一五三九）十一月、六十三歳で死去するまで、意欲的な善政をしき、幡多郡一万六千貫（約三千二百町）の主《ぬし》として、中村に在城した。一条家一門に、東小路、西小路、入江、飛鳥井《あすかい》、白河がある。家老には土居、羽生《はぶ》、為松《ためまつ》、安並《やすなみ》の四人がいた。

ほかに一条殿衆と呼ばれる五十三人の側近家臣団がいた。房家は寛仁の心の持ち主であった。永正の頃（一五〇八）長宗我部兼序が本山、大平らの連合軍に攻撃されて岡豊落城の際に、幼い長男千雄丸国親は一条家を頼って逃れてきた。房家は国親を哀れみ庇護し成長させ、旧領を回復させたことは、すでにふれた通りである。

三代房冬は房家の長男で、永正七年（一五一〇）十三歳で元服《げんぷく》。同十八年、二十四歳で伏見宮邦高《くにたか》親王の娘玉姫《たまひめ》を、京都より夫人に迎えている。天文四年（一五三五）

三十八歳で左近衛大将となり、のち官を辞して正二位を受けた。天文十年（一五四一）十一月、四十四歳で死去。父の房家が天文八年まで在生したので、房冬の生涯は父の活動にかくれて多くは伝わらない。

四代房基《ふさもと》は伏見宮玉姫を母として、大永二年（一五二二）に出生。長じて隣郷高岡郡東津野荘を支配していた津野基高《もとたか》と戦い、天文十五年（一五四六）八月降伏させている。基高に味方した大平氏も攻撃して蓮池城《はすいけ》を奪い、城番を置くなどの勢力を広めた。

明けて天文十六年（一五四七）長宗我部国親が、一条氏の属城である大津城（高知市）を攻略したので、祖父房家以来の忘恩裏切り行為として怒り、元親へ反撃した。房基は岳父《がくふ》である豊後（大分県）の大友義鑑《よしあき》の援助を受けて、伊予の軍勢と戦うなど、公卿を脱し戦国武将としての生涯を送るが、天文十八年（一五四九）四十二歳、狂気のため自殺したとも伝えられている。

## キリシタン大名一条兼定とお雪

土佐一条家は、五代兼定《かねさだ》で終る。兼定は父房基、母は大友義鑑の女で、天文十二年

（一五四三）に生まれ、徳川家康と同世代である。六歳で亡父房基の跡を継いだが、幼少のため叔父康政が後見役となり、兼定の三十歳頃まで、政権を譲らなかった。

兼定は長じて、伊予（愛媛県）大洲の領主宇都宮氏の女を娶り、六代内政《ただまさ》を生ませたが後に彼女を離別して、豊後（大分県）の大友宗麟《そうりん》の女を娶った。兼定がのちにドン・パウロと称するクリスチャン大名となったのは、岳父の影響もあるが、兼定の母大友義鑑の娘が存命中に、しばしば豊後に赴き、臼杵《うすき》の教会でイエズ人会士と出会い、キリスト教に親しんだためである。兼定のことは、

「行儀《ぎようぎ》荒き人にて、家中の侍ども、少しの扶持《ふち》を放し腹を切らせるなどせらるる」

「性質軽薄で、常に放蕩を好み、人の嘲けりをも顧みず、日夜ただ酒宴遊興《しゆえんゆうきよう》に耽《ふけ》り、男色女色をし、諂《へつら》いをなし、または山河に漁猟を事とし、軽業、力業などを専《もつぱら》にした」

と叩かれている。これらはすべて勝者長宗我部側の資料であって、亡んだ一条氏側の文献史料は皆無である。

兼定は若い頃は、酒色に溺れた一時もあったであろうが、十八歳で伊予宇和郡の領主西園寺公資を攻め、二十歳で宍戸《ししど》隆家、河野通直らと伊予長浜で合戦をしている。世に伝わる軟弱一辺倒の公卿大名では、決してない。

叔父一条康政は、兼定が成人しても政務を返さなかったのは、当時元親が土佐統一の野心により、一条家主従間の離間策《りかんさく》をしたものとも言われる。

若き兼定にとっては、不如意な鬱屈《うっくつ》した期間で、自暴自棄におち入って、平田村のお雪の許に入り浸ったことも考えられる。兼定がお雪を見初めて、その恋の擒《とりこ》となるいきさつは、様々に伝わっている。

兼定は近従のお気にいりの若者を集めて、夜ごとの宴を張った。その時のことである。平田村（高知県宿毛市《すくもし》）の源右衛門の娘お雪が、絶世の美女と聞いたので、鷹狩りに事寄せて、平田村へ出かけた。源右衛門宅に泊り、夜の酒宴に現われた佳人お雪を一目見たとたん、兼定は激しい恋におちいった。

盃とり上げ給うた手は、わなわなと震え膝に盃をこぼしたもうた。お雪の酌で歌いつ舞いつ、酔い乱れてその夜は平田村で泊まられ給い、いつしか彼女の下紐《したひも》も心も共に、解けたので仮初《かりそめ》伏しの新枕を、交わす間もなく夜は明けてしまった。

きぬぎぬの別れを惜んで、翌朝腰をやっとあげて、後髪をひかれつつ中村へ帰ったのである。

それより平田村通いは、鷹狩にかこづけて毎日となり、お雪のため立派な屋敷を普《ふ》請《しん》した。人々は「平田御殿」と称し、時ならぬ絃歌《げんか》宴楽の灯火に驚き、心ある者は一条家の前途に眉をひそめた。

　家老の土居宗柵《どいそうさん》は、「せめて雪女を中村御所へ召されて、平田村通いは中止されるように」といましめたが、通うことは停まらなかった。「政務はよきに計《はから》え」と言って、諫言《かんげん》の家臣は閉門に遇《あ》った。

　老臣土居宗柵はこの有様を見て、強く切諫《せっかん》した。「遊蕩を停められるか、宗柵の首を刎《は》ねられるか、いずれかを選んで頂きたい」と迫った。

「無粋《ぶすい》の不忠者め」

　とたちまち、この老臣は手討ちにされた。安並、羽生、為松の三重臣は、「もはやお家の前途に望みなし」とクーデターを断行した。

　平田御殿に兵を差し向けて、お雪と父親を召し捕え入牢させた。平田通いの兼定を途に押えて、中村御所に送って一室に閉《と》じこめた。退位を迫り、代って嫡子内政《ただまさ》を擁《よう》立《りつ》した。重臣の企てたクーデターは、不意をついて成功した。

　お雪は兼定を慕い、自分の罪を恥じて「再び見奉ることも、もはや叶《かな》うまい、生きて物思わんよりは――」と懊悩を重ねて、遂に四万十《しまんと》川の渕に投身して果てた。兼定はお雪の死を聞くと、

「飽かざりし人の眉根にたぐへては

名残ぞ惜しき三日月の影」

と悼んで詠み、頭を丸め「自得宗惟《じとくそうい》」と号した。その後、法体の兼定は、竜串《たつぐし》遊覧に事よせて船に乗せられ、海路豊後国（大分県）へ追放された。時に天正二年（一五七四）春、兼定、三十二歳であった。

徳川幕藩政期に入ると、ほとんど起り得なかった主従間の闘争反逆が、戦国期は頻《ひん》繁《ぱん》にあった。下剋上《げこくじょう》で主君が家臣に殺される例も珍しくなかった。一条兼定は家臣による追放にあって、領国中村を追われて妻の里であった豊後国に至り、岳父宗麟《そうりん》の許にとどまった。ここで洗礼をうけ、心を改め新しい人生を歩みはじめた。

一条家の家老たちは合議の結果、子内政を長宗我部家へ送り、長宗我部重臣江村備《びん》後守親政《ごのかみちかまさ》を介して元親に後見を依頼しようと願い出たのである。元親は、

「これは不思議な申し事かな。稀代《きたい》の勝手とはこのことよ」

と喜び、家臣を集めて言った。

「一条家の御入魂《ごじっこん》の申し出は、まことに祝着至極《しゅうちゃくしごく》。若君を請取《うけと》り長宗我部の聟《むこ》として、随分に御馳走申し上げよ」

しかしこの取り決めは、一条家の家臣たち内部に、大混乱をひきおこした。老臣安並、為松らと諸臣との間に抗争がおき、安並、為松は殺された。元親はたちまちこの

内訌に乗じて幡多郡に進出して、兼定の子内政を長岡郡大津城に移した。中村一条の御所には、元親の弟吉良親貞《ちかさだ》を送って支配させ、幡多郡一万六千貫を無血で掌中に収めることができた。

## 渡川合戦と一条家滅亡

豊後（大分県）にとどまった兼定は、中村一条御所へ復帰しようと、計画をめぐらした。一年のち天正三年（一五七五）、南伊予の豪族法華津播磨守《はりまのかみ》や御荘《みそう》越前守《えちぜんのかみ》らの援助により、幡多領回復の軍をおこした。

兼定は宿毛《すくも》に侵入し、渡川《わたりがわ》（四万十川《しまんとがわ》）の西方、栗本《くりもと》に要害の城を構えて、中村御所を奪回した。キリスト教をもって幡多郡を席巻《せっけん》しようと企てた。

元親は中村へ急遽《きゅうきょ》おもむき、合戦の評定をして、一条氏討滅のため、渡川合戦を開始した。十字架をかかげた連合軍はもろくも潰えて、栗本城は三日のうちに攻め落された。

このとき兼定は逃れて、宇和島沖の戸島《へじま》（愛媛県）にかくれ棲んだ。これを知った元親は、兼定の元家臣入江左近を潜入させ、兼定を謀殺させたと言う。しかし宣教師ルイス・フロイスは、「一条兼定は深手を負ったが助かり、天正十三年（一五八五）元親と秀吉との戦いの間に、熱病のため伊予戸島で死去した」（『日本史』）と述べている。今日、戸島本浦の竜集寺《りゅうしゅうじ》に兼定の墓があり、他にも兼定をしのぶ名称が残っている。

兼定の子六代内政《ただまさ》は、天正二年（一五七四）元親の計いで中村から長岡郡大津城へ移され、元親の娘を娶《めと》り、「大津御所」と称された。しかし七年後天正八年、元親の縁戚波川玄蕃《はかわげんば》の謀叛《むほん》がおきた時、彼に組して追放され二十四歳で死んだと言われる。内政の子、七代政親《まさちか》は長岡郡久礼田《くれた》（南国市）に移り、久礼田御所と称された。しかし慶長五年（一六〇〇）長宗我部家が滅亡して山内氏の土佐国へ進駐の際、政親は京都へ去った。

中村一条家は、実に前関白一条教房の来国より、七代百三十余年間、戦国の歴史とともに、揺れ動きながら徳川家康の始めた封建時代の初め頃、その家跡を絶った。

一条家は滅亡したが、その貴族文化の遺産が、中村に伝わっている。月山神社（幡多郡大月町）の一条家献納の明朝《みんちょう》時代の焼物大花瓶《かびん》。足摺岬金剛福寺（土佐清水市）の建造物。不破八幡宮（中村市）の室町式遺構《いこう》（重要文化財）などである。

文学作品としては、田岡典夫《のりお》氏「かげろうの館」、大原富枝氏「土佐一条家の崩壊」

に、亡んだ悲史が語られている。

## 第三章　四国制覇

### 天正、四国制覇へ

元親が土佐一国を統一した、天正三年（一五七五）の頃を、全国的に観望してみる。天正元年四月、武田信玄が雄図《ゆうと》を抱いたまま死去している。同年七月は織田信長が、十五代将軍足利義昭《よしあき》を京都から追放し、室町幕府は滅亡。翌八月信長は、朝倉氏浅井氏を、北陸で攻略征服している。

信長はさらに同三年五月、武田勝頼を長篠（愛知県）で破って、甲斐の名族武田家を滅亡させた。同四年二月、安土《あづち》（滋賀県）に築城し、中国地方の毛利氏を攻略。同年十二月、九州における島津義久が、大隅（鹿児島県）、日向《ひゅうが》（宮崎県）を討ち次第に北上して、豊後《ぶんご》（大分県）の大友氏をおびやかして迫る。

同六年三月、越後（新潟県）上杉謙信の死で、信長の前から武田、上杉の二大勢力が姿を消す。天下統一への念願を抱いていた、戦国群雄の目標が、信長により達成されようとしていた。

同じ時代の元親は、四国制覇《せいは》の野望にたぎっていた。阿波、讃岐、伊予の山野から海浜にまで、酢漿草《かたばみ》の旗をひるがえすことであった。志あり力ある戦国武将の翹望《ぎょうぼう》であった。手に入れた土佐国は山林が多く、耕地平野は乏しく、豊饒な土地が少ない。

合戦に加わり身命をなげうって働いた家来《けらい》に、十分な領地を与えることが容易でなかった。それゆえ、新しい領土の獲得が必要であった。

「われ諸士に賞禄《しょうろく》を心のままに行い、その妻子も安穏《あんたい》に扶持させようと思って、四方に兵を発向し、軍慮《ぐんりょ》をめぐらせてきた」

と、四国征服の覇業《はぎょう》に向った心底を元親は語っている。また父国親を回想して、

「亡父入道殿(国親)は常に仰せられていた。われは秦《しん》の始皇帝《しこうてい》の末流でありながら、わずかに三千貫の領主で、このような田舎の片辺に暮らすことは口惜しい。身を立てて道を行い、名を後世に揚げることが孝行の第一であると先祖の文宣王の金言がある。

謀計をもって威名をふるい、領土を増やすことは勇士の本意とするところだ。先祖

のためわが身のため、子孫のため、軍《いくさ》を起して秦家《はたけ》を興隆させよ、と仰せられたが、不幸にして早く終られた。

われは父の遺志を継いで旗をあげ土佐国を掌手にした。けれども土佐一国の主と言われんことは、父国親の本意ではない。せめて南海の主と仰がれたいと思う」

武将元親の本音《ほんね》であった。

## 元親の結婚

元親は国内戦争熾烈《しれつ》の永禄六年（一五六三）宿敵本山茂辰が朝倉《あさくら》城を撤退した後、二十五歳で正室を迎えている。彼の婚姻の相手は土佐国内の城主豪族に求めなかった。

将軍足利義輝の庶子石谷兵部大輔《たいゆう》の娘で、美濃（岐阜県）の豪族斎藤内蔵助利三《くらのすけとしぞう》の異母妹に当る女であった。

内蔵助は明智光秀《あけちみつひで》に仕えたが、妻の母が光秀の叔母である間柄で、天正十年（一五八二）六月、山崎の合戦で秀吉に敗北した光秀とともに、内蔵助も京都六条河原で斬られている。内蔵助の娘がお福《ふく》で、のち徳川家光将軍の乳母《うば》となった春日局《かすがのつぼね》である。

司馬遼太郎氏に、元親一代を描いた名作『夏草《なつくさ》の賦《ふ》』（上巻）がある。

「美濃国岐阜城下町で、たれしもが指を折った美貌の娘内蔵助屋敷の菜々《なな》殿」が、遠流《おんる》の地で鬼国といわれた土佐に輿入《こしい》れする、世にも珍しいおとぎ話を小説に活《い》き活《い》きと書いている。

「相手の土佐の酋長《しゆうちよう》の顔も気だても知ってることならともかく、ただいきなり嫁《ゆ》くという」

この菜々が後の九州戸次川で、勇名を天下にとどろかせた長男信親《のぶちか》の生みの母となる。このように上方の名族から、はるばる夫人を迎えた元親の心奥には、南海陬僻《すうへき》の一国の主《ぬし》で収まりきれず、全国を相手に制覇《せいは》を狙う、雄図と野望に燃えていたのである。

## 島弥九郎親益の死

元亀二年（一五七一）春のこと、元親の末弟島弥九郎親益《しまやくろうちかます》は、有馬温泉（兵庫県）で湯治をするため、岡豊城下を旅立った。親益は病身であったので、元親は日頃より情をかけていた。旅の途次、親益の船が阿波海部郡奈佐《かいふぐんなさ》の湊《みなと》（徳島県）で、風浪を避けて碇泊《ていはく》していたところを、土地の豪族海部越前守宗壽《むねとし》の家来におそわれて、殺害された。

理由もあった。先年、安芸国虎が討たれたとき、安芸氏の一族や遺臣は、この海部氏を頼って逃れてきていた。彼等は長宗我部末男の来泊を知ると、旧主の仇を討つべし、と海部越前守にすすめて親益を殺害させた。

今日、徳島県宍喰《ししくい》町那佐三島神社に、島弥九郎親益が祀られている。事件は元親にとって痛恨であったが、弟の仇討ちという名目で、隣国阿波への侵略の口実が生じた。

阿波国へ出兵に際し、元親はいくつかの布石《ふせき》を打つのを忘れなかった。その一つは、姻戚斎藤内蔵助利三に頼み、明智光秀を仲介として織田信長へ願い出て、長宗我部氏用兵の了解《りょうかい》を取りつけた。

その二つは、元親の長男弥三郎の烏帽子親《えぼしおや》（元服《げんぷく》の時、烏帽子名《えぼしな》をつける人）を信長に頼み、一字を頂いて「信親《のぶちか》」と改めた。同時に、「四国の儀は、元親手柄次第に切り取り候え」

と朱印状を合せてもらい受けた。覇者信長による認知状であった。ただし戦国の世は状況変化により証紙の反故《ほご》になることも多かった。信長は、四国は元親に存分に切り取らせておいて、天下統一のあとおのれの掌中に握るつもりであったろう。戦国武将同士のかけひきであった。

時に天正三年（一五七五）元親三十七歳の壮年で、後の十年間、四国のうち三国に侵寇《しんこう》攻略を拡げてゆく。信長はこの年四十三歳で、徳川家康と手を携えて、信玄の遺児武田勝頼を長篠《ながしの》（愛知県）で破り滅ぼした。

## 一領具足

元親の四国攻略は、兵の動かし方も巧みであった。土佐国東郡の安芸、香美の二郡の兵勢を阿波（徳島）に向け、西部の高岡、幡多二郡の兵勢は伊予（愛媛県）に、中部の長岡、土佐、吾川の三郡は元親麾下《きか》に掌握して、戦局に応じて随時の出陣態勢をとらせたのである。遠交近攻の戦略で、後顧の憂いのある瀬戸内海をへだてた備前（岡山県）の宇喜多秀家や、芸州（広島県）の毛利家など、中国地方の諸豪族へも、用兵承認の使者を送りつけた。

元親の命令統率に服した兵士は、すべて一領《いちりよう》具足《ぐそく》と呼ばれる民兵、農兵で、土佐国における屯田兵であった。幕末に脱藩して働いた大勢の土佐郷士、下士軽輩《けいはい》層の先祖である。

日常は土佐七郡の田園山野に棲んで、鋤《すき》、鍬《くわ》をとって働く百姓土豪であった。元親は体力のある耕地を持つ、富農を武士に組み入れ、軍団を倍加して、戦闘能力に生かした。

「抑《そもそも》、一領《いちりよう》具足《ぐそく》と申すは、わずかの田地を領して常に守護《しゆご》へ勤仕もなく、役もなく唯《ただ》おのれが領地に引籠《ひきこも》り、自ら耕《こう》し耕《たがや》し、諸士の交りもせざれば、礼儀もなく作法もなく、明け暮れ武勇のみ事として、田に出づるにも槍の柄に草鞋《わらじ》兵糧《ひようろう》を括《くく》り付け、田の畔《あぜ》に立置き、すはといえば鎌鋤《かますき》を投げ捨て走り行き、鎧一領《よろいいちりよう》にて差替《さしかえ》の領もなく、馬一匹にて乗替《のりかえ》もなく、自身走り回りければ、一領具足と名付けたり。弓鉄砲太刀打に調練して、死生知らずの野武士なり」（『土佐物語』）

とある。また、

「天皇、将軍も知らばこそ、主より外に怖ろしきこともなき男たち」

とあって、土佐の大地や黒潮打ちよせる海浜を母胎とした、命知らずの野武士の大軍団が、四国山脈を越えて進撃したのである。

元親の許には、十五歳の少年から六十歳の老兵まで、「老少二万」と称せられる一領具足団が縦《つ》きしたがい、四国制覇の先兵となった。

## 阿波国攻略

阿波国（徳島県）は、讃岐（香川県）、土佐（高知県）とともに、南北朝戦乱（一三三六―一三九二）以来、細川氏が代々守護となって支配してきたが、応仁の乱（一四六七―一四八四）後は、細川氏の権力が家臣の三好氏に移り、下剋上《げこくじょう》の風潮を生じ、三好氏ら新勢力が支配してゆく。

元親は天正四年（一五七六）三十八歳、自ら兵を指揮して、末弟弥九郎殺害の復讐を口実に、阿波宍喰《ししくい》（徳島県海部《かいふ》郡）へ兵を送った。海部宗壽の海部城を陥《おと》し、油《ゆ》木《ぎ》、日和佐《ひわさ》、牟岐《むぎ》、桑野、椿泊《つばきどまり》、仁宇の諸城から、阿波東南部を従えた。

おとし従えた城には重臣を配置する。桑野城（阿南市）主東条関兵衛に、長宗我部重臣久武内蔵助の女を養女として娶らせる。海部城には弟香宗我部親泰《ちかやす》を、阿波南部の軍代として任命し、元親はいったん岡豊へ帰還する。

元親は城攻めには、巧みな権謀調略《けんぼうちょうりゃく》をよく用いた。ことに阿波国白地《はくち》（徳島県三好郡池田町佐馬地）は、戦略的に四国の鍵ともいうべき要衝《ようしょう》である。城主は三好之虎《みよしゆきとら》（実休）の妹聟《むこ》で、当主三好長治の叔父にあたる大西覚養であった。覚養は土佐国足摺岬金剛寺の住僧の実弟であったので、元親はこの僧を通じて降伏をすすめた。

覚養は応ずるかによそおい、人質として養子上野介を岡豊の元親に送ってきた。しかしこの後、天正六年（一五七八）細川氏代々の本拠地勝瑞城《しょうずいじょう》（徳島県板野郡藍住《あゆずみ》町）の十河《そごう》（三好）存保《まさやす》に応じて寝返った。存保は長治の弟で、上野介とは叔父、甥にあたる。元親の将兵はこれを怒り、人質上野介を斬るべしと迫った。

「覚養の反覆《はんぷく》は憎むべきも、上野介には咎《とが》はない」

といって、国許へ送り返そうとした。上野介はこの元親の処遇に感激した。

「老父覚養は、某《それがし》を見殺しにしたので、父子の恩義は絶えてしまった。かかる人に従う道は無くなりました。元親殿より賜りたる御篤志《とくし》に、阿波討ち入りの先陣を案内して、酬いましょう」

と言って、自ら白地城攻めの嚮導《きょうどう》をして、ついに大西覚養を讃岐へ走らせた。元親の寛厚の攻略の勝利であった。

時に天正六年（一五七八）二月、陥《おと》した白地城には重臣谷忠兵衛忠澄《ただずみ》に守らせた。以後はこの白地城を、阿、讃、予三国への機動作戦の拠点とした。

岩倉城（徳島県美馬郡）は、吉野川北岸の要衝《ようしょう》であった。三好笑岩《みよししょうがん》（康長《やすなが》）の子式部少輔を、翌七年夏に降伏させた。

この岩倉攻めの時も、裏切った三好笑岩の許《もと》に、人質であった式部少輔の子息二人を送りとどけている。河内国（大阪府）高屋城にいた笑岩は、無事に送り返された孫二人を見て、

「げに、かかる仁者とは知らずに、元親殿に敵対したることの愚かさよ、この高恩は七生《しちしょう》まで忘れまい」

と謝した。また元親は四国戦線で、しばしば麦薙《むぎなぎ》戦術を用いた。けれど農民の難儀を思い、一畦《あぜ》おきに苅り取らせたという話が、土地に伝えられている。将兵部下の焼いた寺、例えば牟礼六万寺《むれろくまんじ》（香川県）を再建させ、また琴平金毘羅宮の仁王門《におうもん》造営にも、記録が残されている。敵方の史書『全讃史』には、「長宗我部氏の如きは、時に悍狄《かんてき》（ずるくて悪がしこい）であったけれども、またよく寛厚《かんこう》（心が広くあつい）で人を愛した。これをもってその威力が四州に布《し》いたのである」

と評している。この頃、元親の威名は四国にふるい、遠く紀伊（和歌山県）の雑賀《さいが》衆は、元親に船を出し、協力を申し出るに至った。

## 讃岐攻略と「薬罐《やかん》の蓋《ふた》」

天正五年（一五七七）春、元親は讃岐国を侵攻するに先き立って、雲辺寺山《うんぺんじ》（香川県）に登った。雲辺寺は海抜三千尺（九百九十メートル）の山頂にある、四国八十八箇所の第六十六番霊場がある。元親は讃岐平野を一望にしながら、自らの事業を「薬罐の蓋《ふた》」に例えた。

「わが鑵子《かんし》の蓋は、元親という名人の鋳《い》たものである。名工の鋳た薬罐の蓋であるから、やがて四国全体を覆うに至るであろう」

と豪語した。これを傍《かたわ》らで聞いた案内の僧は、気骨のある人物で元親の野望をたしなめて言った。

「広大で人の多いこの三州、讃岐、伊予、阿波を、わずかな土佐兵で征服しようとするのは、もとより無理でござる。いわば大いなる釜に薬罐の蓋をもって覆おうとするようなものでございます」

しかし元親は、自分の力を信じて兵を送り戦い続けて、十年を費して四国をおのれの蓋《ふた》で覆ったのである。元親が歩んだ他領征覇《せいは》の道は、容易なものではなかった。その険しさと虚しさを、寺僧が予言し戒《いまし》めたのである。

天正六年（一五七八）冬、藤目《ふじめ》城（香川県仲多度郡）を攻略した。城は阿波池田と丸亀との間にあって、本目、新目、山脇などとともに、真野郷七箇村の中心に坐る天《てん》嶮《けん》の砦《とりで》であった。厳冬の飛雪をおかし、五千の兵を投入して攻撃した。櫓《やぐら》は崖の上にそびえていた。

一同、喚《わめ》き叫《さけ》んで攻め上った。本丸より射る火矢の光は、ただ日中のようで、鬨《とき》の声、鉄砲の音、天地も震動して肝魂《きもだま》も消ゆるばかりであった。

飛雪の中で敵味方入り乱れて悪戦苦闘した。土佐兵は七百人を失い、讃岐方も大将新目弾正《あらめだんじょう》以下五百人が、城を枕に殉じて落城、凄惨《せいさん》な一夜の合戦に、大きな犠牲をはらった。

同じこの年、西讃岐の門戸を扼《やく》した財田《さいだ》城を攻撃した時も、戦場の悲劇がある。城将財田和泉守《さいだいづみのかみ》は、土佐軍包囲に耐えきれず、兵二百を率いて敵中を強行脱出した。土佐側の横山源兵衛は、単騎迎え討ち城将財田と槍を合せて首級をあげた。

この時、横合いから和泉守の寵童《ちょうどう》菊之助が、鉄砲で横山を撃ちとめて、主人の首を奪って走った。そこへきた横山の子隼太郎《はやたろう》十六歳が、菊之助の後を追った。

「父の仇、きっと引っ返せ」

菊之助は、鎌倉武士の士風の若者だった。とって返して太刀をぬいて斬り結んだ。軽捷《けいしょう》の隼太郎が、菊之助の片腕を切りおとすと、

「われは主人の仇を討ち、恩を報じた。さればお主はわれを討って、父の仇を晴らす

がよい、双方、武士の冥加《みようが》が立つというものよ」

と言って、菊之助は隼太郎に討たれて死んだ。

天正七年四月、羽床《はゆか》城（香川県）攻撃に元親は、一万二千の大兵を投入した。

「累生不覚《るいせいふかく》の名を取らざる武辺者《ぶへんもの》」

と言われた羽床伊豆守《はゆかいずのかみ》は、城を出て高篠《たかしの》の嶮によって抗戦したが敗れて退却し、城は取り囲まれ伊豆守はついに降伏し、子、孫四郎を人質に出した。

武勇で聞えた伊豆守の降伏は、附近の小城の諸将もつぎつぎと元親の軍門に下り、讃岐中原の制圧が成った。

## 中富川の血戦

天正十年（一五八二）秋、讃岐、伊予への攻略戦の総決戦を阿波勝瑞城《しようずいじよう》で迎えた。元親は戦いに臨む前、家臣一同を岡豊城内に集めて戦略を尋ねた。

家老から城持ち重臣は、持久戦を説《とな》えたが、一領具足ら下級家臣は、早期出兵即時決戦を主張した。元親は、

「一領具足の申し様、まことに神妙《しんみよう》なり」

とその策を採った。三弟香宗我部親泰《ちかやす》と長男信親《のぶちか》を将として、中富川へ出陣をした。

天正三年（一五七五）阿波に出兵してよりすでに七年間、ほとんど土佐国内の壮丁は尽きんとしていた。一国志願制を採り、国民皆兵《かいへい》制に近い武力を召集した。

「十五歳以後、六十歳以前、人の二男三男、いずれの無足者《むそくもの》（知行地を給せられない下級武士）によらず、心懸け次第の志願者」

を布告して、二万三千という土佐国有史以来の大兵力を集めた。一国の召集で日本六十余州、これだけの人数を集めたのは珍しい。士、農、庶民、上下の心を結び、のちの土佐人の人権平等思想や敢為《かんい》の精神を培《つちか》った、歴史的発祥《はっしょう》と評価されている。

時は、今日を去る四百余年昔、天正十年（一五八二）八月の頃、鬼十河《おにそごう》と称された存保《まさやす》がひきいる五千の軍勢がたてこもる勝瑞城《しょうずいじょう》（阿波国板野郡藍住町《あいずみちょう》）に向って、元親は阿波上郡の吉野川筋と南方の二手に分れて進撃を開始した。

十河存保は元親の進軍を見て、籠城戦を止めて野外決戦を採ったので、城西を流れる中富川で待ち受けて、屍山血河《しざんけつか》の一大決戦が行われた。四国制覇を左右した合戦であった。

存保は五十余騎で、勝興寺表に本陣を堅めさせた。先陣の二千余騎は、中富川端まで打ち出でた。土佐勢二万余騎は、川の逆巻《さかま》く水に、駒を同時に打ち入らせた。存保の先陣の二千騎は、討死せんと思い切った強兵であったので、駒を汀へ馳け寄せて、波にきらめく白羽の太刀を抜きつれ、切先きより火炎《かえん》を出すほどに、すざまじくここを前途と戦ったのである。

阿波側の史書には勇戦奮闘の鬼十河を載せているが、天運は三好軍に益なく、老臣矢野備後をはじめ三百余騎が討ち死してしまった。

ここにも哀話がある。去る十五年の昔、永禄十二年（一五六九）土佐国安芸落城の際、城主安芸国虎《あきくにとら》が自刃して、令室と姫は幡多中村一条家に帰したが、一子千壽丸《せんじゅまる》はひそかに阿波国に落ちて三好家を頼り、三好の重臣矢野備後に養われていた。千壽丸は又六郎と改めて、この日亡父国虎の仇を報ずべく、中富川決戦に加わっていた。しかし惜しや、元親に一刀を酬いるに至らず、養父矢野備後とともに、戦死をとげている。

## 鳥刺し舞い

敗れた十河存保《そごうまさやす》は、勝瑞城《しょうずいじょう》に逃げ帰った。元親軍は中富川戦勝の余勢をもって、城を十重《とえ》、二重《はたえ》に取り囲んだ。紀伊の雑賀衆も援軍を長宗我部に送り、元親を支援した。

しかしおりからの雨期で豪雨に見舞われ、出水のため苦境におちいった。大水により土佐の陣居は足場を失い、兵卒のある者は樹につかまり、ある者は屋根に這い上った。これを見た敵方は、浮城《うきしろ》の櫓から小舟を乗り出して、鳥刺しが寝鳥《ねとり》を襲うように、弓矢で狙撃して回った。

四、五日して水は引き、土佐勢は再攻撃に出た。ついに十河は支えきれず、九月二十一日勝瑞城は陥《おちい》った。三好存保は降伏の起請文《きしょうもん》を差し出してから、讃州虎丸城（香川県大川郡大内町）へ逃れた。元親はこれを追わなかったが、存保はのち京都へ登り、信長に訴えて援軍を願い出ている。

元親は勝瑞城を破却し、さらに岩倉城の三好式部少輔を攻め落して、阿波一国の完全制覇が成った。時に天正十年（一五八二）九月のことであった。

細川頼春以来、二百五十年四国を管領してきた阿波屋形は、亡んだのである。敗れた口惜しさに阿波方は「鳥刺し舞い」を宴席に持ちこみ、憂《う》さ晴《ば》らしに舞って興《きょう》がった。土佐方でも、この三好の鳥刺しを見倣《みなら》って酒宴に演じた。双方は正反対の内容で、阿波方は戦場手柄として自慢を、土佐方は卑怯な戦術を嘲《あざけ》ったのである。元親

は、

「十河存保は名ある勇将である。しかるに時非《ときひ》にして敗れたるを嘲って、酒席に興を添えるごときは、武士の作法にあらず。今後舞うものあらば、屹度《きっと》成敗《せいばい》を申しつける」

と禁止厳達を布《ふ》れさせた。

阿波を制圧した元親は、この天正十年十月、自ら東讃岐に侵攻し、十河城《そごう》（香川県木田郡）を取り囲《かこ》んで陥した。

この頃から天正十二年にかけて、中央の覇権争いが全国各地に拡がり、合戦が頻発《ひんぱつ》して天下の権は、どの武将の掌中に入るか、予測もつかない時期であった。

天正十年（一五八二）六月二日のこと、織田信長が京都の本能寺で、明智光秀に叛《そむ》かれて不意に討たれた。そして十三日、光秀は山崎の合戦で豊臣秀吉と戦って敗死する。

同月二十七日、清洲《きよす》（愛知県）の会議で、秀吉は信長の継嗣《けいし》を三法師《さんぽうし》（秀信）と定め、柴田勝家との対立が表面化し、ついに天正十一年（一五八三）四月、賤《しず》が岳《だけ》合戦となり、勝家は敗れる。翌十二年四月、秀吉と家康が長久手《ながくて》の戦いで和睦《わぼく》する。秀吉が四国征討軍を起したのは、翌十三年七月の頃であった。

## 元親の外交と秀吉、家康

これまでにも元親は、中央の形勢を読み、外交に力をふるってきた。交渉にも苦心し、鋭敏な能力をよく発揮して対処してきた。

柴田勝家の挙兵のときは、彼の要求に応じて、秀吉の背後を衝《つ》こうとしたが、秀吉は対抗策をめぐらし仙石秀久を、淡路島（兵庫県）洲本城に帰し、元親の渡海に備えさせた。

その頃、元親に敗れて阿波虎丸城に入った十河《そごう》存保は、

「土州の兇徒《きょうと》、漸《ようや》く募《つの》り四国を含呑《がんどん》せんとしています。若《も》し事延引《えんいん》するならば、天下の禍《わざわい》となるに相違ありません」

と秀吉に注進して援兵を乞うた。

天正十一年（一五八三）四月、元親は虎丸城を囲み、附近の田畑に麦薙《むぎなぎ》、苗代返《なわしろがえ》しを行い、仙石秀久軍と引田（香川県）で戦って町を焼き、秀久を敗走させた。いずれも農耕に損害を与えるゲリラ戦法である。

　この四月は柴田勝家と秀吉が、賤《しず》が岳《たけ》で合戦のあった時であった。北の荘で勝家を破った秀吉は、翌春、徳川家康と織田信雄《のぶかつ》を相手に小牧長久手《ながくて》の合戦を迎える。このため四国戦線の仙石秀久へ援軍を送ることができなかった。

　一方、徳川家康から元親へ急使が立った。海を渡って摂津（大阪府）、播磨（兵庫県）へ出兵をすすめ、速かに淡路島に渡海してくるように、促《うなが》してきた。同十一年六月、元親は紀州の根来《ねごろ》、雑賀《さいが》の僧兵に発信して摂津への出兵を約束した。しかし四国統一を目の前にしながら、いまだ讃岐には仙石や十河の強敵が、執拗に抵抗し、背後の伊予は毛利軍勢が侵入し、伊予の諸領主を援けていた。

　家康からの矢のような出兵要求の、催促《さいそく》に応じることがかなわなかった。翌十二年六月やっと元親は、十河城（香川県木田郡）に三好存保を攻め落し、京都へ追いやった。

　ついで八月、家康は元親にあて、三カ国（淡路、播磨、摂津）を与えるから、火急出兵を頼むと、矢のような沙汰が再び送られた。

　元親は事態処理を懸命に運び、紀伊（和歌山県）の根来、雑賀《さいが》衆とともに大坂城を挾撃《きょうげき》しようと、弟の親泰《ちかやす》に兵二万を率いて渡海の手はずを決めさせた。家康へ使者を派遣し、西上を約束した。

しかるに時すでに遅かった。小牧長久手の戦い（愛知県）は終り、秀吉と家康の間に同年十一月十二日、和議が成立した。もはや元親の出番は失われていた。「扨々《さてさて》、此吉左右《このきっそう》（よき手紙）を十日以前に申しきたることができたならば、東西より差し競《きそ》って、中《なか》（秀吉軍）を責め立てたならば、上方勢敗北して、われらの勝利を得べき事、目前のところ、無念残り多し、互いの心中御察しなされて下さい」と家康より返事があった。敵対した秀吉は天下統一への歩《あゆ》みを、大きく踏み出していた。秀吉の危機に乗じて、背後から「大坂挾撃《きょうげき》」という脅威《きょうい》を与えた元親は、やがて秀吉の烈しい復讐戦《ふくしゅうせん》「四国征伐」に出会うのである。

# 第四章　秀吉と元親

## 四国の蓋《ふた》、伊予侵攻

伊予（愛媛県）侵略は、天正四年（一五七六）より、高岡、幡多二郡の土佐兵をもって当った。四国制覇のため最後の戦争で、天正十二年六月、讃岐（香川県）の十河存保を追った後、さらに一箇年を費やしている。

東伊予は、阿波白地を根拠にして、大西上野介《こうづけのすけ》を働かせて、河野氏の家臣豪族を降した。天正五年春、元親は長宗我部家重臣久武内蔵助親信《ひさたけくらのすけちかのぶ》を、南伊予二郡の軍代に任命した。

久武は宇和、喜多郡の諸城を陥して、北上の態勢をとった。「伊予屋形」と言われた河野通直《こうのみちなお》は脅威《きょうい》を感じて、中国地方に勢力を伸している毛利軍に援兵を乞うた。毛利氏は瀬戸内海を渡って、河野氏を援けたので土佐方の伊予攻略は容易にははかどらなかった。

天正七年（一五七九）二月のこと、軍代の久武内蔵助親信が、大森城（北宇和郡三間町）攻撃で、土居清良《どいきよら》の捨て身の反撃により、苦戦して戦死した。四国戦線の軍代戦死は、長宗我部軍に痛打《つうだ》を与えた。この際の戦死は、久武だけでなく、士大将《したいしょう》佐竹太郎兵衛や、山内外記《げき》など重臣棟梁《とうりょう》をふくめて、多数の戦死者があった。

## 竹内家の悲劇

敗報は数日後、土佐国岡豊城にとどいた。久武の直属であった竹内虎之介と、その

婿《むこ》弥二郎の出征留守宅にも、

「わが軍、全滅」

と伝わった。虎之助の娘で弥二郎の妻は、父と夫の戦死の報を嘆き悲しんだ。

「比翼《ひよく》の翼《つばさ》折れて、連理《れんり》の枝摘《つ》まれて、なんのこの世に心を留めることやありましょう」

と、その夜ひそかに夫の脇差で喉を突いて果てた。十八歳であった。辞世に、

「存《なが》らへて誰を待ちなん玉の緒《お》の 絶えてなき世の道急ぐなり」

「しばし待て泪《なみだ》の露の玉たれの かぎるうき身のうき世語らん」

と残した。しかし、この虎之介と弥二郎は戦場で深手を負ったが、揃って生きて帰国した。「いかに残念なことか、推《お》しはかるも痛ましいこと」と、軍書には当時の銃後悲話を伝えている。


久武親信の戦死より五年のち、元親は天正十二年秋、親信の弟親直《ちかなお》を軍代に任じて、南伊予を集中攻略させた。

久武親直を大将として五千余騎を、

甥本山将監、桑名太郎左衛門は二千余騎を、

吉良親実《ちかざね》、大高坂新助、宿毛《すくも》甚左衛門、福留隼人《はやと》、光富権之助の諸将は五千余騎

を、
　都合一万二千の人数を指し向けた。それより伊予国の山河から海浜まで、敵と味方、四国勢同士の激しい死闘が繰りひろげられた。

　四国だけでなくさらに、中国地方の毛利輝元《てるもと》、小早川隆景《たかかげ》の軍勢が伊予軍を支援参加する。この援軍を排除しながらついに長宗我部軍は、道後湯月城主で、伊予の名族河野通直《みちなお》を天正十三年春、降伏させた。

　四国に双《なら》びなき豪族河野に対して元親は、

「河野通直殿とは一家同門と心得ている。されば急ぎ降伏の書を送られよ」

と、降伏をすすめる温情を示した。元親の調略であった。これによって西伊予の諸将も抵抗を停め、河野氏にならった。

　全伊予の降伏平定はすなわち、四国制覇を完結させたことでもあったが、なんという長い歳月とおびただしい人命を費《ついや》し損じたことであろうか。

　はじめて阿波国に侵入してより、星霜十年、四国の将兵の、味方も敵も犠牲は、双方、二万と数えられた。おびただしい建造物から金穀生物《きんこくなりもの》の損害焼失はいかばかりであったろう。四国のみならず日本全土は、武士たちが領土の簒奪《さんだつ》に明け暮れていたのである。

時に長宗我部元親、四十七歳。十年前に雲辺寺の和尚が止めたにもかかわらず、四国を、己の蓋《ふた》をもって覆ったのである。しかしせっかくおおった元親の蓋を取り除く覇者が現われる。

## 秀吉の四国征伐

秀吉は、天正十三年（一五八五）六月十五日、常陸《ひたち》（茨城県）の武将佐竹義宣《よしのぶ》へ、「元親成敗《せいばい》のため、拙弟秀長（羽柴氏）ならびに毛利輝元両人に申しつけ、四国へ乱入候て、過半本意にまかせ候。近日（元親の）首をはぬべき儀、案の内（予定どおり）に候」

と書き送っている。しかし四国の覇者となった元親は、十年かけて斬り取った領土である。意地にかけても、秀吉の軍門にやすやすと降《くだ》ることはできなかった。

この年、紀州の根来《ねごろ》、雑賀《さいが》を討伐した秀吉は、四国に矛先《ほこさき》を向けた。初めは四国全土のうち、讃岐と伊予の返還を求めたが、元親は拒んだ。その時、長宗我部家重臣の谷忠兵衛忠澄が降伏をすすめたが、元親は肯《がえ》んぜず全面戦争に突入したのである。

諸将に向けて秀吉は、長宗我部元親成敗《せいばい》のため、四国へ出馬の準備を布令《ふれい》した。天正十三年（一五八五）五月であったが、諸軍の出陣の日は六月十六日であった。この間、土佐国岡豊城に秀吉の上方勢の動向の沙汰が届くたび、「四国の騒動、斜《なな》めならず。武士東西に馳《は》せ違い、男女南北に逃げ迷う」

有様で、国内には不安騒動が満ちていた。

秀吉は羽柴秀長《はしばひでなが》（秀吉の異父弟）を総大将として、総兵力八万を四国に投じた。巨大な秀吉軍団は四方より集結して、摂津の海から瀬戸内海を渡り四国に上陸した。有史以来、源平合戦をしのぐ兵団が瀬戸の海浜を圧倒した。

総大将秀長の率いる、大和、紀伊、泉州の軍団三万は、淡路島洲本《すもと》（兵庫県）に向け、三好秀次（秀吉の甥、のちの豊臣秀次）の率いる摂津、近江《おうみ》、丹波の兵三万は、播磨明石《あかし》から淡路島福良《ふくら》に上陸し、宇喜多秀家の率いる備前、美作（岡山県）の兵には、蜂須賀正勝、家政父子、黒田孝高《よしたか》の兵が加わって二万三千が、讃岐屋島（香川県）に上陸。

毛利輝元、小早川隆景、吉川元長《もとなが》ら中国地方の八箇国軍団の三万余は、伊予新間《にいま》（愛媛県新居浜《にいはま》）に上陸した。雲霞《うんか》のごとく十数万の大軍が、三方面から四国をめざし渡海し、取り囲んできた。

土佐側の史料には、秀長、秀次軍が六万、秀家らの軍勢は二万三千、毛利中国勢が四万、合計十二万三千とあった。

これを迎え討たんとする元親は、自らは兵八千をひきいて、伊予、讃岐、阿波の国境要衝の白地城を本営とした。一領具足以下老少四万人と称する土佐兵を、各所に配置して迎え討とうとした。

## 木津城、金子城の落城

淡路島福良港（兵庫県）に結集した秀長、秀次の軍団は、ここで大船六百艘《そう》、小船三百艘に分乗して、阿波土佐泊《とさどまり》（徳島県鳴門市）に上陸してきた。

一方、秀家らは屋島に上陸して高松（香川県）に進んで布陣し、植田に向った。植田城（香川県）は戦略上重視され、要害に護られて攻撃が困難であったので、秀家は黒田孝高の意見によって、讃岐を通過して阿波攻撃に全力を固め、秀次軍に合流した。

秀長、秀次軍の攻撃で川端城（香川県）を陥し、援軍の仙石権兵衛、中川秀政、高山右近の兵も加わり、さらに羽柴秀家、赤松則房、蜂須賀家政（のち徳島城主）、明石守重も加勢、木津城（徳島県板野郡）攻撃のため布陣《ふじん》した。木津城は四方険しい山城で、山上の水口が押さえられるまで、よく戦った。

鉄砲を昼夜の間もなく打ちかけて、城中の兵卒は心恟々《きょうきょう》として、酒に酔ったようになり、防ぐ方便を失ってしまうほどの物量戦を投入してきた。城主東條関兵衛はついに七月八日降伏し、城を捨てて脱出した。土佐の岡豊まで逃亡してきたので、元親は怒って東條を斬り殺した。

伊予に侵入した毛利軍団もまた、東予で激戦を展開した。新麻に上陸して、新居浜（愛媛県）の丸山城の黒川広隆を陥し、長宗我部と結んできた東予の武将金子《かねこ》元宅《もといえ》の弟元春の拠る金子城は、ついに七月十四日落城。翌十五日から兄元宅《もといえ》のこもる高尾城（愛媛県西条市氷見）を攻撃した。元宅は、

「秀吉、諸国に下知して軍勢を差し向けらるる上は、われらの運を開かんことは、万に一つもあるまい。さればと言って元親に誓った約束を反故《ほご》にして、今また降参を秀吉へ願い出ることも、武士のとるべき道ではない。天《てん》の勢《いきお》いを受けて討死することが、尤《もっとも》武士の面目《めんぼく》である」

と言って、毛利、小早川勢に頑強に抵抗し落城とともに切腹し、一族郎党も殉難した。四国戦線の降将の死にざまは、さきの東条と対比された。

東予一帯を制圧した毛利軍は、川之江の仏殿城（愛媛県）に布陣して、元親の本営白地城（徳島県三好郡池田町）と対峙した。谷忠兵衛の守備する一宮城は難攻不落に造られた城だけに、羽柴秀長は鮎喰川をはさんで、手こずっていた。

羽柴秀次軍も吉野川北岸岩倉城（徳島県美馬郡）を目指して進み、途中の脇城（徳島県美馬郡脇町）を、七月十五日に包囲し、十六日外構えをこわして城の水手を奪ったので、城中は渇水の危機にさらされた。

元親から救援はきたらず、籠城《ろうじょう》も限界にきたときであった。元親は初めて白地より、秀次の本営に人質《ひとじち》をさし出し、城兵の命乞いを申し出たのである。元親はこれを潮《しお》に降伏を願い出て、一切の処置を秀長、秀次に願った。秀長は七月二十五日、一宮城の谷忠兵衛と江村孫左衛門にあてて、

「土佐一国を保証すること。

五日間の停戦の申し出を了解すること。」

を誓紙に認めて元親に伝えさせた。四国制覇は秀吉の掌中におさめられた。停戦から一箇月後の八月二十三日、全軍が四国から引きあげた。

この裏面工作には谷忠兵衛の捨て身の尽力と交渉があった。

## 谷忠兵衛のはたらき

一宮城《いちのみや》（徳島県）の守将谷忠兵衛忠澄は、知謀兼勇の武将であった。これを攻撃する大将羽柴秀長は五万の大軍で、一宮城を包囲した。護りは固いので、秀長は水路寸断の作戦をつかい、城の運命が旦夕《たんせき》に迫ると、降伏勧告を送った。さきの「土佐一国保証のこと、五日間の停戦のこと」であった。忠兵衛はこれを待っていた。徹底抗戦を主張して譲らない元親へ、忠兵衛は誠心をこめて申し送った。

「たとえ羽柴秀長のひきいる五万の軍を破っても、秀吉の軍勢は無尽蔵でございます。限りある四国の兵をもって、限りなき天下を相手の合戦は、長宗我部によもや勝目はございませぬ。名ある大将は、一宮落城を前にして、今こそ講和締結が潮時です」

と、白地の元親へ申し送った。元親の返事が返ってきた。

「西国にて名を知られたる元親が、一戦もせず闇々《やみやみ》無事に引き退《さが》ることは、屍《しかばね》の上の恥辱《ちじょく》である。忠兵衛がそれほどの不覚者とは思わず、一宮城を其方に預けたることそ越度《おちど》であった。一宮城にて腹を切れ」

元親は忠兵衛を叱りつけた。無論、忠兵衛は腹をきらなかった。切るどころか、直ちに重臣部将と相談し、一同結束して和睦《わぼく》降伏しかないことを示した。

「土佐一国、一家存亡の危機でござる。重ねて合戦に敗けて手段《てだて》も尽きて降参は、良将の恥づるところでござる。この度は秀長、秀次両将に任せて和睦《わぼく》されるなら、秀吉の前も宜しく申し宥《なだ》めてくれる御錠《ごじょう》で、諸臣残らず和談を望んでいます。何卆《なにとぞ》拙者へお委せ下さい」

と進言したので、ようやく元親の抗戦断念の返事がきた。

「元親がいかほど思うても、家来がこれほど腰を抜かす上は、まことに力及ばぬ事である。この上はいかようにても、汝らの所存《しょぞん》に委すしかあるまい」

ようやく元親も、旗を巻き甲冑を脱ぎ、降参に踏みきったのである。

これまで四国戦線で活躍した長宗我部軍勢については、

「十人が七人は土佐駒に乗り、曲り鞍《くら》を敷き木鐙《あぶみ》を掛けていた。武具は鎧毛も切れ、腐って、麻綵で綴り集めてつけ、腰の小旗を横に差して、上方の武者には威勢も似るはずがなかった。国に兵糧が乏しくて、上方《かみがた》と長く戦いつづける用意はなかった」

一方、上方の秀吉軍勢は、

「武具、馬具は綺麗で光り輝き、金銀を鏤《ちりば》めて、馬は長大であって、眉《まゆ》上るように見える。武者は指物、小旗を背に差していて、厳《いかめ》しい有様である」

と語られている。

木鐙をかけた土佐駒と、金銀をちりばめて体格の大きな上方《かみがた》の馬と対比している。彼は兵農分離を終った専門の武士団。われは中世名主《みょうしゅ》の殻から抜け出ない田園郷士の農兵たち、一領具足の集団であった。

「命知らずの士」には違いないが、上方中原《かみがたちゅうげん》の「眉上る」彼等を迎えるには、蟷螂《とうろう》の斧《おの》の抵抗であった。

「嗚呼、土佐の将兵、長策なきかな」

と、史書は嘆いて評している。長宗我部勢は攻城野戦、ほとんど十年の後、もとの土佐一国へ立ち帰ったのである。

## 元親の降伏

軍書は一様に、元親無念の風姿を語っている。しかし元親の心底には、降伏の避けることのできない到来を覚悟していたふしもある。合戦の潮時《しおどき》とともに勝負の結果を、元親は見抜いていたはずである。

はじめ、四国征伐の直前は、秀吉の許へ使者を遣わして進物を贈り、彼の鋭鋒《えいほう》を避《さ》けようとした。また折衝《せっしょう》して伊予一国を返上する講和妥協に持ちこもうとしたことが、

「長曽我部、種々懇望《こんぼう》致し候と雖《いえども》、御許容《ごきょよう》無く候」(「長元物語」)

と元親の苦慮を語っている。「眉上るが如き」上方軍勢の実力と、本能寺の変以降、信長に取って代った秀吉のただならぬ人物や、次々と打つ凄腕《すごうで》を、同時代に呼吸する元親は痛切に感受していたのである。

まして四国の戦場で、長い年月とおびただしい壮丁を喪ったので、これ以上の犠牲を出すことの忍びなさを、痛感していたのである。

秀吉は、元親に土佐一国の領有を許し、秀長をして、講和成立の誓書《せいしょ》を谷忠兵衛に与えた。秀吉から、

「長宗我部宮内少輔どの」

とあって、朱印状(天正十三年七月十二日)が残されている。

「徒《いたず》らに在国四国黎民《りようみん》を悩乱《のうらん》せしめ、あまつさえ殿下(秀吉)に競望《きようぼう》せしむる旨《むね》、叡聞《えいぶん》に依って某《それがし》罷《まか》り向ひ討伐せしむべく勅宣《ちよくせん》を蒙《こうむ》り、降参の旨趣言上《ししゆごんじよう》致し

候条、土佐一国宛《あ》て行《が》いぬ。名家（長宗我部家）御寛宥《ごかんゆう》なさる。此の如く仰出さるる事すこぶる天道の冥慮《みょうりょ》（天のよき考え）にかなふものか。自今《じこん》以後二心無く忠節を抽《ぬき》んずべき者也」（原文のまま）

勅宣は正親町《おおぎまち》天皇の命により、元親の降伏と共に土佐一国を与えることを、「天道の冥慮《みょうりょ》」と宣言し、「二心無く忠節」を尽せと命じている。

秀吉にとっては、四国征伐進駐上陸の五十日のわずかな一夏であったが、元親にとっては四国のうち三国へ、土佐を留守にし野戦攻城十箇年の、苦心経営の結末がこれであった。

阿波国は、浮田の軍監播州三千石の蜂須賀家政へ、

讃岐国は、淡路島洲本城主仙石秀久へ、

伊予国は中国八箇国領主小早川隆景へ、

与えられた。四国戦線で幾度か元親に追われて生き残った三好存保は、讃州の旧領十河《そごう》虎丸城二万石に復帰することになった。

# 第五章　戸次川の悲劇

## 天下人秀吉と元親

天正十三年（一五八五）秋、元親は土佐国浦戸港（高知市浦戸）から船出して、堺港に上陸して京都へ上り、初めて天下人秀吉と対面した。すでに未曾有の巨城大坂城は完工して、秀吉の位階は関白に昇っていた。

この際の接伴役は、四国戦線で縁が深かった羽柴秀長や藤堂高虎であった。京都では茶人今井宗久の家を宿所とした。入洛した元親に対する秀吉の礼遇は厚く、東寺の南門には「西国一の弓取り」を見物するため、都人は垣をつくって迎した。

西畑織《さいばたおり》の衣服に、月代《さかやき》を広く剃り上げた男たちが、土佐の長刀を帯びて、都門をまかり通った。元親主従一行である。元親は人質となっていた三男親忠《ちかただ》の代りとして、次男親和《ちかかず》を同道した。それに国行の太刀、黄金、熊皮の進物を携えた。

秀吉に対しては、四国戦線の時とは打ってかわって、

「広大な御恩恵に対し、謝する言葉もありません。わが身の安堵《あんど》これに過ぎません。かかる主君に身を委《ゆだ》ねてこそ、武士の本懐《ほんかい》でございます」

と述べた。秀吉は深く肯《うなづ》いて、自ら饗応《きようおう》をつとめ、座敷能を見物させた。贈物に備前兼光《びぜんかねみつ》の太刀と金子百枚と馬を取らせた。元親は三男親忠を伴《ともな》って、十月十五日に帰途についたが、秀吉は茶人今井宗久に命じて、堺まで見送らせた。

元親は帰国すると廓《かく》中のすべてを、岡豊城に登城させ父子帰還の祝宴を披露《ひろう》して、家臣を安堵《あんど》させた。

「四国戦線で一同よく働いた。家中の軍功者たちへ郡県（土地）を与え、妻子を扶助《ふじよ》させせんと思いながら、元親さえ一国の主となったので、まことに心底に任せず残念である」

と率直《そつちよく》に申し渡した。土佐一国に限られた所領の内で、家臣に満足を与えて、新しい強固な封建体制を樹立してゆくことは、容易でなかった。

加えて、兵農分離や中世的給人層《きゆうにんそう》（在地武士）を、近世的な封建《ほうけん》家臣団へ改めてゆく、大仕事が始まる。このため新しい塩田事業から、新田の開拓などに取り組み、土佐国の経済策をすすめてゆく。

## 正月再度上洛

翌、天正十四年（一五八六）正月、年賀のため再度、大坂へ向った。甥本山将監《しょうげん》や重臣桑名太郎左衛門等を帯同して、上坂した。秀吉は大坂城で元親を迎えて、盛宴を張り天守閣にて茶会を催した。贈物として道服や金襴《きんらん》包《つつ》みの脇差から、秘蔵の名馬「内記黒」まで頂戴した。そして大和国（奈良県）郡山にとどめ置いた、次男香川五郎次郎親和の帰国を許した。

秀吉に元親は、大坂城天守へ召し連れられた時、御服奉行の女房によって継ぎ合せの御筒服《どうふく》を下さった。元親は拝領した服を、天守の部屋で着服して罷《まか》り出た。

「この度の御馳走はまことに比類なき仕合せでございます」

と御礼を申した。諸大名衆、御出頭衆も、宿泊した宗久邸へ大勢がつぎつぎと訪れた。元親の面目《めんぼく》と人気は計ることができない、と人々は讃え、天下の沙汰は目出度く聴えた。

秀吉の広大な御恩恵を、比類なき仕合せと感じた元親は、この後は秀吉のため献身的に尽力してゆく。翌年、秀吉が京都に方広寺を造り、大仏殿を営《いとな》んだときは、元親は秀吉に応え、土佐の山林から切り出した「天下の良材」を惜しみなく提供している。

元親自ら長男信親や家臣をひきつれて、土佐国安芸郡奈半利川上流成願寺山に出向いて伐採し、数百艘の船で、淀《よど》、鳥羽《とば》へ運搬させ大坂に送り秀吉を喜ばせた。

浦戸湾でとれた鯨を、生きたまま早船で大坂城へ運びこんで、秀吉を驚かせ褒美を授ったのも、この頃のことであった。元親は六十一歳で死ぬまでの十五年間、秀吉に心服して、九州戸次川《へつぎがわ》の島津軍との合戦で、長男信親を犠牲にし、小田原の戦役にも、朝鮮出兵にも老いの身を粉骨砕身《ふんこつさいしん》して働くのである。

三年のち天正十六年（一五八八）四月、聚楽第《じゆらくだい》で祝宴の際、

「天下取り」

の話が伝わっている。「松に寄せて祝う」歌会の席後、秀吉は盛宴を張り諸将をもてなした。この席上、秀吉と元親の間に問答があった。

「なんと、宮内少輔《くないしょうゆう》（元親）は四国を望んだか、天下に心を賭《か》けたのか？」

「なにしに四国だけを望むことがございましょう。天下に心を懸け申しました」

「宮内少輔が器量で、天下の望みはどうして叶《かな》おうぞ」

「いいえ、悪《あ》しき時代に生れきて、ついに天下の主《ぬし》になり損《そん》じました」

元親はこの時、諂《へつ》らわず、憚《はばか》りなく率直に言ったので、秀吉は手を拍って笑って聴いた。運に恵まれて地の利が幸いすれば、当時の元亀天正（一五七一―一五九二）の戦国武将たちは、誰しもが、武田信玄、上杉謙信、織田信長のように皆な、天下を取り日本を制覇することを夢み、力闘したはずである。

秀吉も家康も、毛利元就、大友宗麟、島津義久、伊達政宗も、みな然《しか》りであった。「天下の主になり損《そん》じ候《そうろ》」と、率直に言いきった元親の誇りと、無念は、終生消えなかったのである。

## 悲運、戸次川合戦

頃《ころ》は天正十四年
師走《しはす》十二日の朝まだき
筑紫《つくし》のはても冬闌《た》けて
霊山おろし吹きすさむ
戸次《へつぎ》の川の岸ちかく

森鷗外林太郎《もりおうがい》の長篇叙事詩「長曽我部信親」の冒頭である。薩摩琵琶歌として、明治三十六年の作である。

九州豊後戸次川（大分県大分郡大南町）で、元親は島津軍と戦い、最愛の長男信親を戦死させ、土佐勢の精鋭七百余人が玉砕した。長宗我部家の衰運を誘う不幸な悲しい戦いであったが、鷗外は日本武士道の精華として、信親の死を悼《いた》みをこめて歌いあげている。

薩摩国（鹿児島県）の島津義久は、九州併合の野望を抱き、豊後の大友宗麟領を侵略したので、大友は秀吉に訴えて援軍を乞うた。秀吉は島津氏を撃って、九州全土を掌握しようとして西国の諸将に出陣を命じた。

四国戦線で秀吉に降伏した元親は、昨年まで敵対していた讃岐の仙石秀久と、阿波の十河存保《そごうまさやす》とともに、九州へ出陣を命ぜられた。

仙石にしろ三好にせよ、四国戦線で元親と数年の間しばしば戦い、敗れた敵対関係にあった。両人は元親に深い怨恨を抱いていた。戸次川で島津軍と対陣する前夜、土、讃、阿の三者は、軍《いくさ》評定があった。

「敵は川を要害にとって支えている。この川は九州第一の大河で、頗る難所とされている。けれども恐るることはござらぬ。いざ、諸軍各々方、一同、渡河して一戦にて勝負を決しようではござらぬか」

秀吉より軍監を命ぜられた仙石は、勇ましく主張した。島津氏は二万をこえる大軍で、これに対して味方は合せても総勢六千人ばかりである。この小勢力で河を渡れば薩摩方は待ちうけて狙撃してくるのは必定である、と元親は判断したので、

「さればこの川を境に止まって時をかせぎ、豊後表より加勢を待って、兵儀を示し改めてその時に合戦をするがよろしかろう」

と直ちに渡河作戦に出るのは、無謀である、と戒めると、仙石はたちまち反論してきた。

「敵を眼前に見ながら、対陣に日を送るは腑甲斐《ふがい》なきことよ。わずかの伏兵に怖れて戦さを延ばそうとするのでござるや」

しかしこの際ばかりは、仙石に同調するかと思っていた十河存保《そごうまさやす》も、強硬な仙石の主張に反対したのである。

「敵は眼に余る大軍である。河を越えてわれらの小勢をもってして、たとえ仙石殿を先兵として我等後詰《あとづめ》にしても、もっての外でござる。われらは只今の陣を守り、島津が川を越えてくるならばそこで一戦すべきである。秀吉公の御諚《ごじょう》のごとく持久して、御出馬を待ちたてまつるべきでござる」

十河存保の渡河反対を意外とした秀久は、

「各々方、さほど同心なくば、わが仙石の一手をもって渡河決戦をせん」

と言ったので、軍監の命ならば是非に及ばず、曲げて仙石の議に従い、上方勢全軍は渡河決戦と決まった。この仙石秀久の暴虎《ぼうこ》馮河《ひょうが》の勇（血気の勇にはやること）には、四国戦線で元親に叩かれた怨みがつもっていたのである。鷗外はこの場面を、

無謀《むぼう》の仙石声励まし
心おくれし土佐武士ども
攻めじとならば我ひとり
手勢を以て攻めんずと
うけひかざれば長曽我部も
是非なくいくさを出だしけり

と描いている。

「天の時は地の利に如《し》かない。地の利は人の和《わ》に如《し》かない、と言うが、このように諸将一和しないゆえ、この軍《いくさ》ははかばかしくないと思わぬ人はなかった」

と心ある人々は、暗い戦争を評した。仙石の猪突《ちよとつ》の勇を「知謀足りて武勇其の所を得た者でなければ、諸事整い難し」(「太閤記」)と、戸次川渡河戦の敗因を指摘している。

## 仙石の逃亡、十河の戦死

天正十四年(一五八六)十二月十二日、辰の上刻(午前八時)矢合せを始め、午前九時から十時に渡河決戦が敢行された。まさしく元親の予測どおりの結果が展開した。

厳冬の朝である。先頭部隊が戸次川に打ち入り、白浪を蹴立てて渡ったところに、島津の伏兵千余人が堤の上に駈け出て、鉄砲をもって狙いすまして撃ったのである。先魁《さきがけ》の兵は一人も残らず人馬ともに打ち倒され、朱《あけ》に染まって漂い流れた。

初戦から上方勢は凄絶な敗亡におちいった。双方の軍勢配置、兵力を掲げてみる。

上方勢は、

右翼隊
第一隊　桑名太郎左衛門　兵数約一千
第二隊　長宗我部信親　兵数約一千
第三隊　長宗我部元親　兵数約一千

左翼隊
第一隊　十河存保　兵数約一千
第二隊　仙石秀久　兵数約一千

予備隊
第一隊　戸次統常　未祥
第二隊　大友義統　未祥

これに対して、

薩摩勢　豊後国　島津中務家久　兵力二万
第一隊　伊集院《いしゅういん》美作守《かみ》　兵数五千
第二隊　新納《にいろ》大膳正《たいぜんのかみ》　兵数三千
第三隊　本庄主税助《ちからのすけ》　兵数二千
第四隊　兵数八千

土佐勢は、

「四国に名を顕《あら》わした勇猛揃《そろ》いであるぞ。ここで遅れをとっては九州勢に嗤《わら》われ、恥《ち》辱《じょく》を天下に残すことである。されば一足も退くな、身を塵芥《ちりあくた》に比して奮闘せよ」

と号令が下され、薩摩の島津家久も諸軍を叱咤《しった》した。

「今日の合戦は、秀吉が上使として、四国より馳せ向った仙石、長宗我部とやらん上方武士、これに後詰として出張してきた三好達、まこと願う所である。われら戦死すべきと相定むるもの一万八千余の軍卒、一人も生きて本国に帰ると思うな」

このようにして、両軍の激突となった。島津家久の八千騎は、遠征軍が渡河してくるのを待ちかまえていて襲いかかった。たちまち上方勢は算を乱して敗れ討たれた。

さらに驚くべきことがおきた。先陣を承《うけたまわ》った仙石秀久は、薩摩方と遭遇《そうぐう》する以前に、なにもかも打ち捨てて真先きに敵前逃走した。彼は命からがら豊前小倉（福岡県）まで走り、さらに自領の淡路島まで逃げ帰ったのである。秀久は家僕一両人を相具して、小舟に取り乗って、淡路島の洲本《すもと》に退いた。

「仙石は四国を指して逃げにけり　三国一の臆病の者」

と詠まれた。自ら大言して合戦を始め、一朝敗れると、前後の処置もせず、身一つを全うして逃げのびたのは、当時の武将には珍しい「三国一の臆病男」であった。

秀吉は敗戦の顚末を聞くと、大いに怒り仙石の軽率を憎み、彼の知行を没収した。秀久はこれより浪人の日蔭者となったが、四年後は小田原陣（神奈川県）北条攻めの際、自ら進んで従軍したので、秀吉は彼の罪を許し、戦後、信州（長野県）小諸《こもろ》五万石に封じた。曽孫政明の代には但馬出石《たじまいづし》（兵庫県）五万八千石に移る。

世は移り、仙石家七代目久利の頃、家老仙石左京が謀り事が洩れて所謂《いわゆる》「仙石騒動」がおき、二万四千石に減知されたが、子孫相伝え明治維新に至って、子爵に列したのは、「聖世の余沢《よたく》」であると、史書は評している。

渡河戦にのぞんだ讃岐軍の武将十河存保は、仙石軍の先鋒《せんぽう》を務めて勇敢に戦い、敵中に駈け入って奮迅《ふんじん》して戦死した。従う将卒五百人も、皆な枕を並べて玉砕した。時に存保は三十二歳。一子千松丸は讃岐山田郡（香川県）の十河《そごう》城にいた。

「命捨つるも兒故に捨つる　猛くなれよと千松よ」

と人々は歌った。翌天正十五年（一五八七）生駒《いこま》雅楽正規が讃岐国（香川県）に入部した時、存保の孤児千松丸はいまだ知行安堵もなかったので、正規が千松丸を護って秀吉に謁見した。「親にも劣るまじきもの」と言われ、花紙代三千石を給され、「成長の上は相当の引き立てもあるべし」とあった。しかし不運にも後、千松丸は家臣に毒殺され、存保の祠《まつり》は全く絶えたのである。

元親、信親父子の土佐軍勢三千は、島津方の剛勇をもって聞えた、新納大膳亮に率《ひき》いられた五千の薩摩方と戦った。

上方勢、讃岐の左翼隊は仙石は遁走《とんそう》し、十河は全滅となったので、勝ち誇った薩摩勢は潮のごとく押し寄せ、土佐勢を包囲した。

長宗我部父子はたちまち乱軍の中に取り囲まれ距てられた。元親も数倍の圧倒する敵の重囲におちいり、一度は自刃しようとした。その時、秀吉から拝領した名馬「内記黒」が、乱軍の中から無疵《むきず》のまま走り帰ってきた。これを潮《しお》に、家臣に諌《いさ》められて戦場を離脱した。

主従わずかに、谷忠兵衛以下二十一人が、信親の行方と生死を気遣いながら、伊予日振島（愛媛県）へ落ちて行った。

## 信親戦死

信親は、戸次川畔の中津留《なかつる》川原に踏みとどまり、最後の陣をたて直した。この時、桑名太郎左衛門が駈けつけて、

「急ぎ引き給え」

と、しきりにすすめたが、信親は、

「父上の生死のほども明らかならず、かつは軍令に背いて敗《やぶ》れをとる。なんの面目あって再び太閤殿に見《まみ》えんや。ここを最期の戦場に決めたり」

と、きっぱり拒み、屍山血河《しざんけつか》の最後を飾ることとなった。薩摩勢は、洪水が堤を突き破るように、怒濤の勢いで襲いかかってきた。信親の近習旗本も支えたが、二倍の敵勢に攻められ崩れ落ちて、人も馬も傷つき斃《たお》れてゆく。

信親は今はこれまでと、先年織田信長に烏帽子《えぼし》親《おや》を頼んだ際の引出物に頂いた、二尺七寸の左文字の太刀を振りかざし、群がる敵中に斬り込んでゆく。

元親の甥吉良播磨守、同じく甥の本山親茂《ちかしげ》将監《しょうげん》、一宮《いっく》土佐神社神職石谷民部《いしたにみんぶの》少輔《しょう》、功臣桑名太郎左衛門、同じく国沢左馬進らの僚将近臣たちも面も振らず突撃し、左右に当り、前後に支えて戦った。

親が討たれても子は顧みず、主人が討たれても郎党は屍を乗りこえて、敵に迫り退くことはなかった。しかし信親軍は衆寡《しゅうか》敵せず、ことごとく討たれ斃れてゆく。

信親も多くの敵と斬り合い、小手の板草摺《いたくさずり》も切り落され、血潮に染まった太刀を立て直し、眼に流れ入る血潮をかき拭《ぬぐ》う。薩摩勢は土佐勢の大将と知って、透かさず左右より斬ってかかれば、前後に薙《な》ぎ据《す》え払った。

信親を認めた敵将鈴木内膳は、駈け依って太刀を抜き渡り合った。信親は長時間にわたる働きで、深手浅手の数多《あまた》を負っている身体である。その身は鉄石ではない。精力疲れついに内膳に討たれた。行年二十二歳。

鷗外は、この信親の最終章を詠った。

中にも大将信親は、
唐綾縅《からあやおどし》の甲を着　蛇皮《だび》の冑《かぶと》を戴きて
馬を縦横に馳せめぐらし
四尺三寸の長刀を
閃めく稲妻《いなづま》　石撃つ火と
身まがう迄に打ち揮《ふる》い
敵八人を切り伏せつ
新納忠之きつと見て

あれこそ敵の大将ならめ
いで打ち取らんと馳せ寄らば
郎党《ろうとう》どもは押し隔《へだ》て
主《ぬし》に代りて死なんとす
島津がたの軍奉行
鈴木内膳馳せ寄りて
おん大将に見参《けんざん》と
隙間《すきま》もなくぞ切りかくる
信親につこと打ち笑みて
殊勝《しゆしよう》の敵よ土佐武士の
最期《さいご》を見よとわたりあい
思う儘に太刀打ちして
二十二歳を一期《いちご》とし
地にもたまらぬ暖国の
雪より先きに消えゆけり

## 元親の傷心

元親は、信親ら七百余人、一人残らず玉砕したことを知らされると、谷忠兵衛と陣僧を島津方へ派遣して、遺骸を探し出させた。忠兵衛の嗣子長十郎の戦死も、この中に含まれていた。使者を迎えた薩摩の武将新納武蔵守は、信親の死を心より悼み、

「弥三郎殿を討ち取り申したことは、軍《いくさ》の習とは申しながら、近頃、本意なき儀でした。父上宮内少《しょう》輔《ゆう》殿の御心底を察し入ります。弥三郎殿の戦場における御挙動もまた、その誉《ほまれ》とともに、人々の口に語られ、まこと武門の名誉のこと、御心を慰められる次第でござる」

と言って、死骸のままではあまりに痛ましいので、火葬にして信親の帯びた甲冑や太刀を添えて送ってきた。

元親は二目《ふため》とは見ずに、涙に咽《むせ》び悲しまれたので、家臣たちは急いで甲冑を取りさげた。その甲冑を見ると、太刀は鍔元より切先きまで、寸のあき所なく切り込まれ、刃こぼれが無数にあって、太刀の形を止めていなかった。

甲冑は、矢玉、太刀、槍の傷跡が数えきれずあった。袖も草摺も続いたところがな

いほど千切れていた。

「まことに 夥《おびただ》しいお 働《はたらき》 であった」

と、同席した家臣たちは、驚嘆しながら一同落涙にくれたのである。

「新納武蔵守殿の志は、昔日源平合戦における熊谷次郎直実《なおざね》が、平敦盛《あつもり》の 屍《しかばね》を、父門脇殿へ贈られたことと同様だ」

「恩愛不朽《おんあいふきゅう》の慣《なら》いと申すが、まこと人業《ひとわざ》をこえたお働よ」

と、口々に言った。さしも元親も、信親の甲冑を見て、こらえきれず流涕《りゅうてい》袖を浸《ひた》して哭《こく》した。家臣一同も男泣きにくれたのである。

「われすでに五十歳に及んで、寒天に鎧《よろい》を晒《さら》して、この度の戦場に赴いた事、信親の生きて凱旋することをのみ念じていた。

勝負は兵家の習いとは申せ、いまだ二十二歳の若者を先き立たせて、老いの身が、残した息子の形見を、見ることこそ無情のことよ。今はもはや浮世の中に望みは絶えたので、いかなる山林にもかくれ棲み、身を寄せたい」

と、武将を捨てることさえ思った、傷心の父親であった。まことに辛《つら》い悲しい戦国史の一齣《ひとこま》であった。

弥三郎信親のことは、

「背の高さ六尺一寸（百八十余センチメートル）、色白く柔和にして詞寡《ことばすくな》くて礼譲があって、しかも厳しくはない。戯談しても決して猥《みだり》がましくはない」

と評されている。伝人《めのと》の福留隼人《ふくどめはやと》が、手塩にかけて幼少より武勇を教えたのである。平素は三尺五寸（百十五センチメートル）の兼光を軽々と腰に帯びていて、常人の差料より一尺（三十三センチ）は長く抜刀は難しいが、信親は飛び走りに抜いたという。家臣を愛し、国人ら一同敬い馴れ懐《なつ》く様子は、まるで父母の思いをなした。詞遣《ことばづかい》から立居振るまいまで優雅であった。

徳望のある知勇兼備の偉丈夫《いじょうぶ》で、老将元親の後嗣として、かけ替えのない人物であった。この息子を喪ったときの父親の虚しさには、測り知れないものがあったろう。

土佐国岡豊城（南国市）に帰還した元親の思慮分別は、その後一変したという。十五年後、長宗我部家は末男盛親《もりちか》が家督を継ぎ、元親の死とともに、没落してゆく。信親と七百の若者たちの戸次川で戦死してより、戦国土佐の青春が燃え尽き、一国の希望の燈火が不意に吹き消されたのである。

けれども信親たちが身を殺して、戸次川畔で灯《とも》した燠《おき》は、底々と燃えていたのである。三百年の藩政史の後に幕末に出会って、一領具足の子孫、土佐郷士や下士の青年たちによって甦り、幕末の尊皇攘夷倒幕運動から明治の自由民権にまで、花が開き実を結んだ。

## 「碧血の賦」

戸次川の合戦で大勝利をおさめた、十七代島津義久は、翌天正十五年（一五八七）五月、二十五万の秀吉軍が鹿児島に迫った時頭を丸め「龍伯」と号して薩摩河内の泰平寺《たいへいじ》に至り、秀吉に謁見して罪を謝して、軍門に下った。戸次川数千の犠牲の幕切れであった。

ついで翌天正十六年五月、太閤秀吉は帰洛して元親に羽柴《はしば》の姓を授けて、土佐守《とさのかみ》少将《しょうしょう》を名乗らせた。元親は帰国して家臣たちに官位昇進のことは目出度し、慶《よろこ》ばし、と言われると、

「位官のこと少しも関わりなし。年経ても豊後にて討死した多くの家臣共の家族に対し、まことに面目もなき次第である。しかしわが子信親も果《は》てたことゆえ、これにて留守《るす》家族一同への言い訳けになるぞ」

と申して、再びさめざめと泣いた。

信親主従数百の骨は、土佐国浦戸天甫寺《てんぽじ》（高知市長浜）に持ち帰って葬られた。天甫寺はのち長宗我部家没落後は、廃寺となり信親の墓と、七百人の戦死者姓名を記載した過去帳は、高知長浜の雪蹊寺《せっけいじ》に移され、現在に伝えている。

元親は土佐帰国後、亡き信親と陣亡《じんぼう》将卒を供養するため、岡豊城下の国分寺と瑞応寺《ずいおうじ》において、大法会《ほうえ》を営んだ。国内すべての僧侶を集め、法華経一千部を読誦させ追善を営んだ。それより十二月十二日、法会をつづけさせたのである。

慶長五年（一六〇〇）長宗我部が亡び、山内氏入国後は、山内氏が長宗我部の遺制を継ぎ、一宮《いっく》村（高知市一宮）土佐神社にて毎年十二月、大祭を催した。俗に千部経と称して国内の僧侶を大勢よんで、法華経千部の読誦《ずしょう》をなさしめたのである。

三百年の山内藩年中行事の一として、明治維新まで継続した。進駐軍山内家が先住の土佐人の伝統精神を継ぎ保ってきたことは、まことに珍しき美挙であるが、同じ武士道の精華を尊重したものであろう。

弔祭《ちょうさい》のことは百箇日に当って、谷忠兵衛が紀州（和歌山県）高野山《こうやざん》に登り、宿坊明光院の奥院に、信親やわが子長十郎ら七百余人の遺骨位牌《いはい》を携え、石塔をつくって納めた。千石以上の侍は四十九院を両脇に建て、上下七百余人の石塔を建てて祭ったのである。

また、豊後国（大分県）戸次川畔には次の石碑が建っている。

○「長宗我部信親公墓」（大分県戸次町山崎山上）

○「信親公忠死御供之衆碑《のぶちかこうちゅうしおとものしゅうのひ》」天正十四年丙戌十二月十二日於豊州（大分県戸次町上利光、成大寺境内）

○「碧血《へつけつ》の賦《ふ》」土佐産青石に刻む（戸次町成大寺境内）

森鷗外は「長曽我部信親」最終章で、西洋古代史を引き、東西の歴史を合せて歌い悼んでいる。

異国のむかしトロヤにて
愛子ヘクトルが屍《しかばね》を
敵の陣所に乞い得たる
プリアモス王が恨《うらみ》にも

まさる恨《うらみ》は日振《ひぶり》なる
假屋《かりや》の軒に元親が
最愛の子の亡骸を
あだに待ちける恨なり

昭和の戦前の著書『長曽我部元親傳』の史家中島鹿吉氏は、戸次川玉砕《ぎょくさい》の主従を、次のように讃えている。
「昔、シチリーの全滅した希臘《ギリシャ》軍遠征の門出を、ピレウス港に見送った詩人チモンの言葉にならうならば、
土佐、それ自身の再び帰らざるべき船出と。」

# 第六章　元親の死

## 城替えのこと

元親は、数代住みなれた岡豊の城を去って、大高坂（高知市）へ移転の計画を天正十二年（一五八四）頃立てていたが、四国戦の攻防がいそがしくて、暫く沙汰は止まっていた。天正十五年（一五八七）秀吉に降伏したのち城地移転を決行した。

大高坂に城を築き、国沢《くにさわ》（高知市）に町屋を立て、翌十六年冬移転となる。この際、家臣はいうに及ばず商家、民屋まで毀《こわ》し、資財から雑具を持ち運んだので、岡豊はたちまち冬野が原と寂《さ》び返った。そして国沢は暫時《ざんじ》の間に、花の都となった。

もともとこの高坂村は、西に小高坂山、東は大高坂《おおたかさか》といい、大高坂より東を国沢と号したのである。今日の高知市本町通りから堀詰《ほりづめ》はりまや町辺の場所である。

元親は、土佐国の首都として新しい統治の場所を、大高坂国沢に決めた。しかし移転してみると、ここは周辺がデルタ低湿《ていしつ》地帯で、水害にしばしば見舞われて、棲む住民は不安を強いられた。奥山より流出する強い水勢に堤が崩れ、町屋が洪水《こうずい》となることが度々あった。

そこで折角住まいはじめた大高坂も捨てて、天正十九年（一五九一）こんどは、海辺の浦戸《うらど》へ再移転を行うのである。

長男信親を失った傷心を癒《い》やすには、元親は、想い出の重なる父祖の地を捨て、新城を求めたが、政治家経営者として、強固な兵農分離を前提とする城下町の建設が必要であった。地理的、政策経済的な立地《りっち》条件《じょうけん》のよい大高坂を一国の首都としてまず選んだのである。

古い地頭名主層《じとうなぬしそう》の支配する農村の村落帯から、近世の軍事政治の独立強化を計ったのである。しかし既説のように、折角移った大高坂の土地は、名称とは裏腹に鏡川《かがみがわ》と江の口川にはさまれたデルタ地帯で、しばしば洪水の被害を蒙ったので、「暫時《ざんじ》の花の都」になりかけて、国沢を捨てて再び浦戸（高知市浦戸）へ城替えとなった。

浦戸城は天正十七年より築城を着手して、天正十九年（一五九一）末頃普請《ふしん》成って、移転入城となる。

爾来《じらい》、慶長五年（一六〇〇）盛親の頃までと、山内氏の進駐後、高知築城までの数年と、あわせて十三年間が、土佐支配の城地の歴史であった。

浦戸城は、土佐国のほぼ中央に位し、昔より海港として知られた浦戸湾口にあった。水主や船匠の住む土地で、戦国の頃は本山茂辰《もとやましげとき》の支城があった。城廓は桂浜龍王岬の地続きの北方山頂に立てられ、太平洋に迫る台地に設けられる。三層の天守閣が本丸に築造されて、黒潮を航行する舟人に、華麗《かれい》な龍宮城《りゅうぐうじょう》の雄姿を眺望させたのである。

西に接した二の段は、長浜方面から来襲する敵に備える。本丸から南に突き出した屋根には、三つの出丸《でまる》が造られ、東南の海浜からの敵襲へ備えとする。北面は海港で、長宗我部船団をつなぐ港である。城と港は要害堅固と風光の美を兼有した海城であった。

ただ欠点は、周辺の平地が狭いので、近世的な城下町の発展が制約されるが、水軍と物産集積と輸送の役割りは大きかった。

当時のヨーロッパ航海者たちの地図には、土佐はTONXA、浦戸はURANDOと記載されていて、太平洋の寄港地として注目されていたのである。今日、浦戸港は高知港と呼ばれ、阪神航路をはじめ内外航行ひんぱんな貿易港として賑わっている。

慶長五年（一六〇〇）に掛川（静岡県）六万石から、進駐《しんちゅう》入国《にゅうごく》してきた山内一豊《やまうちかずとよ》は、この浦戸城を破却して元親がさきに築城しかけた大高坂に城造りをして、同八年（一六〇三）八月引越している。この際、浦戸城は徹底的に解体廃棄《かいたいはいき》される。

本丸の建物は高知城三の丸丑寅《うしとら》（北東）の櫓《ろ》に、城壁の石はすべて船で運ばれて、高知城の石垣に使用された。

浦戸城址には、今日、高知県立坂本龍馬記念館が建設され、桂浜の龍馬銅像（昭和二年高知県青年建立）ともに、全国から訪れてくる観光客のメッカとなっている。龍馬記念館の屋上からは、太平洋の百八十度の海、陸、空の大観をほしいままにし、五百年前に元親の所有した同じ風景《ランドスケープ》が展がっていて、戦国武将の壮大な夢を彷彿することが可能である。

## お家騒動、盛親の継嗣《けいし》

天正十六年（一五八八）は、信親三周忌の年で、大高坂へ移転の最中《さいちゅう》であったが、長宗我部家の後嗣《あとつぎ》が決められた。

「弥三郎信親が去々年、討死して老いの身の杖を失ってしまった。この不便さは限りないので、信親の娘と四男右衛門太郎盛親《もりちか》とを夫婦にして、土佐国を譲るならば、嫡子《ちゃくし》の筋《すじ》を立てることになるであろう」

重臣会議で元親はおごそかに宣言した。列座の人々は、はじめ誰も答がなかった。やがて、元親の甥吉良左京進親実《ちかざね》が進み出た。

「長男弥三郎様討死にされ、次男香川五郎次郎様（親和）先年（天正十五年）惜しくも御卒去されたので、その次と申せば、三男津野孫次郎（親忠《ちかただ》）様こそ才智も優れた総領でござる。右衛門殿（盛親）は四男でござる。その上、弥三郎様息女とは叔父姪であって、婚姻はいかがなものであろうかと存じます」

二十六歳の左京進は遠慮会釈《えんりょえしゃく》もなく言った。この香川五郎の死については、とかくの噂《うわさ》があった。次男親和は四国戦線でよく働き、天正九年（一五八一）讃岐（香川県）六郡の領主で、天霧《あまぎり》城主香川中務少輔信景の養子に入り、香川家を継いだ。

しかし元親が豊臣氏に降伏して讃岐を失ってから、親和は土佐へ帰り岡豊城下香美郡東小野に閉居していた。長兄信親が戸次川で戦死した後も、家督相続の沙汰は一切なく、捨《す》て禄《ぶち》を給せられていた。このことにより鬱病《うつびょう》を発して天正十五年、自ら食を断って悶死《もんし》したと伝えられている。

次に席に進み出たのは、元親の従弟で秦門の棟梁《とうりょう》と重んじられた、比江山掃部介《ひえやまかもんのすけ》親興《ちかおき》であった。

「左京進殿の申さるる所、至極道に叶《かな》っています。孫次郎様の家督は公儀と申し定法といい、なんの詮議もなきこと。長宗我部の家を継がれることこそ望ましう存じます。方々《かたがた》の御考えも承りたい」

この席にいた家老久武内蔵助親直や中内源兵衛は咳《しわぶき》をしても、一言も申し出なかった。元親も不快を顔に出して内へはいってしまった。家の継嗣のことが世間にもれると、おりから普請中の大高坂城下に、落首が掲げられた。

「梶原が二度の賭《か》けして今の世に、また久武と生まれきにけり」

鎌倉時代の武将梶原景時《かげとき》の佞奸《ねいかん》を、久武内蔵助にあてつけたものであった。けれど久武は世論にためらうことなく、継嗣問題の後、策謀して元親の反対論者を、次々と自刃させ、上意討ちに追いこんでいった。

秦門の棟梁比江山掃部介親興《ちかおき》は、おりから大高坂城の西郭《にしくるわ》の仮り家に棲み、城普請の下知《げち》に従っていた。同年十月四日のこと、元親の検使桑名弥次兵衛と横山修理が、そこへ出張してきた。

「この度、世継ぎ評定の席の無礼進言のこと、君臣の法を乱る。其の罪軽からず。依って切腹を命ずる」

とあった。家来が検使に抗言弁明しようとしたが、親興はこれを制して未練なく割腹した。

元親の甥左京進親実は、居城高岡郡蓮池《はすいけ》から小高坂の屋敷に普請《ふしん》して移ることになっていて、仮り住いの下村七左衛門家で宿泊していた。ここへ検使役中島吉衛門と宿毛《すくも》甚左衛門が訪れ、切腹の命を伝えた。

親実はこの時、碁《ご》をうっていたが、打ち納めて入浴をすませて後、割腹し家来の羽山甚左衛門が介錯《かいしゃく》した。

さらに親実の舎兄に当る朝倉宗安寺《そうあんじ》住持信西堂《しんせいどう》学僧如淵《にょえん》は、上意討ちに会った。高《たか》加茂《かも》大明神（土佐神社）の神職永吉飛驒守《ひだのかみ》も自害させられた。

左京進親実の家来勝賀野《しょうがの》次郎兵衛は、蓮池《はすいけ》の留守宅で討たれた。精参流の達人の次郎兵衛は、激しく討手に抵抗して上使二人を斬った後、殺された。これら自刃や上意討ちにあった「七人御先《みさき》」の亡霊が、夜歩きをすると噂《うわさ》が広まり、人々を怖れさせて、お家の末路を囁《ささや》きあった。

四国の戦場では、敵将や他国人に寛仁であった元親は、ほかにも重臣秦泉寺《じんぜんじ》大和守《やまとのかみ》の子掃部や、横山伊賀、仁井田五人衆の志和勘助、専式坊などを討滅させた。

反対派を血の粛清《しゅくせい》で弾圧した元親は、盛親のために使者を上京させて、五奉行の一人増田長盛《ましたながもり》を烏帽子親《えぼしおや》に依頼して、千熊丸を元服させた。「盛」をもらって右衛門太郎盛親と名乗らせ、家の継嗣を認めさせた。

継嗣会議で話された三男津野孫次郎親忠《ちかただ》は、秀吉の没後慶長四年（一五九九）三月、香美郡岩村に幽閉され、ついで慶長五年九月関ヶ原合戦の直後に、自刃させられている。

ために上洛した盛親の、西軍参加の謝罪が採り上げられず、土佐一国を家康に没収される破目《はめ》となる。親忠自刃は盛親におもねった久武親直の策動によるといわれた。久武家にも数々の不幸怪異が生じる。久武に子供が八人あったが、あるいは自害しあるいは乱心してことごとく死んだ。末子がただ一人生き残り、慶長五年長宗我部家没落後は、九州へ立ち越し、肥後の加藤家に千石で仕えた。

まことに暗雲のただよう長宗我部家の衰亡であった。ほかにも戦国大名に骨肉の争いがあった。父信虎を駿河《するが》国（静岡県）に追放して、家督を継いだ武田信玄。兄晴景と戦い彼を押しのけて、家を継いだ上杉謙信。

かたわら、中国地方を征服した毛利家のように「元就《もとなり》の束矢《そくや》の訓」で栄えた武将もいる。一本の矢は、たやすく折れるが、三本の矢を束ねると折れないことを示し、兄弟の結束協力を教訓した、毛利家の好例もあった。父元就の教訓を守り、吉川（元春）、小早川（隆景）の両川《りょうせん》が、毛利（隆元）の両翼《りょうよく》となって、家を護り発展させたのである。

長宗我部氏は毛利氏に較べるなら、遠く及ばない。及ばないどころか、元親は、長男信親戦死の後、次男三男を滅ぼし、秦門の棟梁《とうりょう》重臣まで上使討ちにかけて、末男盛親をたてた。自ら枝葉を切って根幹を枯らす結果を招いたのである。

## 小田原攻め

元親の晩年は、当時の三大事件、小田原攻め（天正十八年）、朝鮮出兵（文禄元年）、サン・フエリペ号事件（慶長元年）に参加、関与している。

天正十八年（一五九〇）三月、関東に割拠《かっきょ》支配する小田原氏攻めは、秀吉の天下統一の最終段階にさしかかった時で、全国の武将を総動員させている。畿内《きない》から南海、山陽、山陰、東山諸道の兵二十五万。伊勢（三重県）、尾張（愛知県）の織田信雄《のぶかつ》一万五千。三河（愛知県）、遠江《とうおみ》（静岡県）、駿河《するが》（静岡県）の徳川家康の二万五千。

厖大《ぼうだい》な、軍勢を揃えて、秀吉もこの年、自ら、小田原に出陣した。元親は、淡路（兵庫県）の脇坂安治《やすはる》、志摩（三重県）の九鬼義隆《よしたか》、伊予（愛媛県）の加藤嘉明《よしあき》の水軍と共に出陣した。このため小田原城は箱根の要害を失い、陸海から包囲された。

四国の部隊は船団を組んで、伊豆半島を迂回して下田城攻撃に加わった。長宗我部軍は加藤嘉明軍と相並んで陣を取った。元親は朝鮮で活躍した「大黒丸」十八反帆の大船に乗船。船大将（船長）は池六右衛門であった。船の櫓衆《やぐらしゅう》（乗組員）は二百人。

石火矢（大砲）二門、十匁の鉄砲二百挺、弓百張《は》り、槍二百本、長刀六十枝、熊手、火矢の道具は数限りなく積んでいた。

潮時を計って「大黒丸」は、旗、のぼりで飾りたて、どらを打ち、貝を吹き、船子どもが足拍子《あしびょうし》をそろえて板を踏み鳴らし、喚声をあげながら城の南口に突入した。各陣営からこの様子を眺めていたが、浜の手にあった櫓を、石火矢で打ち崩したので、敵はこらえかねて持ち口を明けて退却した。

本陣からは貝を吹きたて、諸陣いっせいに連結して射撃。三時《とき》（六時間）ばかりは地面にひびき、肝も消えるばかりであった。

戦況を見ていた秀吉は、元親へ褒美を遣わす使者を出した。

「この度の大船による手柄は日本一である。御感大形《ぎょかんおおかた》ならず」

と称揚して、船長の池六右衛門へ胴服一つ、小袖二つを贈り、乗組員へは鳥目（金貨）三百貫を下さった。小田原城は陥ち城主北条氏政、氏照兄弟は七月六日降伏とともに自刃した。

## 朝鮮の役、元親出征

秀吉が朝鮮の役をおこしたのは、はじめは「唐入り《からいり》」、すなわち大明《みん》（中国）征服が目的であった。明国に出兵しようとして、朝鮮に道案内を求めて、天正十九年（一五九一）二十九万余の兵を朝鮮半島へ動員したのである。

朝鮮は秀吉の要求を断ったので、目標を朝鮮攻略にきり替えて、九軍十五万八千余の兵を渡海出征させ、大規模な国際戦争を招いたのである。

元親は、第五軍に編入されて兵三千をもって、伊予今治《いまばる》の福島正則、大洲《おおず》の戸田勝隆、阿波の蜂須賀家政、讃岐高松の生駒《いこま》親正、水軍の伊予来島《くるしま》兄弟と、行動を共にするよう指令され従軍した。文禄元年（天正二十年、一五九二）三月、元親は土佐国浦戸を出港。時に五十四歳であった。

太閤秀吉は、出兵の基地として肥前（佐賀県）名護屋に城を造り、ここに在陣し、指揮した。南海道、北陸道、中国地方の兵、九州の兵が残らず海を越えて朝鮮に渡った。加藤清正、小西行長が先遣《せんけん》隊の左右となり、四国、九州の兵士が続々とこれにつづいた。

数万の輸送船が見られたが、中でも毛利家の「日本丸」、九鬼家の「大あたけ」、長宗我部家の「大黒丸」が、限立《きわだ》って山のような大船であった。

色とりどりの旗、馬印、金銀を尽くした諸道具を飾りたてて、船団は壱岐《いき》、対馬《つしま》の島を過ぎ、高麗《こうらい》（朝鮮）釜山《ふざん》に押し向った。船団は海上に、花の山が浮んだように壮観であった。

釜山の海に漕ぎよせた水軍は、上陸して鬨《とき》の声をあげながら、銃を撃ったので鮮人たちは動顛《どうてん》して逃げることもできず、海や川に落ち疵《きず》も負わないで死ぬ人もあった。釜山城は間もなく陥落《かんらく》した。

この国の習いで、国境から隣りの境まで、高い山頂に合図の鐘《かね》が吊《つ》るされていた。釜山から京城まで二十日路の距離を、鐘を鳴らして報せを継ぐなら、二夜三日で連絡ができた。京城まで直ちに非常の鐘が聞えたが、防ぎ戦う手段もなく、帝王から家臣まで逃げてしまった。

日本軍は二十日の行程で、京城へ進撃した。二、三ヶ所の戦闘や攻城戦はあったけれど、破竹の勢いで進撃した。このことは明国《みんこく》の北京《ペキン》まで聞えた。内藤飛騨《ひだ》が使者となって派遣されて北京の王室に参内し、日本の高麗出兵の趣旨を説明した。遊撃将軍沈惟敬《ちんいけい》が使節として文禄五年（一五九六）一月来日した。今回の外征は「日本書紀」に記された神功《じんぐう》皇后（仲哀天皇の皇后で応神天皇の母）以来の三韓（高句麗《こうくり》、百済《くだら》、新羅《しらぎ》）退治であった。

この日本の侵略戦争は、双方に大きな犠牲《ぎせい》を強いたのである。元親の晋州城攻略戦では敵将の朴好仁を捕えた。落ちてゆく好仁を土佐勢が追いかけた。遁れぬと思って引っ返すところを、吉田市左衛門政重はすかさず駈け寄せ、引き組んで馬より落ちた。政重が好仁を押えて縄をかけて生け捕りした。ほかに俘虜《ほりよ》は七十二人、討ち取るところの首級は一千三百余あった。

元親の晋州城攻略の後、文禄二年（一五九三）六月、朝鮮との和議成立によっていったん、帰国したが、弟の香宗我部親泰《ちかやす》は同年十二月、朝鮮出兵の途、長門《ながと》（山口県）で五十一歳で病死し、親泰の子親氏《ちかうじ》も陣中で戦死している。

元親は四年後の慶長二年（一五九七）六月、朝鮮再征の命令に応じて、四男盛親を伴い兵力三千余を率《ひき》いて、七月釜山《ふざん》に再び上陸した。時に五十九歳の老齢であった。この戦いは、赤口（全羅道）のコフイ（古阜）、ナシヤウ（羅州）二郡を攻撃した。

赤色に地図が塗ってあったので、全羅道《ぜんらどう》を赤国といった。郡数は六十五郡で、日本各軍が占領の割り当てにより攻略した。元親は十月まで、戦いながら北上した。ナシヤウ（羅州）は、今日の光州の南西で木浦《もっぽ》に近く、コフイ（古阜）は北方海岸よりにあった。古阜郡は、その年の七月、住民は日本兵をおそれて避難し、無人になっていた。

しかし羅州にはいまだ住民が残っていたので、ことごとく撫《な》で切りして、鼻をそぎ取った。その数は六千六百人と、横目衆《よこめしゅう》（前線の監督官）への報告書にのせている。鼻は千一人分ずつ桶《おけ》に入れこれを塩漬けにしたのである。勝者の惨酷《ざんこく》な風習であった。

## 虎退治

戦陣において、人間同士の殺戮《さつりく》よりも、虎退治が、手柄話として語られている。元親が唐嶋《からしま》（加徳島）に在陣中、大虎が一頭やってきて、長宗我部の兵士が喰い倒され、陣中は騒然となった。

津野孫次郎親忠の家臣下元《しももと》勘助、同与次兵衛兄弟は、家中で隠れなき鉄砲上手と言われた勇士であった。

「いで物みせん」

と、ばかり勘助は駈け出して狙いすまして撃った。弟与次兵衛も続けて撃ったが、急所に当らず虎は傷を負ったまま、猛って本陣へ近づいてきた。この時、十五歳の大高坂七三郎は、本陣に入れては大事《おおごと》とばかり、小太刀を抜いて一文字にかけつけて、虎に飛びかかって行った。

虎は七三郎の胴中を横ざまに喰わえて走ろうとするので、吉田市左衛門政重が走り寄って首のところを、丁《ちょう》とばかりに斬りつけた。虎は七三郎を打ち捨てて、市左衛門の首を、ただ一口と喰いついた。しかし甲冑が堅固にできていたので砕けず、市左衛門は大虎の咽喉笛に手をかけて、七刀も刺し通したので、さしもの虎も息絶えて斃《たお》れたのである。

七三郎も救かり、一同陣中そろって喚声《かんせい》をあげた。

「手柄第一等なり、市左衛門」

元親は虎退治の勇者に、康光《やすみつ》の太刀と感状を与えた。

「その虎の爪《つめ》を採って、日本への土産にせよ」

と命じたので、市左衛門は虎の皮ならぬ爪を切って持ち帰り、子孫へ伝えたという。

この唐嶋在陣の時、元親は太閤秀吉へ、樟木《くすのき》皮付三百本、大竹三百本を船を仕立てて大坂城へ運びこませて進上した。秀吉は喜び、「宮内少輔《くないしょうゆう》（元親）は遠境にいても、人の思いよらざる品を送ってくれた。篤実今日に限らぬ人物よ。この唐木漢竹《とうぼくかんちく》を以て高麗殿《こうらいでん》を建てて、一同を饗応しようぞ」

と御機嫌よく、使者であった依岡源兵衛に小袖羽織を下さった。元親は文禄三年

（一五九四）三月、諸将とともに釜山港より帰朝したが、生け捕った朝鮮人八十余人を土佐国に連れてきた。町屋《まちや》を建てて唐人町といい、豆腐《とうふ》の商いをさせた。のち山内氏入国後も、子孫は秋月姓を名乗って今日に伝えている。

慶長三年（一五九八）八月秀吉が、伏見城で病死したので、これによって前後七年にわたった朝鮮征伐は全軍引きあげて、終止符を打ったのである。

## サン・フエリペ号事件

慶長元年（一五九六）土佐国の一角浦戸（高知市浦戸）から起きたサン・フエリペ号事件は、やがて世界的事件のきっかけとなる。

元親が、朝鮮から帰国していた同年八月のこと、イスパニア船が高知浦戸へ漂着した。この異国船は後日、日本の鎖国《さこく》に重大な影響をもたらし、長崎における「二十六聖人殉教」の端緒《たんしょ》となった。

イスパニア船サン・フエリペ号は、日本暦の慶長元年六月十七日、フィリピンのカビデを出港して、メキシコへ行く途中、暴風雨に出会い船体が破損した。修理のため日本へ寄港しようとして、八月二十六日（陽暦は十月十七日）の夕、土佐国浦戸へ寄港したのである。船にはフランシスコ会ドミニコ会アウグスチノ会の修道士七人をふくむ二百三十人が乗っていた。
翌二十七日、元親は盛親を伴って二百十艘の小舟に守られ、武装船一艘に乗ってサン・フエリペ号に近寄り、酒十八樽《たる》と牝牛《めうし》一頭を司令官ランデチョーに贈り、スペイン船一同の安全を保障した。
この後のこと、サン・フエリペ号は浦戸湾口に投錨《とうびょう》していたので、湾内に入ろうとして岩礁で座礁《ざしょう》し、船底を大破してしまった。この衝撃で積荷の胡椒《こしょう》、丁子《ちょうじ》など数多くの品が湾内に漂流したので、小舟を出して拾いながら、桂浜の家々に収納した。当時の記録には、
緞子《どんす》、一万五千余反
糸、三万二千余斤
しゅす、一万七千反
ちりめん、二万五千反
木綿《もめん》、三十五万余反
その他に、印子金（純度の高い金）、皿、壺、鉄砲、石火矢（大砲）まで、種々の物品、総数百五十万箇に及ぶ荷物を積んでいた。乗組員は海岸に上

り、一夜を露天で過したが、三十日の朝は浦戸城下に入って宿泊した。この際、久武内蔵助は、

「この船は蓬萊山《ほうらいやま》から宝船がきたようなものです。知らせが大坂にとどいたら、太閤様が見物のため、土佐国へ下向されるかも知れません。あるいは増田右衛門尉長盛様か、石田治部少輔三成様が御名代として、お越しになると思われます。

したがって船の荷物を勝手に処分するなどは、お家の大事になるおそれがあります。もし積み荷を少しでも取り匿《かく》す者があれば、たとえこの内蔵助をはじめ誰であろうと、腹を切らせて厳罰《げんばつ》に処するべきでございます」

と、元親に申し上げげた。けれども浜辺に並べられた濡れ荷は、きびしく監視されながらも、しばしば盗まれた。長野次郎左衛門の下男《げなん》が、木綿百端入りの梱包《こんぽう》を二つ盗み、自家に隠していたのが発覚した。

当人は捕えられて桂浜にて、獄門首にかけられた。主人の次郎左衛門は久武の親戚であったが、法度《はっと》を守るため仕方なしと、すぐに切腹をさせられた。これによって人々は、南蛮物《なんばんもの》があれば、避《さ》けて通るようになった。

荷物はすべて種崎の舟蔵へ取り入れられ、大坂からの指図にしたがった。検使として奉行《ぶぎょう》、増田長盛《ましたながもり》が土佐国へやってきた。久武の意見の如く元親が取りはからった

ことを、

「奇特千万《きとくせんばん》なり」

と増田は褒めて銀子《ぎんす》五千枚を、元親は拝領し面目《めんぼく》をほどこした。サン・フェリペ号の多量な積み荷は、八反帆から十二反帆の船八十三艘に積み替えて、大坂に運ばれた。受けとった秀吉側の資料には
「上々繻子《じゆす》むれう五万端（反）。唐木綿《とうもめん》二十六万端。金襴緞子《きんらんどんす》五万端。白糸十六万斤。印子《いんす》千五反。麝香《じやこう》一。生きたる麝香十。生きたる猿十五。鸚鵡《おうむ》二羽」

などを記録している。押収の珍品はすべて秀吉から公卿大名や京都、堺、奈良の商人に分与された。その代り、船の破損の修理をして、漂着半歳後の慶長二年（一五九七）三月、浦戸を出港し母国イスパニアへ帰国させた。

帰国のとき秀吉は、白米千石、豚三百疋、鶏三千羽、うどん粉五百石、酒樽《さかだる》白荷、種々の肴《さかな》五十荷を贈った。しかし秀吉の収奪《しゆうだつ》と処理があったので、国際的な儀礼でなく、海賊的なやり方だ、とイスパニア人に批難《ひなん》された。

## 二十六聖人の殉教

話は少しさかのぼるが、サン・フエリペ号の司令官ランデチョーは、乗組員の保護と生活必需品購入のことや、船体修繕《しゅうぜん》の許可を得るため、秀吉のもとへ使者を派遣《はけん》したいと申し出たので、元親はこれを許した。

使節の一行は、慶長元年九月七日（陽暦十月二十八日）大坂に到着し、フランシスコ会布教長ペトロ・パブチスタに会って、浦戸漂着を報告した。パブチスタも使節と共に大坂から伏見に行き、元親の邸で泊り、増田長盛を通じて秀吉に報告した。秀吉はこれによって、増田を検使として浦戸へ派遣したのである。

増田は土佐に漂着したサン・フエリペ号を厳重に検査して、阿波、淡路《あわじ》、紀伊の浦々から召集した輸送船八十三艘に、没収した荷物を積んで大坂へ運ばせた。この際、海図を発見したので、航海士オランデイアに説明を求めた。

「イスパニア人は、いかにしてフイリピン、モルッカ、ノビスパニア（メキシコ）、ペルーを征服したのか？」

と訊くと、

「イスパニアは全世界と貿易を行い、良く待遇《たいぐう》されるなら、友人となるが虐待《ぎゃくたい》されるのならその国を奪うのです」

と航海士が答えたので、

「それではその目的のため、まず修道士がやってくるに相違ないのか」

「そのとおりです」

と肯《うなず》いた。つまりイスパニア国は、宣教師を派遣してキリスト教を布教して、住民を懐柔《かいじゅう》して後に軍隊を送り、その地を占領してきた、と打ちあけた。長盛は秀吉にこのように報告したので、キリシタン弾圧《だんあつ》の一大口実《こうじつ》となり、禁教が強化された。

これよりほとんど十年前、天正十五年（一五八七）の頃秀吉はすでに耶蘇《やそ》教禁止《きょう》、宣教師追放令を発して異教弾圧にのり出していた。しかしヴァリヤーニ神父の熱心な努力で、この数年は布教が継続された。

天正十九年、ドミニコ・フランシス・アウグスチノーの各修道会士が来日し、次第に教勢を張った。これはポルトガルのフランシスコ・ザヴイエル以来、古くから布教に尽力してきたイエスズ会士の不満を招いた。布教をめぐってポルトガル人（イエスズ会）とイスパニア人（フランシスコ会）の抗争に発展していった。

サン・フエリペ号の航海士は、イスパニアの強大を誇示するために答えた言葉が、故意に宣伝され、または誇張危険視されたので、秀吉にキリシタンへの徹底的弾圧を決意させたのである。

慶長元年十二月十九日（一五九六年二月五日）、イスパニア宣教師ペトロ・パブチスタ等、フランシスコ会士二十三人が捕えられて、長崎の立山《たてやま》で、残酷な磔刑《たっけい》に処せられた。ほかにイエスズ会の日本人修士三名も自ら名乗って捕えられ、京都から長崎へ送られ、共に処刑されたのである。

今日、殉教二十六聖人は国際的な史跡として、長崎の立山で顕彰されている。当時、マニラ総督ドン・フランシスコ・テリヨは秀吉に特使を発して、刑死者の遺骸引き渡しと、没収品返還を要求し、

「このようなことは日本国王の如く強大にして、公正を維持《いじ》する王の、通常行わざるところである」

と強い抗議を示したので、秀吉は対抗して応えた。

「日本の国教は神道がある。しかるにイスパニアの宣教師たちがキリスト教によって、日本国民を混迷させて、国土の占領を意図《いと》している」

と反撃し、

「日本と交誼《こうぎ》を正道に導かんとするなら、今後、再び、人を遣わして外国の虚偽の教

えを説いてはならない」

と答え、遺骸引き渡しを承諾したが、没収船貨の損害賠償《そんがいばいしょう》は拒絶した。

浦戸に残留したイスパニア人たちが、どんな生活をしながら日本国を脱出し、いかなる方法で母国へ帰ったか、史料が欠如して、真実は歴史の裏側にひそんでしまった。

## 元親の死

一地方の国人領主から起きて、いったんは四国全体を斬りとり、戦国の中原に躍《おど》り出ようとした武将元親は、雄図空しく、慶長四年（一五九九）京都伏見邸で、七月八日逝去した。

秀吉は前年慶長三年八月十八日、六十三歳で没したので彼を追うような死であった。元親は天正十三年（一五八五）七月、秀吉に降伏して、四国のうち土佐を除く三国を秀吉に捧げて献身的に仕えてきた。それだけに同世代の秀吉の死は、大きな痛手《いたで》であったろう。

秀吉の死の五ヶ月前の、同年三月元親は朝鮮より帰国して京都伏見邸に入っていたが、十一月、徳川家康は伏見の増田長盛邸と元親邸を訪ねている。何が話されたか知らされてないが、家康の次期政権への下見《したみ》であったかも知れない。

元親はこの後、年末頃土佐国へ帰国。元親の三男津野親忠を香美郡岩村に幽閉したのは、翌慶長四年三月のことである。親忠は朝鮮の役にも出陣し戦功をたてた武将であるが、弟の盛親の家督が定まって、兄の自分をさしおかれたことを不満とし、元親に服していないと告げる者があった。親忠は京都へ遁《のが》れ出たい、と考えたので、元親に閉居させられたと言われている。

久武内蔵助一派の策動によるが、元親の昏迷《こんめい》や惑《まど》いは、病気により一層衰弱をきたしていた。親忠はのち慶長五年（一六〇〇）九月、関ヶ原合戦に盛親が敗れて帰国した際切腹させられるが、親忠自刃は徳川家康による長宗我部家除封の、口実を与えることとなった。

元親は病気治療のため慶長四年四月初旬、盛親を伴って上洛し伏見邸に入った。おそらく末期癌を患っていたのではなかろうか。病間小康を得て四月二十三日大坂城に秀頼を訪い、謁見している。五月次第に病いが重く、京都や大坂から医者が呼ばれて医術を尽したが、臨終を伏見で迎えた。

死の数日前、盛親に遺言をした。

「たとえ長宗我部家にどんな武辺者が出ても、わが在世の如くせよ。戦陣にあっては桑名弥次兵衛を先陣、久武内蔵助親直を中陣、宿毛甚左衛門を後陣とし、布陣《ふじん》の変更は禁ずる」（「桑名弥次兵衛一代手柄書付」）

戦国武将の真骨頂《しんこっちょう》を告げて、息をひきとった。五月十九日、伏見の土佐邸で六十一歳の生涯を終った。遺言《ゆいごん》によって遺骸《いがい》は天竜寺で大勢の僧侶の誦経に送られて荼毘《だび》にふし、遺骨は船で土佐の浦戸に運ばれ、長浜（高知市浦戸）の天甫寺《てんぽじ》に葬られた。法号は天竜寺の策彦周良《さくげんしゆうりよう》が「雪蹊恕三大禅定門《せっけいじょさんだいぜんじょうもん》」と選んだものである。

同年七月、嗣子盛親は、天甫寺《てんぽじ》山に元親の墓を築き、台座の銘を刻ませた。

「慶長四天七月八日　前羽林土佐太守《まえのうりんとさたいしゅ》従四位下行《げこう》雪蹊恕三大禅定門護持大施主《だいせしゅ》　敬白」

盛親が作らせた元親の画像は、東福寺の惟杏《いきょう》永哲長老が賛を書いている。

「雪蹊大禅定門は天姿秀精、明徳は必ず隣階庭に至り、蘭玉《らんぎょく》の如き和気は濛々《もうもう》として一門桃李《とうり》、喜色は津々《しんしん》としている」

と讃えている。しかしこの後、長宗我部家の運命は、歴史の示すとおり、東福寺長老の「賛」を裏切るものとなった。

この画像と賛を納めた、長浜の高福山慶雲寺は同年冬、盛親により元親の菩提寺となり位碑《いはい》と木像を安置し、法号にちなんで雪蹊寺《せっけいじ》と改められた。

今日は真言宗で四国遍路三十三番札所となっている。寺宝として元親木像のほか、湛慶《たんけい》作の薬師如来像《やくしにょらいぞう》が蔵され、天甫寺山にあった信親の墓はここに移されて、信親佩《はい》用《よう》、日の丸朱胴の甲冑も所蔵されている。

# 第七章　南学と長宗我部氏

## 南学と重要文化財

土佐国には、南学（海南朱子学）があって、幕末から明治にかけて大きな政治的革新への行動実践に若者を誘った。幕末の坂本龍馬、中岡慎太郎、吉村虎太郎らの脱藩と尊王攘夷、武市半平太らの一藩勤王運動をひきおこし、明治の板垣退助《いたがきたいすけ》、中江兆民《なかえちょうみん》、植木枝盛《うえきえもり》らの自由民権運動まで、この学問的思想の系譜が影響し、続いてゆく。

徳富蘇峰《とくとみそほう》は「土佐は学問と思想の国」（「史境遍歴」）と評しているがさらに実践が伴っ

ている。すべてこの南学を源淵として思想的バックボーンがあった。「秦君（元親）はついに儒教を貴んで、郭内に校舎を置き、如渕子《にょえんし》、忍性叟《にんしょうそう》をもって師とした。月の中、六日は士夫が雲聚《うんしゅう》（集り）して書を読み、武を講じ学術ようやく風動《ふうどう》した」（大高坂芝山「南学傳」）

とあって、天正の戦後（一五八五―一五九二）長岡郡岡豊《おこう》の郭中講学《かくちゅうこうがく》を記録している。

朱子学は室町時代、京都の僧侶の間に朱子の考註による儒学研究が盛行したが、応仁の乱（一四六七―一四八四）がおきて、朱子学が地方に流伝していった。

京都では京学《きょうがく》、周防《すほう》（山口県）山口の大内氏のもとで栄えたのを西学《せいがく》と称し、この国の南村梅軒《みなみむらばいけん》が南海道土佐国にもたらしたのが南学《なんがく》である。天文二一年（一五五二）大内義隆が家臣の陶晴賢《すえはるかた》に亡ぼされ、この大内氏のお伽衆《とぎしゅう》として講学していた梅軒は、漂浪して土佐国に入り、吾川郡弘岡城主吉良宣経《のぶつね》に迎えられ、儒学を講授した。

朝倉宗安寺の如淵《にょえん》、五台山吸江庵《ぎゅうこうあん》の忍性《にんせい》、長浜雪蹊寺の天質《てんしつ》は、その学を受けのちに「南学の三叟《さんそう》」と称された。ことに五台山の吸江庵は、室町の初期、京都の五山文学の学僧として著名な、義堂《ぎどう》、絶海《ぜっかい》がいた禅寺である。この二人とも土佐国高岡郡の出身であった。

長宗我部家は十二代兼能《かねよし》（元親は二十一代目）以来、この吸江庵の寺奉行《てらぶぎょう》を勤めていることもあって、元親は南学の伝統を先祖より体顕《たいげん》していたのである。

元親の「天正式目《てんしょうしきもく》」には項目を改めて、「三史、五経、七書の熟読《じゅくどく》を勧《すす》め、師に就き南学の学習を指示すること」

が掲げられている。「三史」は史記、漢書、後漢書。「五経」は易経《えききょう》、詩経《しきょう》、書《しょ》経《きょう》、春秋《しゅんじゅう》、礼記《らいき》。「七書」は孫子、呉子、司馬法、尉繚子《うつりょうし》、三略《さんりゃく》、六韜《りくとう》、李衛公《りえいこう》問対《もんたい》を指している。

南学の特徴は机上の講学にとどまらない。空論の学問でなく実践《じっせん》を要求する。さきに幕末明治の土佐の青春が倒幕と新政府樹立を実践したが、長宗我部家継嗣《けいし》問題には重臣棟梁《とうりょう》たちの間で大きな悲劇と犠牲を招いたのである。

儒教の倫理から、末子盛親の継嗣に反対した家臣たち吉良《きら》左京進親実、比江山掃部《ひえやまかもん》親興《ちかおき》、そして如淵も元親によって死を命ぜられ、忍性も連座したと伝えられている。

僅かに雪蹊寺の天質《てんしつ》が生きて南学を、長浜真常寺の慈沖《じちゅう》に伝えた。慈沖は還俗して谷時中《たにじちゅう》と改め、長宗我部氏滅亡後を生きて、入国してきた山内氏の家老野中兼《のなかけん》山《ざん》、小倉三省《おぐらさんせい》、山崎闇斎《やまさきあんさい》らに伝え、寛永の頃（一六二四―一六四三）南学の華《はな》を土佐に咲かせた。「長宗我部氏の盛衰は、南学の盛衰を反映した」と史家平尾道雄氏は説かれている。

南学を背景とする文化遺産として、元親は日本の重要文化財となった建物を、後世に残している。

永禄元年（一五五八）長岡郡国分寺金堂（南国市国分、観音堂）を元親が再建。桁《けた》行《ゆき》五間、梁《はり》間《ま》六間の寄棟造《よせむねづくり》、こけら葺《ぶき》で外観は天平《てんぴょう》様式、内部は室町末期の作風で、静寂《せいじゃく》と枯淡《こたん》の趣きをあらわしている。

さらに永禄十一年（一五六八）一宮《いっく》土佐神社（高知市）の本殿、幣殿《へいでん》、拝殿を再建復興している。権現造《ごんげんづく》り様式で、凱旋《がいせん》して帰陣する状態を象《かたど》った入蜻蛉《いりとんぼ》式建築は、建築美術史上、貴重な素材となって重要文化財に指定されている。

拝殿は左右に翼拝殿を設け、外の柱は方柱、他は円柱である。本殿は入母屋《いりもや》造《づくり》、東西の両面に千鳥破風《ちとりはふ》をめぐらして、室町時代建築様式を伝えている。

元親の墓所のある長浜（高知市）には若宮八幡宮があるが、社殿は出陣祈願の社として、出蜻蛉《でとんぼ》の建築である。いずれも豪放《ごうほう》と雅致《がち》、柔と剛と、戦国武将元親の気風が偲《しの》ばれる。

## 歌人、茶人、元親

「元親は常に和歌を好んで、これを学び会を催して楽しまれたので、上《かみ》の好むところは、下《しも》の者が必ず従い習うのである。

大月代《おおさかやき》を剃り下げ、天窓に茶筅髪《ちゃせんがみ》のいでたちと、短い袴に長刀を差し肱《ひじ》を張り眼を怒らせた、土佐の訛声《なまりごえ》の男達にも、無骨の中に優しさや賢しこい者も多くあった。総じて諸芸の達人は上下を分たず選び、また他国より招聘《しょうへい》して、武芸はもちろん、囲碁から能をはじめ諸芸に名を得る輩はその数も限りないほどである」

「土佐物語」には元親の岡豊における文教政策を載せて、元親が無粋な武将でなかったことを述べている。

元親自身も歌集を持っている。天正三年（一五七五）渡り川合戦で一条兼定を追って勝利した帰路、幡多地方海岸の名所旧跡を探勝し、古歌を集述した「袖鏡《そでかがみ》」と題する冊子を、京都から迎えた前《まえの》関白近衛前久《さきひさ》卿が、土佐へ来国して一覧に入れると、「元親殿の歌ごころこそ南国太守《たいしゅ》の心」と篤《あつ》い歎賞を受けたといわれている。

天正十六年（一五八八）四月十四日、後陽成天皇が京都の聚楽第《じゅらくだい》に行幸の際、元親もこの宴に列席し、「松に寄する祝い」と題して詠んだ。

「ゆたかなる都の中の松風に　沖津島根《おきつしまね》もなみ静かなり」

それより前、鳴門にて「竜神に奉る」として詠んでいる。

「われこそは国の守りにたづか（手束）弓　さのみなたてそ（あまり立てるな）鳴門《なると》波風《なみかぜ》」

長宗我部家は、毎年二月初めの卯《う》の日に、連歌千句の興行を行ってきたが、元親の連歌には、すぐれて楽しいものが残されている。京都から土佐国へ招聘《しょうへい》された、連《れん》歌《が》の宗匠蜷川道標《になかわどうひょう》は名を得た達人であったが、天正五年（一五七七）二月卯の日の連歌会に、夢想《むそう》によって、

「杉むらや弓の柄《つか》かや春みどり」

の発句を詠み元親は脇句《わきく》（発句《ほっく》の次に付ける七、七の句）として、

「四方《よも》はみな汲手《くみて》になびく霞哉《かすみかな》」

と詠んだ。第三句は弟の親泰《ちかやす》が、

「行水《ぎょうずい》のあらわによるや玉柳」

と見事に続けた。元親の脇句は、阿、讃、予の三箇国に通ずる道の、交叉点白地攻略を印象づける秀句として、当時の人々の注目をあびたのである。

天正の始め頃、近衛前久《さきひさ》が土佐へ下向した時、夢想を得て、
「杉むらや花や白旗ちとせ山」
と詠み、元親武運長久の瑞相《ずいそう》であるとして、前久はこの発句を自書して元親へ与えたので、元親は大切に持ち、のちの連歌会には追加の発句に定めたほどであった。ゆかしい心ばえを当時の人々は羨しがった。

茶人元親のことは「天正式目」にも、茶をたしなむことを定めている。当時土佐に来国した讃岐(香川県)天霧《あまぎり》城主香川信景《のぶかげ》の帰国に際し、岡豊国分表に茶亭を設けて、信景の労をねぎらいもてなしている。

天正十四年(一五八六)正月秀吉に、降伏後謁見のため上洛した時は、茶道により交渉の深かった堺の今井宗久《いまいそうきゅう》邸を宿所にしている。宗久は千利休《せんりきゅう》や津田宗及《つだそうきゅう》と並ぶ茶道名人であった。

さらに茶道へ執心のエピソードがある。天正十八年(一五九〇)秀吉が聚楽第において、諸将饗応の時、元親に茶の湯を所望したので、元親は千利休と相談して数奇屋《すきや》を入念にしつらえて施薬院全宗《せやくいんぜんそう》、稲葉兵庫頭、富田将監らを相伴《しょうばん》として、秀吉に、非常な満足を与えた。

この際、元親は金子三十枚、小袖三十、猩々《しょうじょう》の皮二十枚を進物とした。秀吉より

は米千石を与えられる面目をほどこしたのである。その他の芸能事については
「乱舞、笛鼓、蹴鞠《けまり》、茶会等の技芸といえども、ほぼ相嗜《あいたしな》むように。他国に至って
赤面に及ぶは頗《すこぶ》る恥辱《ちじょく》である」（「天正式目」）
として芸能修業をすすめている。
岡豊城内における長宗我部文化、芸能の内容と指導者名をのせておく。
手習・文学　真蔵主《しんぞうす》　忍蔵主《にんぞうす》（吸江庵）
太鼓　似我惣左衛門《にがそうざえもん》父子（京都より下向）
謡《うたい》　藤田弟子宗印
笛　小野菊丞（上京して印可を得）
鼓《つづみ》　勝部勘兵衛（堺より招聘《しょうへい》）
礼法　桑名太郎左衛門・中島与一兵衛（上京して小笠原家に学ぶ）
鞠《まり》　飛鳥井曽衣《あすかいそえ》（一条氏の臣）
碁　大平捨牛《しゃぎゅう》（上京して学ぶ）
和歌　小松谷寺覚桜《にながわどうひょう》（京都公卿、岡豊へ招く）
連歌　蜷川道標

## 元親百箇条、天正式目

戦国武将の家には、国を治めて威令を子々孫々《ししそんそん》に伝えようとする掟書式目《おきてがきしきもく》が書き残されている。例えば毛利元就《もとなり》が子息に与えた、毛利兄弟両川《りょうせん》体制を宣言した「教訓状十四ケ条」などがある。政治的性格の強い家規であるが、長宗我部氏の場合、もっと精細で具体的な施政掟書で、元親の国中への構想布令が書かれている。

元親は領国土佐に向って天正二年（一五七四）秩序維持の法令「天正式目」を始め、文禄、慶長期と多くの掟書《おきてがき》を発令している。中でも「長宗我部元親百箇条」は、きめ細かな分国法として名高いものである。

「百箇条」は元親・盛親父子が中心となり、一門重臣が参画して案を練り、慶長元年（一五九六）十一月までに完成されて翌二年三月二十四日、浦戸城内にて制定発布された。

この文案起草の人物として、元親が倚信《いしん》した僧非有《ひゆう》がいた。真言宗滝本寺の僧侶で、長宗我部家重臣とともに、公事、評定、軍議にも預り、諸方の間者（諜者）としても活躍したといわれる。毛利家の安国寺恵瓊《あんこくじえけい》、徳川家の天海僧正のように、戦国武将の政治から外交面に活躍した人物である。非有もまた元親を扶《たす》けた人物である。以下、百箇条中、興味深いものを挙げてゆく。
○「君臣僧俗貴賤《きせん》すべて上下において、互いの仁義礼、いささかも猥《みだ》れがあってはならない。各々が専《もっぱ》ら存ずべきである」
階層身分に応じて、秩序を尊ぶことをすすめている。
○「喧花《けんか》（嘩）口論は堅く停止《ちゅうじ》する。つつしんで堪忍《かんにん》するもこの旨《むね》に背《そむ》き、互が勝負に及んだなら、理非によらず成敗《せいばい》する」
私闘喧嘩には厳しい制裁を加えている。
○「国家への反逆、国中への悪口、流言蜚語《りゅうげんひご》、は重刑罰とし、賭博《とばく》禁止、犯人隠匿《いんとく》には連座の法により処罰する」
○「国中七郡（安芸郡、香美郡、長岡郡、土佐郡、吾川郡、高岡郡、幡多郡）の内、三人の奉行を相定むるので、この奉行の申し付ける儀は、諸事異議に及んではならない」
○「私の契約や婚約に、越権《えつけん》行為は禁止する。喧嘩、博奕《ばくえき》、大酒、躍《おどり》、相撲《すもう》見物、遊山振舞《ゆさんふるまい》等の禁止」
かなり厳しい干渉を加え、倹約奨励から家作には分限を守り日常生活を規制し、文武の修行まですすめているが、ここで土佐人の大酒について元親にもエピソードが伝わっている。

土佐人は古来より飲酒大酔の癖のある南方人種で、元親は再び項目を改めて戒めている。

○「諸奉行の儀は言うまでもなく、上下共に大酒禁制の事。付けて申すなら、酔狂《すいきょう》人の事で、軽い者には科銭《とがぜに》三貫、重き者は成敗《せいばい》すべし。人を害し打擲《ちょうちゃく》するなどは、頸《くび》を斬るべきこと」(「掟書」第二十三条)

ときびしく大酔の風俗を戒めて臨んでいる。しかるに元親自身の飲酒がある時、家臣に見つかり、思わぬ結果となる。

長宗我部家重臣福留隼人《ふくどめはやと》は「蛇もハミ(蝮《まむし》)もそっちよれ、隼人《はやと》様のお通り」と云われ、城下きっての硬骨漢《こうこつかん》とされたが、一日岡豊城下を歩いていて、酒樽をかついだ男たちがやってきた。どこへ持ち運ぶのかを尋ねると、「御城の御用」と答えたので、隼人はいきなり樽を奪って打ち砕いた。

「殿は諸人の鑑《かがみ》となるべきを、自ら法を立てこれに背いては道が立たないではないか、これを拙者が戒めてこそ臣たる道。お咎《とが》めあらば一命を捧げる覚悟でござる」と言った。報告を受けた城内では、家老以下が恐縮して元親の許へ走り「隼人狂乱」

と伝えた。元親も余人ならぬ隼人の諫争《れんそう》の覚悟を察して反省し、自ら筆を執って在所方々に触れをさせた。

「この度、酒を禁ずること法令の誤りにつき、依ってこのことは改めて許すなり。ただし乱酒すべからず」

さばけた主君の布令に、酒好きの家中一同が安堵したことは言うまでもない。

○「若し百姓が相隠していたら、検地以来の算用をし、利倍をもって取り皆済《みなす》まさせる。若し難渋《なんじゆう》の場合は頸《くび》を斬るべきこと」

検地の際に隠田《おんでん》（かくし田畑）が発見されたらどうなるか、強力に百姓を威嚇《いかく》している。

農民の逃散《ちようさん》にも厳重な取り締りがあった。

○「走り者は、その人は是非に及ばず、親類にまで成敗《せいばい》を及ぼすこと。走り者の仕舞（ふるまい行動）をかねて知っている在所の者や、傍輩《ほうはい》（友人）の聞き立てを言上（告げて）してくるなら、一角《ひとかど》の褒美を与える。もし存じていながら申上しない者は、走り者と同罪である」

○「鉄砲製作の家中衆には制限は加えないが、他国人の製造は一切禁止する。注文があれば必ず言上すること。内密に製作すると死刑に処する」

鉄砲鍛冶職人を重視して次の条令もある。

「軍役武具等不断に相嗜《あいたしな》むべきは本道であるが、人より抜んずる者は加増する。第一鉄砲、弓馬を専ら心懸くべき事」

弓馬刀槍の上に鉄砲を第一に扱うことを元親は掲げている。元親の「秦氏政治記」には、「大筒《おおづつ》大小百挺、鉄砲上中五百挺、玉薬櫃《たまぐすりびつ》三百荷、鉄砲掛《がけ》二百挺分、鉄砲具足《ぐそく》千」

と出ている。地方大名として銃器火薬を大量に堺方面から運ばせ、土佐国でも種子《たね》島筒《がしまづつ》（鉄砲）鋳造の記録を残している。

次に職人の賃金は統制されていて、
〇「一日当り上手《じょうしゅ》は京升《ます》で籾《もみ》七升、中は五升、下手《げしゅ》は三升と定められて、上中下の区別は奉行にて認定。但し船大工は一斗《いっと》」

と定められ海国土佐の造船は活発であった。職人の類別は次のように載せられている。大工・大鋸引《のこびき》・檜物師《ひものし》・鍛冶《かじ》・銀屋《ぎんや》・研《とぎ》・塗師《ぬりし》・紺屋《こんや》・革細工《かわざいく》・瓦師《かわらし》・檜皮師《ひわだし》・壁塗・畳《たたみ》さし・具足細工《ぐそくさいく》等。

また給知三町以上の者には騎馬を用意することを指示し、馬の国外移出を固く停めて、土佐駒を軍馬として重視している。

○「国中の馬、他国へ出して売買は一切停止する。もし反する者あれば、その馬を召し上げ、堺目番《さかいめばん》（国境警備）で堅く相留める」
○「材木を切り出す際に、普請《ふしん》等遅れる場合は、日数一倍の科役《かやく》をかける。もしその時奉行へ届け出なく勝手に帰る者は知行を召し放つ」
秀吉への上方献上の木材から、城普請《ふしん》城下町経営等の材木切り出し、運搬は極めて重要な課役であった。
○「竹の子斬ることを堅く停止する。若し相背《そむ》いたら、壱貫文（銭一千文）の過怠《かたい》をとる。これを見付けて中上した者には壱貫文を褒美《ほうび》として遣す」
と細かな規定を添えている。
○「本道は二間（三・六メートル）と定めて、庄屋には在所の住民に命じて道路の修理を受けもたせ、悪路放置の時は科銭《かせん》（罰金）一貫文を徴集し、奉行に納める義務がある」
○「国内の旅行で遠方に行く際は、身分の上下によらず、在所において宿を提供させること。その宿泊費は志《こころざし》次第である。国内の通行は自由であるが、一般に本道以外の横道への通行は禁ずる。違反者には一貫の科銭《かせん》を課す」
○「定期的に一定の地区を往復する定飛《ていひ》脚《きゃく》制度を決めて、近村の住民を徴用してこれに当て、公用の通信にも従わせたが、急用の場合は少しでも遅れるとたちまち斬るべし」

としてある。天正年間には軍事上、経済上一里塚をおき、道路、堤《つつみ》などの破損した箇所の修理を往来の者に累《るい》を与えぬように布令している。戦国の世は他国への往来は厳重に見張られていて、

○「他国へ上下とも出入りのこと、奉行人、年寄中の判形《はんぎょう》のない者は浦々山々を一切通ってはならない。もし庄屋や刀禰《とね》（郷の役人）が申しつけを、緩《ゆる》やかにしみだりに出入を許した場合、即時に成敗《せいばい》せよ。証拠なく舟に乗ったならば其の船までも罪科《ざいか》となる」

海上交通にもきびしい目を光らせている。

## 長宗我部地検帖

元親が岡豊から浦戸城に新城を築いて移ったのは天正十九年（一五九一）であった。太平洋を一望のうちに展望する風光が気に入り三層の天守閣で眺望する時間が長くなった。ある時老臣や近習の士たちと紺碧の空と海をほしいままにしながら、酒盃を

傾けていた。家臣の一人が言った。

「白鳳《はくおう》の地震（天武天皇十三年、西紀六八四）でわが土佐国は田畑五十万頃《しろ》（九十一万ヘクタール）が海没したと、古伝承に言われています。したがって当国も昔は広大な国でございましたが、今日はわずかに九万八千石と承っています。さてもさても惜しきことでございます」

その時、他の家臣が、

「されば当国九万八千石とは申しますが、かつては一条殿が一万五千貫、当家三千貫、吉良三千貫、大平《おおひら》四千貫、本山五千貫、安芸五千貫、津野五千貫、山田三千貫、香宗我部三千貫、そのほか二千貫、あるいは千貫以下の小給人を指折り数えて、その領有する所を合せても、九万石にはとても足り申さず。すなわち昔の検地は事粗《あら》くて詳《くわ》しくなされてはおりません。したがって今日、新たに棹《さお》を入れて検地を正したならば、土地の広狭から、諸士の分限、年貢収納のため結構なこととなるにちがいありません」

と進言した。久武内蔵助はこの進言は座興《ざきょう》を醒ますものである、と口をはさんだが、元親は久武をさえぎって次のように告げた。

「一向に苦しからず。新たに棹《さお》を土地に入れよと、土地の神々は予に告げたと覚えたり。何故ならば、われ往年四国の四方に士卒を発向させたのも諸士に賞禄《しょうろく》を、心のまま行って妻子をも安穏《あんたい》に扶持させせんと思ったからである。しかるに士卒を労した甲斐もなく、予は十年昔へ帰ったわ、土佐一国の主になってしもおたわ。

されば家臣諸士に報謝することもかなわないゆえ、国中を検地し、郷村の収納を正そうと思ってきたが、公私いそがしく打ちすぎてきた。世上やっと静謐《せいひつ》を迎えた昨今、衆議に任せんと思いたったところへ、かかる検地は天の示すところである。検地を始めたい」

九万八千石の地高は、秀吉に降伏して指し出したが、天正十五年（一五八七）から慶長三年（一五九八）まで十二年かけて土佐全土を、一反一石の割りで換算して、二十四万八千三百石と確定したのである。

土佐国始まって以来の隅々までの検地に、元親は厳正を旨とし、私情の入ることを極力避けて役人の配置任命にも、威令をゆきわたらせた。慶長二年（一五九七）三月朔日付けの「検地衆へ掟書《おきてがき》」には、戦場同様のきびしさで臨んでいる。

一、もちろん、贔屓《ひいき》が毛頭あってはならないこと。
一、誓紙《せいし》を相守ること。

一、地検中は、酒一切禁制《きんせい》のこと。
一、朝は卯刻（午前六時）出かけ晩は酉《とり》下刻（午後七時）に終り、帰宿して算用縮《ちぢ》め（計算整理）ること。
一、所々地引（土地のことが詳しい）庄屋にいかようも念を入れて相尋ね、以後論田（地積等の異論）なき様にすること。
一、引出物（贈りもの）は大小によらず、少しも取ってはならないこと。
一、地頭、百姓、庄屋も役人へ振る舞い（飲食物提供）一切してはいけないこと。
一、自身はいうに及ばず小者まで、在所で無道の儀を申し扱った者は、聞きつけ次第、成敗《せいばい》（処罰）を行うこと。
一、宿も旅人同様に借りること、何れも自飯米《じはんまい》であること。
一、一日も無礼（頼）に日を暮らすことは曲事《まがごと》（よくないこと）であること。
一、正月は（年末より）元日まで休むこと。
一、いかようにも念を入れて算用の時は、ことごとく相揃うよう帳に書き入れるべきこと。

このように厳重に実施した竿入《さおい》れ（測量）のため、かえって刃傷沙汰がおきた。

吾川郡弘岡（春野村）に、籠宗全《かごそうぜん》という算用勘定に長じた人物がいた。宗全は浦戸へやって来て、

「近年、国中を点検しているが、甚だ疎昧《そまい》で収納に損失を生じております。もし某《それがし》に仰せつけられるなら、国中悉《ことごと》く改めて一万石の地より千石はたやすく打ち出してみせましょう」

と云った。陰田《かくしだ》や申告もれの田などを摘発して、一割ぐらい増やすことである。家老たちは、これ以上の点検実施のことは、民を虐《いじ》めることになると思ったが、収納増加のためならば仕方なしと云う意見で取り上げた。

宗全は己の住居の弘岡、伊野、畑（八田）を点検して、八百石と届け出たところも仔細に検地すれば、千石位になるはずと、過少申告を再調査した。千石の地より八百石を打ち出した。その代り近辺の郷民はこのことにより宗全を恨んだ。慶長四年（一五九九）師走の夜半、宗全の家は火をかけられた。宗全は逃れることも出来ず焼死した。厳正な検地を期しながら過酷過ぎたのである。

地検帳は、天正十五年（一五八七）太閤検地の基準に従って、地積を石高で示さず、三百歩一反の制により、一反を一石の割りで換算《かんさん》し、土佐国総地高二十四万八千三百石と算出されたのである。

エピソードがある。のち、慶長五年（一六〇〇）新領国主山内一豊は関ヶ原の戦功によって、掛川六万石より土佐国に進駐入国する。それより領国経営は専ら、元親の製作した「地検帳」を基準として施行された。

明暦二年（一六五六）二代山内忠義《ただよし》の時、幡多郡沖《おき》の島《しま》領界問題で、隣領宇和島と境界紛争があった際は、元親の「地検帳」によって土佐側の主張が通った。このことを忠義は、執政野中兼山にあてて「地検帳」を「我々の重宝」と讃えている。

「元親が地検帳を念を入れて作り置かれたので、この度第一の証文に成りました。名大将と申し伝えてきましたが、このような良い結果になったことは、他国にはないことです。まことに正確な検地であって、いよいよ感じ入りました。隠岐守《いさのかみ》殿（山内家の縁戚伊予松山藩主松平隠岐守定勝）もそう御申しています。名誉なことでありま す。ただ今われわれの重宝になり満足に思う次第です」

先国主元親の地検帳へ強い認識と評価を呼んだのである。

この「地検帳」は浦戸城の櫓（矢倉）に収蔵されていたが、長宗我部氏滅亡後、山内氏に接収されて、高知城の鉄門櫓に移された。原本は山内氏により裏打ちし寛永十一年（一六三四）写本が作製され、「お櫓帳《ろちょう》」とよばれて大切に保管されてきた。

四百年後の今日、丸の内高知県立図書館で国の重要文化財として所蔵されている。

# 第八章　関ヶ原合戦と盛親

## 関ヶ原合戦へ

秀吉亡きのちわずかに二年後に石田三成より発せられた、豊臣秀頼のお墨付《すみ》奉書（大坂方挙兵）が、土佐国浦戸城にもたらされたのは、慶長五年（一六〇〇）六月の頃であった。

盛親は重臣一同を集めて、去就《きょしゅう》を決める重大会議を開き、石田の要請に答えるか、徳川家康につくかを決した。

「先君元親は、秀吉の四国征伐の頃より内府（家康）と御入魂《ごじっこん》であった。小牧長久手の合戦の時も、内府に味方して大坂城攻撃を約束したことは、一同の知るところであった。亡君生前の誼《よしみ》もあれば、われらは内府に属すべきかと考えている」

異議をさしはさむ者はいなかった。亡父の遺志を尊重し盛親に従った。上方《かみがた》への使者として十市《とおち》新左衛門と町三郎左衛門が立った。しかしこの頃、すでに西軍石田方の警戒線が上方に張りめぐらされていた。

近江（滋賀県）の水口に関所を設けた石田派の長束《なつか》正家の手で、土佐の使者は遮《さえぎ》られ、むなしく引き揚げた。土佐国の運命を委せられた家臣が、主命を果すこともできず引き揚げたのである。盛親が東軍家康に加わるつもりなら、この際、海上から兵員を輸送して家康に通ずべきであったろう。

盛親が兵を引きつれて大坂へ入ると、関東への通路はすでにふさがれていた。

「盛親の志はいつの間にか徒《いたづ》らになって、関東へ通ずることが叶《かな》わず家運の極《きわ》みであったが、盛親の本意ではなかった。大坂にくると両使者が引っ返してきたので、この上は人力の及ばないこと、ただ、運を天に任せようといって石田方に与《くみ》することとなった」

と軍書に載せている。盛親は時に二十六歳その手勢七千余騎。家康とのはじめての合戦は、鳥居元忠の死守する伏見城攻撃であった。このため七月十九日から八月一日まで十日間に、木塚源八、蚊居田新六ら、壮々たる家来二十三人を失った。

つづいて八月の伊勢国（三重県）阿野津城攻めでは、桑名内蔵允、立石民部ら十三士と雑兵九十八人の戦死があった。家康はこの頃、会津の上杉景勝《かげかつ》攻めに下野国《しもつけのくに》（栃木県）小山まできていたが、三成挙兵の急報に軍を引き返し、九月十一日清洲《きよす》（愛知県）に入城。作戦を練って西下し、同十五日東西両軍の天下分け目の関ヶ原（岐阜県）の合戦となった。

盛親は、西軍の長束《なつか》正家、毛利《もうり》秀元、安国寺恵瓊《あんこくじえけい》の友軍とともに、南宮山ふもとの栗原の陣にいて戦機を待った。しかし西軍は大谷刑部吉継の戦死や、小早川秀秋の東軍への内応などあって、勝敗の判断も容易でなかった。

斥候に出した吉田孫左衛門の報告を受けて、西軍敗北が判明、その直後に、池田、浅野、生駒、蜂須賀などの東軍勢の攻撃を受けて、長宗我部も手ひどい被害を受けた。

この敗退の中に、西和田備前家遠、大高坂太郎左衛門親勝など十三騎が討死し、雑《ざっ》兵《ぺい》も多数討たれた。残る軍勢はわずかに五百騎ばかりとなった。

盛親は残兵をまとめて、伊賀と近江の国境多羅尾山にさしかかり、ここで東軍小出播磨守の兵に遮《さえぎ》られ、突破して和泉（大阪府）に入る。大坂城の友軍に合体しようとしたが、城はすでに東軍家康に明け渡され、石田三成も捕縛された、と知らされた。

盛親は家臣立石助兵衛と横山新兵衛を大坂に残して、井伊兵部少輔（直政）に頼って、家康への取り成しを頼み、残兵をとりまとめて大坂天満から海路土佐の浦戸へ帰った。

浦戸城に入った盛親らを追うように、さきに残した家臣立石、横山が、井伊家の家来梶原源右衛門、川手内記を案内して来国した。

「徳川殿へ詫びを入れるならば、居城にいては不可、盛親土佐在国のままでは礼にかなうまい。大将自身が上坂して、誠意を示すなら随分とりなしもできるのである」

井伊直政は盛親の上坂を促してきた。井伊の指揮に任せて大坂に行くべきか、拒否して土佐国で籠城すべきか、この瀬戸際に立った。浦戸城で、出陣前と同じく諸臣の意見を訊ねた。重臣の土佐郡杓《ひしやく》田《だ》城主大黒主計《かずえ》は、

「井伊殿御取り持ちに相違ないとはいうが、公儀《こうぎ》は計りがたい。急いで粗忽《そこつ》に上洛されれ万一敵の擒《とりこ》となって、臍《ほぞ》を噛《か》むことになれば、まこと甲斐もなきこと。されば上方勢を迎えて一戦すること、運を天に任せて籠城することこそよろしかろう」

と言うと、久武内蔵助親直が「されば大黒殿の籠城についての軍略はいかがか？」

と尋ねた。

「当浦戸城は交通自在の海城にて、敵を引き受けるにははなはだ宜しくない。されば土佐国は山林山岳が険阻で要害の場所いたるところにござる。山間に妻子を隠しおき、郷士一万、すべて一団となって戦うべし。

昔より土佐国は他国勢に攻めこまれた例はなく、源氏平氏《げんじへいし》の合戦では平家の余党が所々に落ち隠れるも、源平一統の世となっても当国へ手出す者はなかった。されば案内知らぬ他国より攻め入ること思いもよらず、数年籠城《ろうじょう》するなら、寄せ手上方勢も困《こう》じ果《は》て、土佐国は安堵《あんど》の扱《あつか》いになるであろう」

戸波《へわ》城主で盛親の従弟、比江山掃部助《ひえやまかもんのすけ》親興の兄、戸波右兵衛《へわうひょうえ》親武は言った。

「大黒殿の申すところ一理ありと思われるが、当今は、源平の世とは同じからず、昔は人の往来も稀で、平家の落人残党は数代恐るところなく住めたが、今日は然らず。当国が百万の勢で籠っても天下の兵を引受けては、しょせん勝算はむつかしうござる。野山に隠した妻子も城兵よりさきに生け捕られることもある。よってこの城を枕として潔《いさぎよ》く討死するがよい。拙者は浦戸籠城を採る」

久武は「右兵衛殿のお説至極尤《もっと》もでござるが、愚案は井伊殿に願うて、盛親殿上坂のこと肝要大切に考えます」と言った。

「当家は家康公と先君は特に御昵懇《じっこん》のところ、今度も不慮の仕合せにて已むなく、石田方に営《くみ》したことゆえ、井伊殿の内意に任せて、大坂まで出かけられて誠心を示すなら、家康公も旧好を思し召されて、本領安堵を給わるに相違ありませぬ。されば上坂を決めなされよ」

三日にわたる評定があったが、盛親の信頼する久武説が通ったのである。土佐国の国主盛親は、身一つで降参しに大坂へ上ってゆくのである。

## 津野親忠の死

三日にわたる評定のあと、盛親は十月一日を期して上坂と決った。その際、動揺している若き主君に、家老久武内蔵助はひそかに進言した。

「津野孫次郎殿は藤堂和泉守（高虎）殿とは、日頃御入魂であるから、長宗我部家の西軍に属し敗れたことは、土佐国の半分は津野殿へ宛《あ》てがわれるよう、和泉守殿が取り持ちされるでありましょう。孫次郎殿にこの際、詰腹切らせ亡き者とすべきです」

盛親は肯《うべ》なわなかった。

「兄を殺して、身を立てんこと勿体なし」

と苦々しく言ったので、その場は久武は言葉もなく退出した。

しかし一度、孫次郎を亡き者にしようと企てた陰謀がもれることをおそれた久武は、孫次郎の縁戚津野藤蔵に命じて、偽って孫次郎親忠を岩村（香美郡）吉祥寺に迎えた。藤蔵は兵力をもって寺を囲み、盛親の上意と称して孫次郎に切腹を強要した。

「なんの科《とが》により拙者をたばかりて、寄せ手の兵をさし向けるのか。同胞の兄を殺しておのれが安穏におられるのか。天罰は必至、今に思い知るべし」

と言って孫次郎は、無念の割腹をした。郎党の久松源蔵は主君を介錯し、その太刀を取り直して自分の咽笛を突き死んだ。親忠は行年二十九歳、「教山寺雪庭宗筝《せきていそうそう》」の戒名を岩村霊岸寺《れいがんじ》に残した。九月二十九日であった。

久武の策謀によるが、寺を取り囲んだ出兵は、盛親の命によるものと伝えられた。

盛親は十月十二日、供の人数、侍十一人、雑兵百八十人を連れて上坂し、伏見の長宗我部邸に入ることを許された。井伊直政のとり成しを受けて、はじめ東軍に加わらんとしながら、石田三成に遮《さえぎ》られ策謀におちたことを陳述し了解を得ようとした。しかし藤堂高虎の訴えによって、盛親の立場は一変した。

かつて秀吉の四国征伐のとき元親の降参があって、三男親忠は十五歳で人質として、伏見に赴いた。ここで高虎に知られ双方父子のような親愛交誼があった。二人の間にはその後も音問を欠かなかった。

それゆえ、このたびの親忠の横死を高虎は悼み哀しんで、家康に告げた。

「元親の子にも、さような不義の者があったのか、速かに誅戮《ちゆうりく》せよ」

と言って怒ったので、井伊直孝は様々に陳弁し、盛親は死罪を許されたが、領国を没収され、京都に留めおかれ、一介の素浪人となった。父元親が一世を覆った覇業《はぎょう》は、領国を失い、すべて虚しいものとなったのである。

権謀術数おびただしい戦国の世を渡り抜いた武将は、自分の地位権力獲得のため、兄弟一族を殺したためしが決して少なくない。織田信長も武田信玄も毛利元就も、一族に犠牲を出している。家康も信長の圧迫により長男信康を切腹させている。

家康は、合戦の当初から忠誠を夫婦で示した遠州掛川城六万石の山内一豊へ恩賞を考えていて、土佐国没収の口実を探していたのかもしれない。盛親単独の上坂はそのおとし穴であったといえる。

天下分け目の関ヶ原合戦の結果、土佐国のようなお家断絶となった例も少なくなかったが同じ西軍に属して敗れながらも、長州や薩摩のように甦った、したたかな生きざまにふれておく。

## 毛利氏、島津氏の場合

中国の毛利家の場合、毛利輝元は合戦の最中、大坂城で秀頼の守備に止まっていたが、西軍主将の責を問われた。家康ははじめ毛利氏の本領を安堵するかのように装《よそお》いながら、大坂城から輝元を去らした後、たちまち豹変《ひょうへん》し輝元の西軍主将の責任《せきにん》を問い、一族の吉川広家《きっかわひろいえ》の苦心周旋を反故《ほご》にしようとした。

広家には軍功によって中国地方の一、二の国を与えるが、輝元は全領土を没収する旨《むね》を通告。驚いた広家はおのれの受ける領国を投げ出すゆえ、毛利家本宗の存続を哀訴嘆願したので、ようやく、長門、周防二国三十万石にとどめられた。小早川秀秋の裏切りによる勝利への功績と、広家の苦心周旋の結果である。毛利元就《もとなり》以来辛苦して斬りとった安芸から出雲の七ケ国の領土を喪い、防長二国に押しこめられた。

その怨みは、

「獅子《しし》の廊下《ろうか》の議《ぎ》」

として、幕末まで続いたと言われる。毎年元旦萩に祝賀登城する重臣代表は、藩公に、「今年は討ちますか」と訊くと、「いや、今年は見合せよう」と応答する行事があったと、言い伝えている。

同じく西軍に組した島津の場合も苦心の末、領国安堵を保った。十七代島津義弘ははじめは、家康の東軍に加担するつもりであったが、心ならずも西軍石田方についたのである。

家康とは、伏見城にて留守居守備の約束を交わしていたので、慶長五年七月、この約束を果すため義弘は手勢をひきいて、伏見城に入ろうとした。しかし城守の大将鳥《と》居元忠《いもとただ》はこれを拒んだ。

家康東上中、三成が挙兵したならば何者も城に入れず死守玉砕せよと命ぜられていた。一方、島津義弘は家康との約束によって入城を果たそうとした。鳥居は拒んだのみか交渉に当った島津の家臣新納旅庵《にいろりょあん》に銃弾をあびせかけた。怒った義弘は、一転して石田方についたのである。

家康は、義弘のことを鳥居に言い忘れたのか、口先きだけであったか、とにかく島津側は武士としての面目は丸つぶれとなった。

島津義弘は兵わずか千五百をひきいて関ヶ原合戦に加わり、敗れた後、敵中突破の大脱走をして武勇を残した。「捨てカマリ」（人間の杭《くい》となって退却したたとえ）で生き残った家臣はたった八十余人に過ぎなかった。

この激しさと徹底した闘魂《とうこん》が、敗戦後の島津外交の根底をなして、家康を負かせた。関ヶ原合戦から五年の歳月を経た慶長十一年（一六〇六）義弘の子、十八代忠恒《ただつね》に、家康は己の偏諱《へんき》（貴人が名）を与え、「家久《いえひさ》」と名乗らせ、薩摩、大隅《おおすみ》の二国と、日向国諸縣郡《もろかた》の本領安堵《あんど》を許した。薩摩は、今日まで、その苦難をしのんで「妙円寺参り」の行事を残している。毎年旧暦九月十四日、島津義弘らの労苦をしのんで鹿児島市伊集院徳重神社（前身妙円寺）まで、二十キロを歩く江戸時代からの青少年の教育風習が存続してきた。

盛親の烏帽子親《えぼしおや》であった増田長盛のかげりのある生きざまも載せておく。

増田長盛仁右衛門は尾張国（愛知県）増田村出身で、若くして秀吉に仕え、五奉行の一人として検地、外交に尽力、豊臣政権の直轄領《ちょっかつりょう》代官。文禄の頃大和郡山《こおりやま》城二十万石で文治派の実力者として、三成と親しかった。

しかし慶長四年、三成が伏見で家康暗殺を企てたことを家康へ内報。西軍に属しながら大坂城留守主将毛利輝元の出馬を牽制《けんせい》した。戦後は首鼠両端《しゅそりょうたん》を疑われ高野山へ追放され城地は改易されたが、助命されて武蔵岩槻《いわつき》へ移されて終っている。助命の理由は家康に金千九百枚、銀五千枚を引き渡したためといわれている。

## 浦戸一揆《いっき》

土佐国の領土没収のため井伊直政の家臣鈴木平兵衛と松井武大夫が、浦戸まで出張来国したのは、慶長五年（一六〇〇）十月十九日のことであった。

家康の命を受けた両使は、十月十七日、盛親の家臣立石助兵衛の案内により兵三百人を船八艘《そう》に分乗させて大坂を出帆、この日、土佐侍は家老から一領具足の郷士に至るまで、浦戸の浜辺を真黒に埋めつくした。主君盛親を無事に迎えようとして待ちかねていた。沖に船が見えた時、

「盛親様御下向、お帰りだ」と喜び、次第に船が近寄ると、船体が長宗我部家のものと異なっていたので、怪しみはじめた。やがて案内役の立石助兵衛が先頭の小舟に乗って上陸してきた。他の船には武装した見知らぬ男達が乗っていた。

出迎えた久松らの家老に対面した立石は、盛親の判形、

「領国没収、掛川山内氏へ城明け渡し」

の書付けを手渡した。浜辺にはたちまち混乱がおきた。悲憤激昂《ひふんげっこう》がみなぎった。最悪の知らせに上下、色を失いなすところを知らない有様であった。

「上方行きをおとめ申したのに、やみやみと内府（家康）の擒《とりこ》となってしまわれた」

上下一同、激しい悔悟《かいご》にくれた。一領具足たちは一所に塊《かた》まり怒髪天《どはつてん》を衝《つ》く有様であった。屈強《くっきょう》の郷士たち吉川善助、徳久亀之助、池田又兵衛らは、

「君辱《はづか》しめられ臣死すと。主君が上方にて擒《とりこ》にせられ、城をやみやみと敵に渡すと

いうことがあるものか。上使とは何者ぞ、一人も残さず打ち殺せ」

と、われ先きに浜辺へ駈け出し、鉄砲を並べて船へ向って撃ちかけた。真近にいた船には思いもよらぬ手負人が出た。意外の成りゆきに驚いた鈴木平兵衛は、船を漕ぎ退かせて舳艪《じくろ》（船尾と船首）に火を灯した。

やがて一揆《いっき》の舟およそ三百艘ばかりが押し寄せてきたので、その夜、戌刻（午後八時）から翌日巳刻（午前十時）まで、面々に上国の命令の趣《おもむき》を言い聞かせた。

長浜の雪蹊寺《せっけいじ》の月峰和尚《げっぽうおしょう》が、一領具足たちに説教した。

「まず上使を上陸させて、一領具足たちの要求陳情あらばせよ」

船は御畳瀬浦《みませうら》から上陸、鈴木平兵衛ら一行は雪蹊寺《せっけいじ》に迎え入れられた。

「盛親公が敵対して、内府より処分を受けるは是非もなき次第ながら、肥後加藤家にいる舎弟《しゃてい》右近殿が、家跡を継ぎ、土佐国の半分なりとも知行を宛《あ》てられたし。もし半国かなわねば、一郡一郷にても長宗我部に給わり、長く家祀《かし》を存せられたし」

と願った。もしこれが通らなければ浦戸城は渡すまい、と首領竹内惣左衛門たち一同は雪蹊寺を包囲したのである。

井伊方の責任者鈴木は、郷士の意外な手強い抵抗に出あって困り果て、使者を井伊家に出して指示を待った。

「城の受けとりに土佐の士が狼藉《ろうぜき》あれば、留めおいた盛親のため宜しからず。上使の命を奉じなければ、いったん帰坂せよ。帰坂がむつかしければ土佐に留まり、揆の手にかかって討死せよ」

交渉がこれ以上もつれるなら、武力の解決とする、藤堂高虎、加藤嘉明《よしあき》のほか四国の大小名たちが、土佐へ出兵するのは間近であると家康の内命が伝られた。

しかし長宗我部の家老重臣たちは一領具足と考えが違っていた。

「郷士の一揆は忠に似て忠ではない。義に似て義ではない。井伊家の使者は即ち盛親公の内意ゆえ、違背《いはい》があってはならない」

「兄津野殿の生害《しょうがい》のことは、その罪軽からず。土佐国取り上げは自業自得であった。天下に対して恨みなし」

「盛親殿、降参に決まり上坂して擒《とりこ》となるは、いまさら悔いても仕方なきこと」

「一領具足どもが強訴を企《くわだ》てたるは、上を恐れざる科《とが》である。家老物頭《ものがしら》は一揆《いっき》に与《くみ》せず、上方《かみがた》の下知に従うなら、盛親公への哀憐《あいれん》の沙汰も頂けるだろう」

中村城代家老の桑名弥次兵衛、宿毛《すくも》甚左衛門、竹内兵庫、十市《とおち》新右衛門、立石助兵衛らの長宗我部家棟梁《とうりょう》は、鈴木平兵衛たちの指揮にしたがうことにした。

かたわら竹内惣右衛門を首領とする一領具足の数百人は、素志を貫くため浦戸城に武装して五十日間をたてこもった。

十一月末日の夜、城は家老派に内通する者が出て急襲されて、重臣側の手に陥《おちい》った。雪蹊寺を包囲していた一領具足組は、不意をつかれながら果敢《かかん》に抵抗したがことごとく討ちとられた。

浦戸南八丁で獄門にかけた後、首は塩漬けにして船で家康の許へ送った。

余談ながら、武田勝頼が甲州天目山で滅亡の際（天正十年三月）、最後まで随い殉死した男女は四十余人であった。また柴田勝家は秀吉によって亡ぼされるが（天正十一年四月）越前北の庄でお市夫人ら三十四人の殉死があった。

盛親の領国召し上げの時、旧誼《きゅうぎ》をしたって頑として応ぜず、永く長宗我部の続くことを願った一領具足数百の死があった。一揆の忠肝義胆《ちゅうかんぎたん》の魂は、今日桂浜糠塚《ぬかづか》石丸神社に六地蔵として祀られ、土井晩翠《どいばんすい》揮毫《きごう》の詩碑が建立されている。

十二月五日、使者鈴木平兵衛らは、来国以来ほとんど五十日ぶりに浦戸城に入り接収した。

鉄砲八十張。玉薬三万枚。槍百三十本。城米千石。塩百俵。

ほかに兵器兵糧多数を押収。城は新国主山内一豊の弟、名代修理亮《しゅうりりょう》康豊《やすとよ》に渡された。鈴木、松井は翌、六年二月十一日務めを果して浦戸を発して大坂へ向った。

浦戸城の収受を大坂で待ち受けていた山内一豊は、知らせにより歳暮出帆、土佐国甲浦（安芸郡）より武装上陸、翌六年正月八日、浦戸城に入る。総勢一千に足りない家臣であった。この日が山内家恒例《こうれい》となった藩政期の祝祭「お馭初式《のりぞめしき》」の日となった。

三月一日、桂浜の対岸種崎《たねざき》の浜で、一豊は相撲《すもう》の興行を催し人を集めた。相撲は祝祭の行事として、土佐人に喜ばれたので、力自慢の壮士たちがわれ先きにと集り観衆も遠近からやってきた。種崎のおだやかな白砂青松はたちまち阿鼻叫喚《あびきようかん》の場となった。相撲興行を囮《おとり》に人を集め、浦戸一揆の残党から一領具足の屈強の士を、七十余名を縛りあげ浜辺で磔《はりつけ》にかけた。さきの一揆への見せしめとして、長宗我部に加えた政治的制裁《せいさい》、武力弾圧《だんあつ》であった。

# 第九章　長宗我部家の滅亡

## 大坂の陣

天下分け目の関ヶ原合戦に敗れ（九月）、土佐国浦戸城の明け渡し（十二月）の慶長五年（一六〇〇）より、十四年の歳月が流れた、慶長十九年（一六一四）九月のことであった。

「放《はな》し囚人《めしゆうど》」として京都柳辻《やなぎがつじ》に仮り住いしていた、大岩祐夢《たいがんゆうむ》入道《にゆうどう》と名を変えて、寺子屋師匠でくらしていた盛親は、京都所司代板倉伊賀守勝重《かつしげ》を訪ねた。

「大坂城の風雲《ふううん》が動いていますが、某《それがし》は関東方にお味方して、いささかとも戦功をたて忠節を尽くし微禄《びろく》を得たい念願でござる。ついては浅野但馬守長晟《ながあきら》と旧盟《きゆうめい》によって、紀伊（和歌山県）の国に出かけたい」

盛親を監視していた伊賀守は、長晟との盟約書を見せられると、他意ないと信じて盛親を許した。盛親は帰宅して、町人や出入りの者を残らず呼びよせた。所司代板倉の許しにより紀州へ出かけるからと、一同に祝い酒をふるまった後、その夜宿所を忍び出た。

高瀬舟に乗り、伏見の京橋に着くと何処からとも知れず、侍一人、中間二人が馬をひいて迎えに来ていた。淀《よど》、枚方《ひらかた》の辺までくると、ここかしこより二騎、三騎と連れ立った面々が追いつき、大坂城へ入る時は、上下百人ばかりが盛親に従っていた。

秀吉の造営した堅牢《けんろう》無比で不滅とまでいわれた大坂城には、二十二歳の秀頼と四十九歳の淀殿がいた。名の聞えた武将として、

真田幸村、後藤基次《もとつぐ》（又兵衛）、木村重成《しげなり》（長門守）、織田有楽斎《うらくさい》、大野治長《はるなが》（修理）、明石全登《のりたけ》（掃部頭）、毛利勝永《かつなが》（壱岐守）

等が籠城軍の大将となって備えたが、盛親も一方の将として加わり重んじられた。

同年十一月、冬の陣では徳川方の包囲攻撃が始ったが、大坂方城兵の頑強な抵抗により十二月和解となる。和解の条件であった外濠《そとぼり》のみか、内濠《うちぼり》も埋められて裸城同然となって、防衛の機能をなくした大坂城が残された。

翌、元和元年（一六一五）三月、夏の陣となり、城の防衛をあきらめた諸将は城外に出て戦い、真田、後藤、木村、毛利の勇将もつぎつぎに戦死した。

盛親が最後の奮戦で戦場に名を顕《あら》わしたのは、城の命が旦夕《たんせき》に迫った五月六日、八

尾堤の戦いであった。盛親の当日の姿は唐綾威《からあやおどし》の鎧に鍬形《くわがた》打った白星の冑を猪首に着なして、父元親相伝の二尺八寸の太刀を佩《は》き、英姿颯爽《さっそう》と騎馬に股がった。家臣は黒柄蔓《くろえつる》の指物《さしもの》、白吹貫《ふきぬき》の指物等、まことに軍容の壮観が見事であった。

## 八尾の竹原は野となる

盛親は八尾の合戦にて、藤堂高虎五千人と出会い大坂夏の陣の最終一大合戦となる。盛親が八尾堤の下においた伏兵が藤堂勢を討ちとり四回の大勝を得た。槍隊の白兵戦が火花を散らし、両大将の距りはわずか三十間（五十四メートル）であった。「八尾の竹原は押しなべて野となりぬ」という激しさであった。

藤堂方は藤堂仁右衛門高刑はじめ勇猛の士百二十一人、雑兵四百五十三人が討たれた。しかし五回目のはげしい遭遇《そうぐう》戦は、若江口で井伊直孝が木村重成を討ちとった余勢で、長宗我部の側面を突き破り、遂に盛親軍は崩壊《ほうかい》し敗走《はいそう》となる。

この戦いで藤堂方の戦死者に元、長宗我部の重臣桑名弥次兵衛《やじべえ》一孝《かずたか》がいた。土佐国浦戸一揆鎮圧に働いた盛親の功臣でもあった。主家改易で弥次兵衛は、土佐を去り、縁あって藤堂家に仕えていた。この日偶然にも、八尾の戦場で、旧主盛親隊と向いあったのである。

盛親の家臣は、

「桑名め、譜代《ふだい》の主《ぬし》に弓矢引くものだ、討て」

と、弥次兵衛の左右に群がりおめきあった。弥次兵衛は、八尾の竹原で槍も取り直さずに討たれてしまった。旧主へは抵抗せず、覚悟の死をとげて首を取らせたのである。

新旧両主へ、武士の筋を立てたものとして、彼の首級は三宝に載せて、大坂城内大手門内で梟首《きようしゆ》したという。

## 佐竹氏母子の運命

盛親ら主従は、八尾を敗退して大坂城京橋口まできたが、五月八日諸口の守備は徳川方に突破され、城内各所で火が点けられた。秀頼と淀殿母子、大野治長ら従臣男女四十余人が、自刃したのはこの八日であるが、盛親の姉佐竹夫人は母子で逃れている。

元親の三女で高岡郡上《かみ》の加江《かえ》城主佐竹親直夫人は、親直と共に大坂城に入っていた。親直は盛親に従って戦死、夫人と一子は落城の際、天王寺八尾口に出たところを、仙台の伊達政宗の兵に捕えられた。

その後の母子がたどる数奇《すうき》な運命にふれておく。未亡人となった妻女は、中将と称し政宗に仕え、元親の甥に当る七歳の一子佐竹仲次郎は加江《かえ》氏に改め、後、伊達家の老臣柴田宗朝の継嗣となり、柴田《しばた》中務《なかつかさ》朝親《あさちか》と称した。のち外記《げき》朝意《ともおき》と改めて伊達家の重臣となる。

外記朝意は、政宗、忠家、綱宗の三代に仕えたが、綱宗のとき伊達騒動がおきた。このお家騒動で一族の伊達兵部宗勝《むねかつ》が綱宗の後見となって、原田《はらだ》甲斐《かい》（宗輔）と結託し私権《しけん》をほしいままにした。

これに対して家老伊達安芸（宗重）が立って抗争した。遂に寛文十一年（一六七一）三月、江戸に出て大老酒井雅楽頭忠清の吟味となった。席上、原田甲斐が刃傷沙汰をおこし、伊達安芸を支持した柴田外記は、その凶刃によって落命、享年六十三歳。伊達兵部は罰せられて、土佐山内家に預けられ土佐国に送られて終っている。今日五台山（高知市）に墓がある。長宗我部の血につながる奇しき歴史であった。

## 落武者　八幡へ

七日の八尾の合戦に敗れ、八日大坂落城となり、盛親は京橋口の守りを捨てて京街道を北に逃れて、八幡《やわた》の橋本（京都府八幡市、淀川岸辺）で捕われたと言われるが、二説ある。

阿波蜂須賀家臣の長坂三郎左衛門が上京の途中、橋本の茶屋で一服した時、夜な夜な竹流金《たけながしきん》（大坂の軍用金で竹に入れて鋳造したもの）を出して餅《もち》などを買う人がいることを聞き出した。そして葭原《あしばら》にひそんでいた盛親主従を捕縛した。従臣は、羽山惣右衛門はその場で、中内左八郎は八幡に出かけていたが、自ら名乗り出て縛についたのである。

しかし別説がある。盛親の墓がある京都市下京区富小路六条上ル蓮光寺《れんこうじ》に、「長曽我部盛親侯伝」一巻を蔵しているが、子孫の高知県医師秦親公氏所蔵の原本を、蓮光寺先代住職森真海師が写書し伝えている。

明治四十年五月蓮光寺で、盛親三百年忌を催し、「盛親潜伏状況」を漢学者中島静《せい》甫《ほ》が書き留めている。

「綴喜郡《つづきぐん》八幡村字科手《しなで》に長曽我部盛親公潜伏《せんぷく》の家屋今猶《いまなお》現存、且《かつ》同家に盛親公の遺品数多あり」

と載せて、潜伏家屋（京阪八幡駅裏側、京都府八幡町木津川土手下）を筆写している。この家は谷村氏で、慶長以前より子孫代々、盛親の遺品を守り伝えてきたことを述べ、潜伏状況については、

「盛親公、谷村家へ潜伏し、此の窓より家康の通過を窺《うかが》うと」

と記載し、盛親は大坂城が落ちて敗走して葦原《あしはら》にかくれたのではなく、秘かに家康の通過をここで待ち受けて、一撃を加えることを狙っていたことを、子孫の谷村氏から取材記載している。同家の西隣にあった餅屋「井筒屋」に疑われ密告され、蜂須賀勢に逮捕されたとある。

## 盛親の最期

元和元年（一六一五）五月十五日、盛親は京都一条から都大路を引き廻されて、六条河原で斬首された。盛親の首が掛けられたと伝えられる銀杏樹《いちょう》が、三条「南座」の裏側（京都南座裏井出町一九七番地）に、最近まであった。盛親の最期は諸書に語ら

れている。

二代将軍秀忠は盛親に訊《たず》ねた。

「其方は一手の大将であるにもかかわらず、どうして討死するか、自害もしなかったのか」

盛親はその時、胸を張って答えた。

「昔より名ある大将の生け捕りになるは、あえて恥ではござらぬ。命数つきてかくなった上は、速《すみや》かに首をはねられよ」

また、こう言ったともある。

「われこの度の戦場にて討死すること安きことなれど、後代のことを心掛けるがゆえに、存命致した。今一度秀頼公を守って、天下を覆《くつが》えさんと思ったが運が尽き申した。運さえ強ければ、東将軍（家康）をかくせんものを」

と縄目《なわめ》の下から腕を扼《やく》した。伏見の食事では、山折敷《やまおりしき》に黒米飯を盛り、赤鰯《あかいわし》を出されたので、盛親は、

「昔より名ある大将、武運尽きて敵の擒《とりこ》となる例少くない故に、あえて恥辱《りじょく》とは思わない。然るにこのような下郎《げろう》の食事を与えるとは。まこと見たこともない膳である」

と箸をつけないで、「速《すみや》かに首を刎《は》ねよ」と言った。井伊掃部《かもん》直孝はこれを聞き、台所方を叱って、美膳に取り替えた。盛親は井伊直孝を深く徳とした。捕われた石田三成が、すすめられた柿《かき》を喰べなかった最期に相似《そうじ》している。縄取りした傍らの役人は、

「長宗我部殿は体格魁偉《かいい》の大男にて、男振り見事で、流石《さすが》一城の主《ぬし》と見える人品で、最期まで臆した様子はいささかもなかった」

とある。時に四十一歳、遺骸は五条寺町蓮光寺の二代蓮光上人が所司代板倉勝重に請うて葬り、「源翁宗本《げんおうそうほん》」と諡《おくりな》をした。

## 長宗我部家滅亡

盛親には五人の男子があった。長男盛恒《もりつね》は伏見で捕えられて斬られた。次男盛高《もりたか》、三男盛信《もりのぶ》は土佐の山野にかくれ棲んだが、山内氏に探し出されて殺され、四男盛定《もりさだ》と五男某も京都八幡で捕えられて斬られた。

盛親の異母弟右近《うこん》は肥後熊本の加藤清正に仕えていたが、兄盛親の罪により呼び出され伏見にて死を賜った。譜代の家臣宮崎久兵衛が「某《それがし》が手本をお見せする」と言っ

て先に切腹した。右近は笑いながら潔《いさぎ》よく腹かき切ったと言われる。

さきの「盛親侯三百年祭記事」には、

「不義により勝ち、そして栄えた彼（徳川家）も一時、此れも（長宗我部家）一時にして、今や勝敗の跡はすべて茫々としている。しかし（長宗我部家の）守操《しゅそう》の心は、千古に凛然《りんぜん》として後世の人々の追憶の心をゆさぶる」

と評している。

歴史に「もし」が許され、運命が盛親に味方していたならば、長宗我部氏は幕末まで土佐国の君主として統治したであろう。

幕末の土佐国は、藩主長宗我部氏を押したてて、戦国時代から元親によって時かれた、南海朱子学（南学）における、天皇親政、一君万民を旗じるしに、一団となって薩摩、長州と協力し、倒幕から維新政府樹立へ挺身奔走したにちがいない。

坂本龍馬、中岡慎太郎や吉村虎太郎たちは脱藩して犠牲になることもなかったろう。武市半平太は牢獄で呻吟して切腹することもなかったろう。

彼等は明治を生きて、人材として近代から現代にめざましい活躍をしたことが考えられる。

# 参考文献（著篇者、題名、発行所）

高知県篇「高知県史要」（高知県）
横川末吉「高知県史」近世篇（高知県）
平尾道雄「高知県史」近代篇（高知県）
山本　大「高知県の歴史」（山川出版社）
寺石正路「南国遺事」（武内書店）
寺石正路「土佐好古史談」（日新館）
寺石正路「土佐偉人伝」（富士越書店）
中島鹿吉「土佐文化史伝」（青楓会）
安岡大六「安芸郡史考」（安芸郡町村会）
中村市編纂室「中村市史」（中村市）
中島鹿吉「土佐英傑読本」（国本社）
松山秀美「放送土佐史談」（ＲＫＣ高知放送）
「高知県人名辞典」（高知市民図書館）

「高知県歴史年表」（高知市民図書館）
平尾道雄「土佐藩」（吉川弘文館）
ルイス・フロイス「日本史」（松田毅一、川崎桃太訳、中央公論社、全十二巻）
「高知県歴史辞典」（高知市民図書館）
平尾道雄「長宗我部元親」（人物往来社）
山本　大「長宗我部元親」（吉川弘文館）
中島鹿吉「長宗我部元親傳」（日新館書店）
「長宗我部元親のすべて」（新人物往来社）
山本　大「土佐中世史の研究」（高知市民図書館）
永島福太郎「一条兼良」（吉川弘文館）
山本　大「山内一豊」（新人物往来社）
山本大編「四国史料」（新人物往来社）
「土佐軍記」宝永七年版十二冊
「四国軍記」元禄年間（国史叢書）
南学会編「吉良物語」（青楓会）
黒川直道編「土佐物語」（国史研究会）

松野尾章行「皆山集」一―六巻（高知県立図書館）
武藤致和「南路誌」上・下（高知県文教協会）
香西成資（伊井春樹訳）「南海治乱記」朝本十六冊（教育社）
立石正賀「長元物語」（続群書類従）
吉田孝世「土佐物語」（国史叢書）
高島孫右衛門正重「元親記」（注釈土佐文学研究会）
泉　淳訳「元親記」（勉誠社）
中山城山「全讃史」（藤田書店）
「南海通記」香西成資（享保四年）
「豊薩軍記」長林樵隂（寛永二年）
小瀬甫庵「太閤記」（岩波文庫）
横川末吉「長宗我部地検帳の研究」（高知市民図書館）
「岡豊村史」岡豊村史編纂委員会
寺石正路「戸次川合戦」土佐史談会
大高坂芝山「南学伝」（青楓会）
寺石正路「南学史」（富山房）

中島鹿吉「南学読本」（日新館書店）
大久保千濤「土佐の南学」（土佐史談会）
小関豊吉「南学の発展と土佐の教育」（高知県教育会）
徳富蘇峰「史境遍歴」（民友社）
「土佐史談」一七三号戸次川合戦四百年記念号（土佐史談会）
森鷗外「長宗我部信親」（「鷗外全集」第十九巻）
桑田忠親「豊臣秀吉のすべて」（新人物往来社）
山本　大「長宗我部元親のすべて」（新人物往来社）
「秀吉軍団」（世界文化社）
「日本の歴史」戦国の武将（暁教育図書）
「日本歴史大辞典」（河出書房新社）
司馬遼太郎「夏草の賦」上下巻（文春文庫）
中山巌水「土佐国編年紀事略」（臨川書店）
寺石正路「土佐名家系譜」（高知県教育会）
吉本一郎「漁火のくに」上、中、下（亜細亜書房）
野田千歳「民族の移動と奏長宗我部」

横川末吉「新編戸次川合戦」（高知県文教協会）
寺石正路「南国遺事」（武内書店）
入交好修「入交家々史」
宮地佐一郎「高知県人」（新人物往来社）
宮地佐一郎「土佐歴史散歩」（創元社）
宮地佐一郎「宮地家三代日記」（光風社書店）

# 第二部

# 放鶴絵図

天正十三年（一五八五）六月、長宗我部元親は秀吉の軍門に降った。

その結果、元親が足掛け十年かかって平定した、全四国のうち、土佐を除く三国を、秀吉に取り上げられた。阿波は播州浮田家の軍監蜂須賀《はちすか》家政《いえまさ》に、讃岐は淡路島洲本の城主仙石秀久《せんごくひでひさ》及び旧領二万石を三好存保《みよしまさやす》に、伊予は小早川隆景《こばやかわたかかげ》に、各々分ち与えられた。元親は同じ年六月下旬のこと、一切の敗兵を取り纏《まと》めて、阿波大西白地《はくち》の本陣から、四国山脈を越えて土佐に帰ってきた。

この峻険な山脈から波濤のごとく、讃州伊予の平原に向って出兵した往年の通い路を、今は擦りきれた鎧《よろい》具足《ぐそく》、風雨に曝《さら》された旗差物を巻いた軍勢が、鳴りをひそめて土佐香長の平野にかえって行った。——時に元親四十七歳であった。初老の衰えも覗《うかが》わせなかった、端麗頑丈な風貌も、さすがにこの数カ月の秀吉軍との対陣で、鬢《びん》には白いものも見えていた。

鬱々と繁る樹林の上には、南国の夏の日ざしがあった。桃形の鉄兜に黒塗り面頬《めんぼう》をつけた元親の額に、深い縦皺《たてじわ》が刻まれ、その皺を汗が流れ落ちていた。拭いもせず呆けたように、前方を瞶《みつ》める眸はうつろであった。元親の馬に寄り添うように従っているのは阿波一宮城軍監であった谷忠兵衛忠澄、伊予総軍代であった久武親直、及び桑名弥次兵衛、鶏冠木《かえで》右京亮《うきょうりょう》、福留隼人《ふくどめはやと》らの重臣たちである。

「——殿、御覧うじあれ。土佐の平野や海が、あれ、あのように光って見えまするぞ」

馬上から延び上るように指さした谷忠兵衛の籠手《こて》も、いたく褪《あ》せていた。忠兵衛は去月まで、頑強一徹に抗戦を主張してやまなかった主君を、説き伏せ、秀吉の前に出て降服の条件を烈しくかけ合った。しかもそれが通らなかった心の痛みを持ちつづけていた。声には慰めるような語調がこもっていた。

「ほーう、見えるわ、見えるわ——」

と馬を寄せあってつづく部将たちがざわめいたが、元親は別して感動を表さなかった。最前から何かを考え耽《ふけ》っている風であった。しばらく樹間の杣径《そまみち》をすすめていた時、

「忠兵衛、かえったら鶴田の鳥を全部放つぞ——」

突然、振りかえって言った。

鶴田の鳥とは、土佐の居城地岡豊、鶴田に飼ってある、数十羽の鶴のことである。

意外の言葉に、

「は、はー」と呻るように附きそう一同は、主君の胸中を察しかねて面を伏せた。

元親は半歳ぶりで遥かな光につつまれた土佐の原野と、蒼い海の容《かたち》をみた時、己

の胸中にある空洞に、秋風の吹き抜けるのを感じた。昨年の秋十月のこと、老いたるは六十歳、若きは十五歳に至るまでの、二万の新募兵を率い、秋の刈入れを待ちかねて郷国を発してきた身であった。

櫛風沐雨《しっぷうもくう》、十年に垂々とする歳月を賭け、四国統一の野望を抱いてこの道を登った時は、あと一押しの気魄であった。一刻も早く、四国全円を平げ、瀬戸、鳴戸の海を押し渡り、天下に攻めのぼろうと烈しい焦慮と野心に燃えていた。己《おのれ》が二十二歳にしてはじめて土佐長浜の陣に加わって以来、戦いを交えること幾十度か数えきれない。その半生を賭けてきた長い歳月の間に、国内には壮丁が尽きた。田園は荒蕪《こうぶ》に捨てられ、庶民《しょみん》の糧《かて》は奪い去られた。それでも尚、一領具足の野武士と言わず百姓と言わず戦える者を徴集して、女子供と共に米倉を空けた郷関を、幾度見捨てて戦いに赴《おもむ》いてきたことか。

しかるに今、武運拙く山を下る。生れて四十七年この方、百戦百勝、西国一の弓取りと言われた己が、ここに身一つを辛うじて、野に生色なき祖父の国へと馬をかえす。異郷の戦野に数千の壮丁を埋め、田園を蹴散らし、戸口を焼き捨てて獲ち得た四国の山河はひとえに秀吉への餞《はなむ》けに過ぎなかったか。己の半生のすべてを擲《なげう》った行為は、悉《ことごと》く空無に等しく、虚しい徒労ではなかったか。

――そう思うと、今、全山に集って夏を迎え鳴く蟬のかまびすしい声が、無数の痛みの矢のように、己の鎧《よろ》った甲冑を射抜く。遥かな前方に連り近よる、土佐の緑に燃えた風景にも、遠い感慨が寄せてくる。戦場を、軽々と奔《か》けた鎧も、今は蹌踉《よろめ》くばかり重く感ぜられた。その想いがはねかえってはげしく自嘲を呼ぶ。汗が兜《かぶと》の錣《しころ》にたまり、不快な匂いをもたらしていた。

己が四国を平定し、中原に登った暁には、土佐の丹頂鶴を、その地に渡して幾百幾千羽にふやして放とう、とひそかに心に決めて、多年飼いなじんできたのである。しかし今はそれも虚しく、苦いおもいでしかない。砕かれ、喪ったものになんの未練があろうか。「鶴を放とう――」元親は、土佐の原野を望んだ時そう思った。敗れたものへの酬いに、あの禽鳥《きんちょう》を放とう。元親の頰には、自嘲のような孤独な嗤《わら》いが深い処から泛び上っていた。

岡豊《おこう》の城下は、久しく不在の主君が無事帰ってきたことで、生気をとりもどしていた。それに生還のできた夫と息子のすべては、眼の前にあらわれた。しかしその他の多くの遺髪や形見の品々は僚友に抱かれてかえってきた。一時の歎きはこの世もあらず深く激しい。しかし南方の人情は長く悲恨を繰ることはない。失ったものの代償を、他から探してきても、この生ある限りたのしむことに向う。

長らく蔓草《つるくさ》と風雨に捨てられた城壁には、修築の工人《こうじん》たちが登っていた。前方の田園には、収穫に働く人の姿があった。

鶴田は、元親居城地岡豊《おこう》の後方の小高い地形を言う。附近は水田や畑で、周囲の丘陵がつづき小高い松林がめぐり、広い湿田《しつでん》が開けて、自ら鶴の棲息と保護に適した地域をつくっていた。

松林を越えて鏡野の平野が一望のうちにある。さらにその彼方には、太平洋の紺碧《こんぺき》の海が連り広がっていた。鶴は普通、湿田に棲み、昆虫、貝類、泥鰌《どじょう》、水草などを喰べて育つ。秋の終り渡来して、桃の花の開く頃には北を指して飛んでゆく。そしてまた来秋子鶴を携えて大挙、冬の棲場を忘れず、渡ってくるのである。

元親は、鶴田のまわりを囲い、中に餌《えさ》畑や池などを設け、物見の楼台を片隅の小高い処に建てた。囲いの中の鶴は片方の風切羽《かぜきりば》を切って放し飼いにしてある。そして四方の山林を「お留場」と称し禁猟区域と定めた。

その甲斐あって鶴田は、防州(山口県)や薩摩(鹿児島県)と共に、名が聞えていた。

元親は日頃、楼台に登って、天然の鶴の生態と飛翔をあかず眺め楽しんだ。

鶴は姿勢が美しい。体長の大と気品のある動作は、王者の愛玩《あいがん》を受けるに相応しい。その飛翔やたたずまいは、群鳥を圧して見事であり、見るものの眼をたのしませた。ことに此処に渡る鶴は体長も大きく、純白の羽と丹頂と、黒い風切羽の妙が美しい。蒼穹に飛ぶ壮観は、胸のしこりが解けるほどである。

元親は多年、この禽鳥を愛した。鶴の中にある「雄の美しさ」に恍惚《こうこつ》とした。戦場にあって、緋威鎧を着け、逞しい白馬に乗って奔け寄ってくる若武者を彷彿させた。また鳴声の太い的確な声も無類である。元親は群鶴を見るたびに、人を感じ、現世を感じた。

「鶴を放つ」と、谷忠兵衛に告げた元親は、鳥見役に命じて、鶴の風切羽を整え、放鳥の時に備えさせた。

夜来の雨があがり、気温がのぼり始めていた。二月中旬の早暁、暁に染まった空に、十四、五羽の丹頂鶴が飛び立った。知らせを聞いた元親は、急ぎ鶴皿の楼台に駈せつけた。

つづいて午《うま》の刻（十二時）すぎ、二番目の鶴群が風に向って翔んだ。首を前方に掲げるようにして、羽を思いきり拡げてひとしきり「コウ、コウ」と鳴きながら飛び去った。

忽ち、純白の翼が空一ぱいに重なり開いた。南国の空は光に普《あま》ねく澄んで、あくまでも蒼く高い。翼長二尺（六十糎）以上もある見事な白い傘が次々と空におどり上り泛んだ。次から次へと、その白い群が天空に真直ぐに吸い上げられるように高々と飛翔して行った。元親は茶羽織姿で扇をかざしながら、じっと飛鳥の有様を見ていた。苦いものが胸を噛むように湧いていた。その群鶴の白さの如きものが、己の胸裡《きょうり》を煽《あお》るように飛び去ってゆくのを感じた。

去る日のこと、四国征伐軍代羽柴秀長が、一宮城に戦いこもった谷忠兵衛の奮闘ぶりをみて、講和の提議をなしてきた。忠兵衛はこれを受け、折れる時は今ぞと、元親のもとに取り次いだ。けれど元親は一言のもとに退けた。それには己を強く支えるものが、未だあったからである。

土佐から嫡子信親の率いる、一万余の精兵の間もない到着のこと。水中を潜る仕掛けと、多量の鉄砲を備えた「盲船」と呼ぶ独特の戦艦群を持っている。これは苫葺《とまぶき》の鯨船から発案したもので、軽快にして如何なる怒濤にも、安全に航行できると言われていた。これをもって、形態も速力多種の秀吉方混成艦隊に、打撃を与えることは容易だと考えた。

全軍船団を瀬戸の海に浮ばして、海上から敵を葬ること。しかし万一これらに破れても、土佐安芸の野根山の天嶮に立てこもって、幾年でも抵抗してみせる。いや、そこで遠く二十数代つづいてきた秦《はた》氏の武門の最後を、華々しく飾ろうと決心していた。恥辱に等しい降服は雲霞《うんか》の大軍を廻しても、するまいと固く心に誓っていた。

忠兵衛は進言を主君に一蹴されると、逆に大西白地の諸将にふれを出し、平和論を説いて同僚部下一同の共鳴を得た。今度は家臣重将打ち揃って、元親へ講和をすすめてくる。それから三日三夜、和戦の御前論争がつづいた。元親の怒号は次第に呻吟《しんぎん》に代り、やがて嗟嘆に移っていった。

将の誉《ほまれ》は、士卒の功による。しかるに諸将既に戦意なければ、如何ともすることができない。闘志猶健《なおすこ》やかにあって、しかも膝を折らされる。奥歯の欠け落ちる程無念であった。忠兵衛は言った。

「弓折れ箭つきての降伏をさせたくはございませぬ」元親は忠兵衛の面上を睨みつけ、吐き捨てるように言った。

「西国一の弓取りと名を得た元親が、今易々と降参するは屍《しかばね》の上の恥辱《ちじょく》である。たとえ骨を埋めるとも名は埋めぬものを」——と言いはったが、その三日目の夜半、声をのんで席を蹴って立った。己一人で戦うことはできない。家臣の悉くはもはや戦意を止めていない。

——あの時は、両肩が削られたような寂寥とも、孤独ともつかぬものが身内に溢れた。垓下《がいか》の囲みにおける項羽《こうう》の辞世の詩（力は山を抜き、気は世を蓋《おお》う）が泛んだ。己の陣幕にかえると、生涯はじめて味わう苦い涙が、とめどもなく溢れつづけた。その時を境にして、あの孤寂が、時々身辺に薄い翅《はね》の蜻蛉《かげろう》のように、飛びまわっているのを感じていた。

あれから、己の夢はすべて飛散した。遠くあの夢たちは放たれたまま帰ってこない、己の夢は終った。

「爾後《じご》、鶴が渡ってきても構うな」

——言いのこして、望楼から、地上におりて行った。

時ならぬ鶴の強い鋭い声に、おどろいて野にあった農夫達も空を仰いだ。一面の白い傘の群が、青く染った北の空をおもいきり高々と、昇ってゆくのを不審げに見送っていた。

天正十三年（一五八五）冬、元親は秀吉に謁見のため京都に登った。主だった侍五十人を従えた。東寺の南門にはこの一行を見ようとして、京童は垣を築いた。一度び天下に望みをかけた元親には、敗れたりと雖《いえど》も人々の好奇心と人気が集った。この群衆の目に、元親ら一行は一種異様に映った。

着物は紬《つむぎ》か木綿《もめん》で作った袖の短く綿の沢山入れたものである。帯は西畑《さいばた》という木綿帯をしめ、袴《はかま》の裾《すそ》は短く野武士然たる恰好であった。六尺近い屈強の侍たちが月代を飽くまで大きく、差料《さしりょう》はいずれも三尺、脇差は二尺もある両刀をたばさんでいた。その姿は甚だ滑稽に感ぜられるが、また素朴豪快な傍若無人さがあって、京童の微笑を誘った。

秀吉も、この異装に近い武骨な主従の一行を迎えた時、おもわず顔を綻ばせた。元親は謹んで土佐一国安堵《あんど》仰《おお》せつけられ、洵《まこと》に有難き旨を申しのべ、進物として国行の太刀一腰、馬代黄金千枚、色糸五百斤、沈の榾《ほた》（沈香木《じんこうぼく》）二つ、熊皮十枚を差し出した。秀吉は赧《あか》ら顔を振り向け、目を細めた。

「遠路はるばるの出精、御苦労じゃ。土佐の侍衆は、孰《いず》れもかけ引きなし気《げ》で、面白そうじゃの」

そう言った貌には、支配者が被支配者に臨んでいるような昂《たか》ぶりは微塵もなかった。権威を忘れさせる人なつこさがその目に宿っていた。元親はこれが自分と戦っていた相手かと、意外の感に打たれた。元親とて一邑《いちゆう》の城主から身をおこし、戦場を馳けめぐって二十余年にもなる。秀吉に対するいわれない親しみは、長い間の攻城野戦で労苦を重ねてきたものの共通の匂いであろうか。時に乗り、疾風迅雷《しっぷうじんらい》のはや業で、天下を掌握《しょうあく》した秀吉という人物は、意外にも平凡な小柄な爺臭い男に過ぎない。はじめてみる元親は、秀吉の笑い顔に魅入るような親しさを感じた。澄んだ瞳には、さすがに凡手でない光を宿していた。元親は内心、最初京に出て己らの異装に近い服装に対して、一種の面映ゆさを持っていた。それが対面早々、あからさまな好意と、いかにも戦国武将らしい淡白さで迎え取ってくれたことに吻《ほっ》とした。元親が頭を上げると、再び声がかかった。

「土佐守、その方の家来にはなかなか手強い奴がいたわ。谷は来ておるか」

先年四国出兵の直前、堺浦の秀吉の許まで使者として登った谷忠兵衛正澄の豪勇ぶりを褒めたのである。この際、谷は、元親に現状のまま四国全部を与えることが、元親弓矢の誉のみならず天下生民の幸せであると主張した。

「元親、勝手に四国押領《おうりょう》の罪許されず、放言差控えい。さもなくばその方首は無いものぞ」

秀吉が言っても谷は少しも動じなかった。

「元親殿がもし、四国押領の罪人ならば、殿下は天下押領の罪人ではござらぬや」

こう言って一歩もひかなかった。

今また眼前に、肘張った侍の群を見ると、秀吉は悪戯《からか》い半分に、

「土佐衆はまるで土龍《もぐら》じゃ、じゃが、土佐の土龍だけではなかったの」

と言って、からからと打ち笑った。

四国の山野に伏せ、走り、戦った己らは、成るほど一介の土龍にも等しい。一旦天下に望をかけたとはいえ、所詮、目睫の事象にいそがしくて、天下の動静を察するに事欠いた、土龍の運命であったかもしれぬ。

翌日福島、毛利、大友らの諸侯と共に秀吉より盃を頂いた。この時の接伴役は、嘗《かつ》て、四国戦線で相見《あいまみ》えた羽柴秀長、藤堂高虎である。元親に対する礼遇は極めて優渥《ゆうあく》で、諸侯の列をこえてもてなされた。当日は盛大の饗応と座敷能があって、供の家来も一緒に見物仰せ付けられた。元親は拝領物として、備前兼光三尺五寸（百五糎）の太刀一腰、金子百枚持馬一匹と梨地蒔絵《なしじまきえ》の鞍鐙《くらあぶみ》及び厚房の鞦《しりがい》（牛馬の尻にかけるきずな）を受けた。この葦毛《あしげ》の馬は、元親殊の外、気に入って「内記黒《ないきくろ》」と号して秘蔵することとなった。

やがて元親は、伏見より乗船して帰国するという報知を、依岡光兵衛が一艘の早船で土佐に先駆《せんく》した。太守元親の謁見の首尾を案じていた国人は、これを我が事のよう

に喜び、恙《つつが》ない帰帆を浜辺にまで出迎えた。——帰国後、祝言に登城した家臣の面々に、土産の品々を披露した。金装の燦然たる兼光の刀を「黄金作りというものはこれか」と一同は歎じた。又黄金百枚を一つ一つ手にとった。判金をはじめてみる物めずらしさに、嘆息を繰りかえした。土佐にはこの時まで大判も小判も通用は稀で、小禄の武士は今までその実物を見る機会がなかった為である。

翌天正十四年正月、再び元親は年頭の出仕に上坂した。大坂城成って移転早々の時である。この時、本山将監《しょうげん》、比江山掃部介《かもんのすけ》、桑名太郎左衛門の三将を具し連れた。秀吉は、「遠路海上を凌《しの》ぎ早速の出仕、御苦労である」と言って、立って自ら天守に案内し、九層の上から大坂の海と街とを満足げに指さした。

「のう、土佐守、天下これより治まるであろうぞ」

「左様。殿下の器量を以てすれば、四海波しずかなる日も遠くはござりますまい」

秀吉は伊達染の羽織を侍女に持参させ、

「これ秀吉が物好きよ」

と言って手づから元親に与えた。

「これはこれは、珍らしきものを」

元親は、一旦次の間に退いて着て、罷《まか》り出て御礼を言上した。

「宮内少輔、なかなかの伊達男よ。良く似合う喃《のう》。さればこの序《ついで》に、上京致し洛中洛外見物せられよ。伊達染をつけての」

　秀吉はことの外、上機嫌であった。

　元親は若い時は「姫若子」と呼ばれるだけあって、眉秀で、色白く長身の男振りであったが、秀吉はお世辞でなくその風采をほめた。天下を収め、諸侯を従えた者が、その一国の将に着物を着せ与えて、心から愉快がる態度の朗らかさ、邪気なさに、元親は昵懇《じっこん》の情を抱いた。己《おのれ》が天下に望を失ったのは生涯の痛恨事だ。けれどもかかる男に捧げる天下であったと考えることで、せめてもの慰みとせねばならぬ。心の中をほのぼのと昇ってくる、これらの感慨はもはや苦くも悲しくもなかった。

　城中の大広間に、元親を招待して盛宴を張り、又天守閣で茶会を催し、前回より篤《あつ》い歓待を受けた。秀吉にすすめられた通り、洛中の名所旧蹟を巡見し、ここにいる嗣《し》子秀次へも挨拶をすませた。その際、先年人質として、大和国（奈良県）郡山にあった二男香川親和五郎次郎の帰国を許された。おもわぬ事に父子携えて悦びの裡に、土佐へ帰ることが出来た。引出物には、再び柄鞘金襴《きんらん》で包んだ太刀五振及び、三人の家臣にも別に刀一腰ずつを頂戴した。——斯くの如き異例の厚遇は、当時列座の諸侯をおどろかし、羨ましがらせたと見え、元親の仮宿所である摂州天満の茶道師匠今井宗久宅へ、賀客踵《きびす》を接するという有様であった。

此の年の秋、秀吉は京都に大仏殿を建てる計画があった。ために天下の良材を物色して第一土佐、第二九州、第三木曽熊野と、品定めを発した。元親は土佐木材に、一番の白矢をたてられた名誉に感激し、長子信親と共に自ら草鞋《わらじ》を履《は》き、間尺計を腰に高知東方奈半利川の上、成願寺へ出張した。夜を日についで幾千人の百姓人夫を督し、良材を伐採して百艘の大船を仕立てて大坂へ送った。昨今の己への特別な優遇《ゆうぐう》に対する応えである。

翌《あ》けて天正十四年秋、薩摩の島津中務大輔《なかつかさだいゆう》義久は、九州全円をこの傘下に容れようとして、豊後の大友宗麟を攻めた。大友は敗れ、援《たすけ》を秀吉に請《こ》うて来た。秀吉は大友救援軍として、土佐の長宗我部弥三郎信親と、讃岐の仙石秀久に命じた。これを機会に九州を収め、やがて日本国中を平定する肚である。

弥三郎信親は元親の長子で、本年二十二歳の若者である。二十二歳と言えば己が土佐長浜戸の本の合戦に、父国親に従った初出陣の歳である。あの時「姫若子」と仇名された元親は、一躍驍勇《ぎょうゆう》多力の青年武将の声名をかち得た。しかしはじめは戦うすべさえ判らず、出陣に臨んで老臣秦泉寺豊後《じんぜんじぶんご》に問うた。

「豊後、余は未だ槍遣う術を知らねば、指南せよ」

「敵の眼を突きなされい」

と豊後が一語で答えた。重ねて、

「大将は先に行く者か、後を行く者か」

「大将は掛らぬ者逃げざる者故、先は掛け申さず」

これが己の出陣の力になり、爾後《じご》の運命を決したと言える。しかるに信親は今回の命を受けても動ずる気配は些《いささか》もなかった。二十歳を越えたばかりでありながら背は六尺一寸（百八十余糎）、色白く柔和で、詞数《ことばかず》は寡《すくな》いが、礼譲《れいじょう》あって然も厳しくは構えてない。戯言《ざれごと》を言っても他の武将の如く野卑にも猥談《わいだん》にもならず、とてもいぶせき田舎に成長した青年とは思えなかった。言葉遣い衣紋《えもん》立居行跡に至るまで、あっぱれ一国の将としての徳が備っていた。柔和な裡にも一種犯しがたい品位と威風を蔵し、黒い瞳には不思議と人を惹きつける魅力をたたえていた。国人は信親に父母の想いをなす程であった。元親は、「我子ながらもあっ晴れ」と語っていた。智仁勇を兼ねた戦国武将の骨相を信親の上に認めていたからである。この信親に向って、

「弥三郎、若輩の身にて大敵の討手に選び出さるる事、洵《まこと》に武門の面目、生涯の大慶であるぞ。但し島津は隠れなき武勇の強者なれば、しかと備え働けよ」

と言いきかしたが、どうしたものか今度の命を受けてから、元親は心が落付かなかった。信親が冷静そのものでいることにさえ胸が騒いだ。はじめて外征に遣る息子への親の想い遣りであるか、と納得しようとしたが、常になく不安である。千軍万馬の戦場を経てきた己が、こんな憂患に陥《おちい》るとは覚えもないことだ。

出陣をひかえた十一月初旬、一夜風がはたと途絶えた中で、岡豊《おこう》城内の楠の大木が申《さる》の方（西南西）にどうと倒れた。元親はこれを不吉の兆として、信親後見となって高知浦戸から我が子の後を追って船出した。

長宗我部信親の率いる兵二千、元親の追った兵一千、計三千が、豊後国大分の浜に上陸し、仙石、大友の軍と合した。ここより豊後国（大分県）上原城に進み、さらに島津の包囲した利光村の鶴ガ丘城に迫った。一方島津方は土讃の援兵到来ときくと、一旦、鶴賀城の囲みを解いて、戸次川を越えて、岡山に陣を取った。けれど援兵案外小勢とみてとり、兵を山麓に伏せ、少数の餌兵《じへい》をわざと河岸に出没せしめて、巧に敵を誘きよせ、一挙に河岸で殲滅《せんめつ》せんとの軍略に出た。時に天正十四年（一五八六）十二月のことである。

戸次川の西岸冬田に布陣した土讃の陣営では、首将仙石秀久を囲んで軍評定が開かれた。仙石は秀吉が小牧長久手に出征する時、讃岐に遣わし、水軍を以て元親の東上を牽制《けんせい》せしめた。折りから元親は、四国出兵の最中である。牟礼高松（香川県）に上陸した仙石は、逆に元親軍に惨敗して居城地淡路島洲本に退いた。仙石は元来武勇のみを専《もっぱ》らにして、弱きことを嫌う猪突《ちょとつ》の暴将《ぼうしょう》である。殊の外、この時の恨みが胸中に燻《くすぼ》っていた。豊臣秀吉はその事情を知っているので、両者の後日を憂えたのか、さきに京都で信親と仙石を召した時、

「来春、太閤西下するまで、構えて疎忽《そこつ》の軍《いくさ》する莫《なか》れ」

と特別の軍令を出した程であった。

仙石は先ず意見を出してこう切り出した。

「鶴賀城の形勢を見るに、東に山岳重畳し、西に大河（戸次川）は流れ、其の孤立無援の山城をもって島津の大軍を支うること、二カ月の久しきに及ぶ。城主利光越前守殿の苦楚《くそ》察するに余りがござる。かかる窮状を眼前にする上は、一刻の猶予をなりがたい。敵がたとえ川を要害に取って支えたりと雖も、何ぞ怖るることはない。いざや、我軍一勢に渡り、一戦で勝負を決する時でござろう」

長宗我部元親はその無謀にあきれ顔して、

「されば、仙石殿、敵が鶴賀城の囲みを解きたるは、我等を誘うて河を渡らしめ、その中道を要して鉄砲乱射の計略と、見たるは僻目《ひがめ》か。無謀の軍《いくさ》して、敵の術中に陥

るこそ愚かでござるぞ。来春、御出馬までは専ら守勢をとり、構えて疎忽《そこつ》の戦いする
なかれとは、関白殿の軍令でもござった。暫く河を挟んで対峙《たいじ》し、敵の動静に応じて
徐《おもむ》ろに計画を立つるが、将たるものの分別と心得申す」
と思うままを陳べた。仙石はこの時、面を振り上げ、元親の言に一顧も与えないの
みか、
「ここ迄来られて、敵を眼前に見ながら、一戦をも交えずして対陣に日を送るなどと
は、何んたる腑甲斐なさか。宮内少輔殿ともあろう方が、上方勢弱しと物笑いになる
事が、口惜しとも何ともござらぬや。太閤殿の御諚《ごじよう》も、時にこそ寄りけりで、僅か
の伏兵に怖れをなして、かかる軍が出来ぬとは、いやはや片腹いたい事でござるぞ」
居丈高になって見栄をきった。嘗て四国戦線で元親のため惨々敗れた恨みがある。
構えて強情一点張りで通した。これに僚将三好存保《みよしまさやす》も、口を挟んだ。
「仙石殿の仰せ至極尤《もつと》もでござる。昔より河を隔てての戦いに、先ず渡りたるは勝
ち、渡されたるは敗れたりとござる。先んずれば人を制すとも申す。上方への聞えも
好からんに、早や早や、急ぎお渡し然るべき事よ」
三好存保は四年前の秋、南阿波の首城勝瑞を元親に攻められて、中富川で徹底的な
殲滅《せんめつ》の憂目《うきめ》にあった。この際城兵五千を喪い、細川頼春以来三百五十年を号令して阿

波屋形は、完全に崩壊してしまった。今はこれ迄と覚悟を決め、取ってかえして討死せんとする存保は、老臣の切諫《せっかん》にあって城に逃れ帰り、降参を願い、元親に矢留を請うた。元親は刃向いをしないという起請文を取っただけで、讃州（香川県）虎丸城へ三好を追い放った。矢折れ刀尽きるまで戦った敵将に対する、武士の情けからである。それのみではない。元親に降って間もなく、彼が上方の情勢に応じて寝返りをうった時も、三好の一族岩倉城主三好式部の子息二人の人質を、嬲殺《なぶりごろ》しして思い知らせよと息まく家臣を宥《なだ》めて、その子息揃えて父の元に送りかえしてやったこともある。

三好存保は旧領安堵《あんど》を許された運強い武将である。しかし、たとえ一旦、太閤の執り成しで和解をしたとしても、長年の宿意から離たれてはなかった。元親は眼を閉じていた。うっすらとこの数年前のことが去来していた。人間の恩愛、怨恨が今曲りくねっていやな形で、目の前に立ちふさがるのを感じた。真当《まっとう》な戦が出来ぬことを早晩、覚悟せねばならぬ。三好の言に仙石はいよいよ調子に乗り、

「元親殿には左程に軍《いくさ》がいやならば、後陣に在って此の秀久が軍するのを見物せられよ」

と放言した。この時まで黙って控えていた信親は、仙石の言にたまりかねて、

「父上の御分別は一つ一つ御 尤《もっとも》にてござる。されば仙石殿の御同心はとてものこと。一軍《ひといくさ》なされませ。討死仕って後は上意も何もいり申さぬ事。急ぎ打ち立たれませ」

と老父を庇《かば》ってきっぱり言った。この一言にさすがに応える者はなかった。会議の僚将の胸中には何かしらん蜘蛛の巣のような、不吉な重いものが覆いかぶさっていた。この空気を押しやるように、

「さすが長宗我部家の若殿よ、御見事な心掛けよ」

と褒めるとも冷やかすとも判らぬ口調で、仙石は一同を見渡して笑った。

信親は陣屋にかえると、家老以下面々を呼び集めた。

「明朝、川を越えて戦うことと相成った。つらつら地の利を考うるに、此方より川を渡る事、罠《わな》に望む狐の如きもの。されど川を渡るに決った上は、我等も共に渡らずば、武士道相立つまい。弥三郎始めて軍将を承りながら、太閤殿の御掟に背いて、而も不覚の敗け軍して何の面目あって再び都へ入るべきか。然れば、死すべき時節到来致した。但し、愚蒙《ぐもう》の輩に組んで不覚の名を取る事、無念限りなき事と雖も死生も運命である。諸士も我が意を心得よ」

と披瀝《ひれき》した。これを聞いた侍たちは、いずれも声を揃えて、

「御諚《ごじよう》、最も勇ましく覚え奉る。夙《つと》に君に捧げし一命なれば、今更ら何の覚悟がござろう。主従一地《しゆじゆういつち》に屍を曝《さら》すかと思えば、武士の冥加《みようが》、これに勝ることがござろうか」

と応じた。

翌《あ》けて十二月十二日、未だ明け切らぬ空を、東雲は低迷し、朝風が川面から斬りつけるように、冷たく吹きつけていた。その薄昏い冬枯れの川原に向って、粛々として一軍やがて二軍と、行動が始まっていた。仙石は部将田宮照継を尖兵として、本陣を出立した。これにつれて音のない世界を移動するように、大友勢も長宗我部軍も、岸に近く陣をうつして待ちうけた。と、見るや田宮の先陣数百騎が河原に駈け寄りざぶんとばかり水を渡りはじめた。漸くこの頃、東雲に陽が射しこんで田宮勢が背に負った旗差物を、馬の平頸《ひらくび》を、くっきりと染めた。

川の中程まで白浪を蹴立てて渉《わた》ってきた、その時である。突如対岸に法螺《ほら》貝が吹き鳴らされた。これが島津の合図であった。岸辺の伏兵千余人が一斉におどり出て、川端に打って出ると見るや、並列《へいれつ》に陣を構えて、いきなり鉄砲を連打《つるべうち》に放ってきた。折りから輝かしい朝の最初の光が、川面を渡る武者を鮮やかに映え上げた。

　銃声は睡りから醒めたばかりの空気を、震わせて火を吹き続けた。先駆《さきがけ》の兵は将棋《しょうぎ》を倒す如く、人馬ともども打ち倒され射抜かれて落ちた。血《あけ》になって水沫をあげて没するもの、一旦おちて流れる馬に泳ぎつかんとして、手綱を握ったまま力尽きて沈むもの、忽ちにして薄氷《うすらい》の流れる如く、悉くが凍《こご》える川に投げ出され、血に染まってただよい流れはじめた。

　すぐ後に迫った第二陣の仙石手勢は、これをみて狼狽した。急に馬を乗り戻そうとしたところを二度目の鉄砲で、又百余騎が打たれた。つづくものは、意外の伏兵の手練に肝《きも》を潰《つぶ》して、我先にと退却した。これを見た仙石方の旗本は大いに驚き、色めき立った。島津勢三千余騎はこの有様を見逃さなかった。島津家久は、

「ときは今ぞ、掛れや、掛れ」

と大声で下知すれば、さっと竹中の瀬を一団の疾風となって渡った。同じく島津方の中務家久八千余騎が、これは河の真正面から駈け入ってきた。ために流石の大河は、人馬に水を堰かれて、河下の歩行の武者は膝の上をも濡らさず、易々《やすやす》と向う岸に入ってくる有様であった。狼狽《ろうばい》その極《きわみ》に達した仙石、大友の軍勢は、川端の陣から、

「止れ、止れい！」

と命ずる声だけが空しく響いた。乱れ立った大勢はどうすることもできず、どっと

勢いよく打ちこまれた楔《くさび》のような敵方に遮られて、軍令はさらに聞える筈《はず》もなかった。島津勢はこの隙に一散に川を駈け上り、雄鬨《ときのこえ》をあげ、剣光閃《ひらめ》いて突撃してきた。

乱れ立った上方勢は七断八続の有様となり、縦横自在に斬りまくられ、我れ先きにと逃げ去った。矢庭に討たれる者二百余騎、今は踏止まろうとする者もなく、豊後国（大分県）上の原へと指して落行くのを、さらに島津勢、余すな漏《もら》すなと、その道を遮り短兵急に追い懸け打ちかけた。仙石方は上の原に入り兼ねて、命からがら豊前国小倉の城へ逃げ籠った。大友は妙見竜王の城へ落ち延びた。三好存保は人野川中に追い詰められ、一千余人算を乱して殪れるという大敗を喫し、存保《まさやす》はここで戦死を遂げた。

この見苦しい先陣の敗亡を、凝乎《ぎようこ》として瞶《みつ》めていた。土佐勢三千の将兵は、その後に林の如くに控えていた。乱濤《らんとう》の中に於ける巌《いわお》のごとく立っていた。それは数々の高言にも似ず卑怯未練の振舞いした味方を、きびしく見つめている瞳であった。これ以上、見苦しい振舞いあって敵方に嗤《わら》われるなと、心底囁《しんていささや》きつづけている貌であった。信親は冑の錣《しころ》を締めながら、この時一同に布《ふ》れた。

「島津勢、只今味方を逐《お》って来るに違いあるまい。鉄砲を伏せおけ。十間より外ならば、玉打つな。もし、駭《おどろ》いて遠く放ち捨てれば曲事《まがごと》ぞ。一人にても騎馬武者を打ち倒したるは高名のこと」

と下知《げち》して近寄るを待った。もはや陽も高々と昇り、冴《さ》えた冬空に遠い光をふり注《そそ》いでいた。その間を相変らず寒風が音をたてて走っていた。刻《とき》は午《うま》の上刻（午後十二時過ぎ）。待つ間もなく薩摩きっての剛の者、新納《にいろ》大膳亮武蔵守先陣五千余騎は鬨の声をあげて打って懸った。元親、信親の軍勢併せて三千を以て、倍余の大敵に当った。無援孤軍を携《ひっさ》げて雲霞《うんか》の如き敵に向って、ここに惨々たる善戦力闘が展開されてゆく。

新納の軍勢が槍先の合う程の距離に近付いた時である。待ちかまえていた土佐勢は、鉄砲を一斉にうち放った。先に進んだ兵は将棋倒しに斃れ、しどろになって見えた処へ、長宗我部勢は、馬を駈出し、十文字に割って進んだ。忽ち巴字《ともえじ》に追い廻し、東西に馳せ違え、南北に斬り結ぶという有様が展開された。新たなる修羅《しゅら》の巷《ちまた》が繰り展《ひろ》がった。新納の先鋒は手兵二百余騎みる間に討たれ、散々になって引退いて行った。けれど武蔵守は元来勇猛不屈の武将であったから、

「さても、見苦しき負けをしたものかな。此処を引いて何んのための一命ぞ。ただ、斬り死ねや者ども！」

と大声叱咤した。己も真先きに踏みとどまって斬り結んだ。土佐勢もここを先途《せんと》と前へ前へと出た。

「一歩たりとも退くな。全軍屍《しかばね》を曝《さ》らして土佐武士の名を留めよ」

と号令が聞えた。さすが勇猛の新納の軍勢再び数知らず討たれ、既に敗色が見えはじめた。この時である。仙石勢を撃ち破って、とってかえしてきた島津の本隊八千余騎が、轟《とどろ》くような鬨《とき》の声をあげてかかってきた。新納の勢と一つとなって、長宗我部親子の軍を袋の中に取り囲み、八方より攻めたてた。叫喚、刀槍の響さ、馬のいななき、ほら貝、鉄砲のはじける音、弓矢の呻《うな》る音、討ちつ討たれつ、さしもの戸次川の磧《かわら》は血河となって流れた。

長宗我部父子は大軍に駈け隔《へだ》てられて、今は互いの消息すらおぼつかなかった。元親の名ある部将として鶏冠木《かえで》右京亮はじめ、竹田忠右衛門、久延右京兵衛、中野市助、浜口光三左衛門、藤沢帯刀、池田惣三郎、今西藤太、池田助兵衛ら、これにつき従う諸侍以下、円明院極楽寺、観音寺、常足庵などの陣僧に至るまで、味方多く討ちとられた。

元親周囲を顧みれば、今は主従二十一騎のみである。山麓まで逃れて、眼路の届く限り信親を探してみたが、この乱軍では行方も知れなかった。又新手が加わった模様である。大方、今は数倍にも余る島津勢に取り囲まれ、討死にしたやも知れず、我が運命も是迄よ、と元親馬を乗り捨て、太刀を抜き放って進み出ようとした。大将が馬を捨てて徒歩《かち》になることは死を覚悟することである。近従十市《とおち》新右衛門がこれを見て、

「こは口惜しき御風情《ありさま》でござる。はや是《これ》に召されよ」

と己の馬を曳いて参った処へ、元親の愛馬内記黒《ないきぐろ》が何処からともなく駈け戻った。内記黒こそ先年、太閤から贈られた名馬である。十市新右衛門は、ぱっと喜色を顔に現し、

「おお、これこそ家運未だ尽きざる徴《しるし》でござるわ」

と馬をすすめ、元親を取り囲むようにして、上の原に向って落ちて行った。附き従う面々は、谷忠兵衛、光富権之助、桑名弥次兵衛、江村孫左衛門、中島与市兵衛など、屈強の士二十余人だけであった。

この途、安並玄蕃は敵三騎の中に駈け入り、二騎を切って落し、一騎を馬上より組んで落ちて首を取ったが、己も深手を追って馬に乗ることが叶わず、敵の死骸に腰をかけて、味方に離れて息つぎをしていた。桑名は遥かにこれを見て、諸鐙《もろあぶみ》を合わせて駈け寄り、馬より下りて玄蕃を引立て、我が馬に打ち乗せて襲い懸る敵をなぎ払い

ながら、元親においつき進んだ。

一方、信親軍は今を先途これを最後と、阿修羅《あしゅら》の如く戦い抜いてきた。はや朝から半日も血河の決戦に時を忘れてきたが、もう昼もすぎた頃であろうか。麾《き》下七百名と共に中津留蹟に踏留って最後の陣立を直した。信親の胸中、この合戦がすべて昨夜、父元親が軍中会議で見抜いた如く進展してゆくだけであることを、泡のように嚙み味わっていた。命運ここに尽きたりと観じ、諦悟《ていご》の石像のようにじっと前方の戦いぶりに眼を向けていた。するとそこへ桑名弥次兵衛の一族、桑名太郎左衛門が駈け寄ってきて、馬前にとびおり息をはずませて具申《ぐしん》した。

「若殿、所詮《しょせん》勝目なき戦場なれば、かくまで強く支え、打ち破ったことだけでも、我等の面目《めんぼく》相立ってござる。かくなる上は一刻も早く退くが、武将たる者の良策と存ずる」

と鬚面《ひげづら》に血汐を拭《ぬぐ》い、拳を固めて勧めた。信親、桑名を睨みつけ、

「左衛門、痴言《しれごと》を申すまい。元親殿の生死の程も分明ならず、且《かつ》は軍令に背いて敗をとる。我等何の面目ありて再び太閤殿に見《まみ》えようか。されば、ここを最後の戦場とは思え」

と言った。居並ぶ将兵も声を揃えて、

「御供《おんとも》！　御供仕る」

と応え合わせた。この時、敵陣からも、

「一人残らず斬死に致せ」

という新納の号令が、惨《さん》として聞えてきた。その声を合図に双方忽ち駈け寄り、刺し違え、剣戟《けんげき》の音、人馬の叫びは再びどうと崩れるように、中津留川原に湧きおこった。

信親は手繁《てしげ》く駈け立て駈け立て戦っている内、乗馬は平頭三太刀ほど切られて戌《じゅつ》亥《がい》（北西の間）にどうと臥してしまった。これを打ち捨てて、又新しい馬に乗りかえて斬って廻った。敵方はそれを大将と見知ったのであろう。駈け寄せて打取らんと進み近づく。信親四尺三寸（百二十九糎）の大長刀を提げ、大勢の中へ割って入り、籠《こ》手《て》、開手、十文字と八方乱して斬りまくった。この時、八騎の敵を討ち取ったため、長刀は柄中《つかなか》より折れてしまった。

信親の右の腕には、新しく引き抜かれた織田信長より拝領の大左文字の銘刀が握られていた。この刀を振り翳《かざ》し、相手を選ばず当るを撫ぎ、突き、倒して進んだ。あちらでもこちらでも、小勢とあなどった敵に、土佐勢は一人に四人も五人もかかられ、力尽き斬り伏せられて斃れてゆく。刻々身方の数は眼に見えて減っていった。

　朝からの興亡を賭けた戦いに疲れていた。その上、身は金鉄ではない。傷手を負うこと数を知れず、鎧に蒐《あつま》る箭種《やだね》が蓑虫《みのむし》の如くささっていた。頬、肩、手にも血潮は黒く乾き、その上をまた新しい血が流れた。幾度びか渓流に転落しては、水を掬《く》んで生気を盛り返し、果てない悪闘を続けてきた。麾下《きか》幾百の将兵は力尽きるまでよく戦った。けれども算を乱して眼前に、ばたばたと斃されてゆく有様である。

　今はこれ迄と思い定めた身にも、父元親の生死の消息が知れないのが、信親最後の妄念《もうねん》である。

「汝等、如何にしても重囲を斬り抜け、父上の先途の程を見届け来てくれよ」

　近従四、五の者に云い残すと最後の勇を致して、敵の本陣目がけて躍り出た。これを伺い見ていた敵の雑兵二人が、双方より飛懸ってきた。信親は身を開いて、二人共に同じ枕に蹴倒《けたお》し、大刀をふるって胴を切って捨てた。

　先刻からの信親の奮闘を、はるかに望み見ていた敵将鈴木内膳は、

「我れ生涯にこれ程の強敵をみず。よき敵、御参なれ。引組んで討死せん」

　と駈け寄って名乗りをあげた。信親はこの時、冑の鉢も割れ、流れる血汐で目も眩《くら》み、視界は茫然として効かぬ。数合刀を内膳と合わす裡《うち》に、脚下にあった死骸につま

ずき、倒れたところを遂に打たれて果てた。

これと相前後して信親の重将、細川源左衛門、福留隼人の二人は乱軍の中を駈抜け、生死不明を伝えられた元親の健在を見届けて、最後の暇乞いをし再び中津留《なかつる》磧《がわら》に駈戻ってきた。信親主従悉くが既に討たれた後であった。一語、信親殿へ父宮内少輔殿の無事を、伝えおきたかったものを――と無念の涙を打ちふるいつつ、両人は今はこれまでと敵中に斬って入って主君に殉じ伏した。

中津留の蹟《かわら》には、やがて十二日の夕陽が訪れていた。落暉《らつき》はかそかに梨尾山頭に揺れ、颪は冬田の破れはてた陣幕に鳴って寒かった。あかねに染んだ断雲は、颪に吹きちぎられて空をとんでいた。河原には惨々と戦い果てた後の静けさが返っていた。

辰の上刻(午前七時)よりはじまった戦も、ここに終りを告げた。大地に、川岸に、草叢に、屍は伏せ、自然は何もなかったかの如くに、落陽の中に呑まれようとしていた。その上を強い北山颪《きたやまおろし》が吹き通っていた。旗もの、ちぎれた草摺《くさずり》、鎧のたぐい、火縄の燃えきれた銃、折れ曲った刀槍。それらの間に、人、馬ともに大地に捨てられ、河岸に打ち重って黒々と斃れ伏して動かない。光るのは寒い川面と夥しい刃こぼれの刀や、血の染んだ槍の穂先きであった。屍山《しかばね》血河。川面《かわも》を走る風は昨日にかわって寒く生醒《なまぐさ》い。やがて闇がこの戦場を葬《とむら》うが如く領して行った。

土佐勢、信親以下、七百の主従は文字通り一人残らず、この川原に踏み留まって死に絶えた。長宗我部の家来で名ある侍の討たれたものは、

吉良播磨守、本山将監、桑名太郎左衛門、細川源左衛門、広岡左京、本井弾正、依岡左京、片岡民部、森式部、池左近右衛門、受領上野、近沢加兵衛、吉松佐右衛門、鶏冠木次郎兵衛、国見善左衛門、窪駿河、野中三郎左衛門、姫倉左兵衛、中内又兵衛、谷彦十郎、大黒主計、五百蔵新五、宮地団助、小川市内、江村藤兵衛、豊永三右衛門、福留隼人

などと、きこえた。

元親は主従二十一騎で、その日の午後上原城（大分県）へ引取って行ったが、此の勢いでは城を持ち怺えることもできまいと、夜に入って沖の浜という船津へ退いた。一行が高崎の城下を過ぎる時、待ちかまえていた近辺の一揆《いっき》数百人が、「落人が通るぞ、物の具を剝《は》げ」と呼びたてた。忽ち行き先を塞ぎ、弓鉄砲で待ち懸けてきた。元親は、戦いに敗れたこともある。長子信親を見喪ったこともある。矢玉は皆尽き果てていた。敗れて退く身に追いすがってくる、夜盗の如き一揆のもののしさが憎態《にくてい》で

あった。敵は大勢である。これも逃れぬ運命であろう。「言い甲斐なき奴原《やつばら》の手に懸るより、爽かに腹切ろうぞ」

と言って、馬より降りた。

桑名弥次兵衛はおどろいて駈けよった。弥次兵衛は、信親に忠死した桑名太郎左衛門と従兄弟である。「こは口惜しき御諚《ごじょう》。郷人ばら大勢なりとも何程の事がござろう。一々追い払い申そう」と馬を駈け寄せて、一揆の前に立ちふさがると大音上げて呼ばわった。

「長宗我部宮内少輔殿予州の方へ通る所ぞ。道を塞ぐは何者ぞ。急げ開け、開けよ」

この時、一揆の張本人と見えた真黒に鎧い、熊のごとく鬚《ひげ》をはやした男が、長刀を掻い込みながら、

「何条誰にてもござれ、武具脱ぎて渡さなければ、ここは通すまいぞ」

と言うよりはやく、打ってかかった。桑名弥次兵衛、馬よりとびおり刀を廻して戦うと見えたが、さっと手許にくり入って真逆に蹴倒し、首を宙に打っておとした。戦い馴れた見事な早業である。これを見た傍らの別の大男は、

「よくぞ仕掛け申した、遁《のが》すまい」

と今度は大斧を持って打ってかかった。この時十六歳の中島与市兵衛は、

「弥次兵衛殿、横より請《う》け取り申す」

と言いざま駈出してきた。

「ええい、小癪《こしやく》な小童《こわつぱ》の振舞いか」

と壮漢、大斧で打ってかかった。体を開いて小手に斬りつけ、斧をはっしと落した。「無念」と太刀を抜かんとする所を、弓手《ゆんで》の肩先より、馬手《めて》の乳の下まで斬りつけた。

「おお、与市兵衛殿、お見事、お見事」

と桑名をはじめひかえた諸士は手を拍《う》った。首領がつづいて二人までやられるのを、顔前に見て怖気づいた一揆の面々は、元は欲心恣情《しじよう》の集団である。たちまち蜘蛛の子をちらす如く逃げて行った。元親重ねて武運に恵まれた己を省みて言った。

「さても弥次兵衛の手柄はいまさら珍らしくもないが、中島が与市兵衛、弱年の挙動天晴れぞ」

駒をはやめて臼杵《うすき》に向った。途中、追々味方の敗兵が馳せ来て、「信親殿討死」とはじめて告げ知らされた。元親は既に覚悟はしていたものの、事ここに到り重ねて訃《ふ》音《おん》に遇《あ》うと、さすがに東西悉《ことごと》く暮れ果てた心地がした。もはや臼杵に向っても益ないと、家臣に援けられるようにして、伊予国（愛媛県）の日振島《ひぶりじま》さして落ちて行った。

翌《あ》けて天正十三年の正月、豊後の戦いから、数旬の後であった。元親は陣僧恵日寺と谷忠兵衛を、新納武蔵守の方へ遣わした。信親の討死は忘れんとしても忘れられぬ、せめて遺骸でも一目見たい親心であった。両使は軍場へ案内されて、亡き信親を尋ね出した。忠兵衛は元親から「遺骸はその儘《まま》受けとって参れ」との命を受けてはいたが、その亡骸を一目みると顔を伏せた。

死状の余りの痛わしさに、とても元親へ見参に入れるに忍びなかった。

「死骸のまま取って帰れと宣《のたま》い給うたが、それはむごいことよ」と言って、恵日寺を導師として火葬にし、遺骨を携えて戻ることにした。薩摩の新納は両使に島津方の使者を添え、信親の佩《は》いた甲冑太刀を携えて贈った。新納よりの使いの書には、

「我れ先年不思議の縁にて、宮内少輔殿と交会致し候。其後対面せずと雖、書音《しょいん》を通じて好《よしみ》深し。然るに去る十二日の合戦に手勢大略は討ち取らるると雖、聊《いささ》か武運に叶ひ味方打勝候。然るに軍《いくさ》の習ひとは申し条、弥三郎殿とは知らずして討取りたることの不憫《ふびん》さよ。夢斗《ばか》りも存知なば和睦して引くべきに、今更ら先非を悔ゆとも詮《せん》なく候。夫《それ》武士の戦場に於て討死は素より期する所にては候へども、恩愛不朽の道、宮内少輔殿の御心底察し入り洵《まこと》、面目御座無候。依レ之《これにより》、信親殿の御菩提《ぼだい》の為、山崎の

在に石碑を刻み、僧を供養し候。是聊《これいささ》か御辺と旧友の好《よしみ》を思ふ故にて候」

とあった。これを読んだ元親は、

「洵、武蔵守殿の御芳志、骨髄《こつずい》に徹し候。弥三郎討死の事は武門の誉《ほまれ》、且は天下の御用に立ち、弓箭《ゆみや》の面目にて候。某《それがし》に於て満足之に過ぎず」

と健気に応えて遣り、使者へは引出物など取り繕《つくろ》って帰した。

覚悟はしていたが遺品をみて茫然とした。元親の前に差し出された太刀は大左文字の銘刀である。数年前、織田信長から「四国切取り一手に委す」という朱印状と共に、信親に与えられたものである。これがあの由緒《ゆいしょ》のあった刀であろうか。これがその金色燦然と輝いていた、嘗《かつ》ての銘刀であろうか。一瞬元親は吾れと我が目を疑った。刀は鎺元《はばきもと》より切先まで寸のあき所なく、切込みがあった。もはや太刀の形ではない。決裂まさに鋸《のこ》の如き弥三郎愛刀のなれの果てである。他に弥三郎着用の紫威《むらさきおどし》の甲冑には矢玉、太刀跡、槍傷が算うるに暇《いとま》ない有様で、袖も草摺《くさずり》も続いた所なく、泥と血は拭われていたが、斑々と血痕が沁み入っている。「まことに夥《おびただ》しき御挙動よ」と、只愕《おどろ》きとも憤《いきどお》りともつかぬ吐息が、打ち見る一同から洩れた。鎧にも太刀にも、生きて働き得る者の限界をこえたものを、示していたからである。

元親は眼前咫尺《しせき》の間に、阿修羅《あしゅら》の如く戦い斬ってまわる吾が児の姿をみた。そして信親の膾《なます》のごとき死骸を、眼底に髣髴《ほうふつ》と泛べた。元親の頰には涙が茫沱《ぼうだ》と流れ伝った。

「ほほう、そうか、そうか。これがたまるか、これが――」

と家臣の前をも構わず膝を折り、手をついて、声を放って哭いた。

「たまるか」は耐えられない、忍びないという国言葉である。居並ぶ侍の面々もしばらくは、共にもらい泣きに暮れた。この剛気不屈の大将が白鬚《しろひげまじ》混りの老面に、涙を流しつづける有様に、共に胸の絞られるおもいであった。

# 闘鶏絵図

長宗我部元親《ちようそがべもとちか》は高知岡豊《おこう》の城内や、京都伏見の土佐屋敷で軍鶏《しやも》を飼いはじめた。幼い頃から禽獣《きんじゆう》のうちでも取り分け鳥類を愛玩してきたが、これまでにも戦塵《せんじん》の暇々、鶴をはじめ、鶉矮鶏《うずらちやぼ》、東天紅などを次々と集めたことがある。これらは土佐独特の鳥であり他国でも珍重された。家臣にもこの風が移り飼育をする者が少くなかった。後に、長岡郡篠原から尾長鶏《おながどり》が生れた。軍鶏は若い頃から飼っていたが、近年、岡豊鶴田の鶴を放ってからその跡埋めをするように、軍鶏を集めたのである。元親は二十歳の血気旺んな一時、この鶏ばかりを数十羽飼ったことがあった。彼の嗜好《しこう》がその三十年昔に急速に傾いていた。長子弥三郎信親の豊後（大分県）戸次《へつぎ》川での戦死以来、軍鶏の数もふえ、心の支えはこの禽鳥の上に移し植えたかの感があった。

軍鶏は当時、呂宋《ルソン》、暹羅《シャム》から渡来してきたもので、孵化《ふか》は冬の季節が適《かな》っていた。闘鶏に臨んで寒鳥が強いからである。正月標縄《しめなわ》のある松の内に孵化するのが、鶏にとって縁起が佳いと信じられた。元親は城内の陽当りのよい一隅をその飼育場にあて、庭前には土俵をめぐらして闘鶏の場をしつらえた。軍鶏は他の鳥と違って卵を軍鶏自身には抱かせない。小柄な地鶏や普通の鶏などが暖めてかえした。軍鶏の雌に抱かせると、卵を踏み割る事が多いためそれを避けた。生れて一年もすると一貫を越えた若鶏となり闘鶏の条件が備わるのである。二年鶏が最も強く、目方は既に一貫七、八百目に迫っている。軍鶏飼いは己の持ち鶏を強くするためには、細心の注意と、あらゆる考慮を払う。軍鶏は戦うために生れてきた禽鳥である。

餌は、初春、桃の開く頃までは専ら糯米《もちごめ》を与え、夏季は小麦を潰して配る。脂太《あぶらぶと》りを防ぎ、筋肉を引きしめて育てんが為である。脂《あぶら》がのり過ぎると、心臓が弱くなり戦いに臨んで持続性を喪《うしな》う。このほか野菜、玄米、魚肉など与え、試合前には蝮《はみ》を一寸程に切って生のまま与え、鶏卵を呑ますこともある。

元親は城内戌《いぬ》（西北の方位）の角に十数羽を飼った。一羽一羽が一つずつの桝《ます》の中に仕切って飼われる。この軍鶏の中に取り囲まれている時、元親は自分の内部に未だ敗北を知らぬ張りつめた血汐が流動しているように感じた。軍鶏の雄々《たけだけ》しい雄性と、疲れを知らぬ戦闘精神と、傷ついてもすぐ癒《い》えてゆく生命力が、好ましかった。その鶏達の羽毛には、複雑な生の眩《きらめ》きのような輝きがあった。何色にも染めわけられた美しい羽翼《うよく》は、戦いの時以外はめったにその色彩をみせなかった。それは鶴にあった淡白な羽毛の美しさとは異なる。妖しく老練な、しかも魅するような生命を抱いて生きている。その燃えるような生命の気配に感動があった。固くすっきりと立ち上っている脚。しかもここには、鋭い槍のような蹴爪《けづめ》が植えつけられている。戦いと武装のためにのみ生れてきた先天的な構えがある。

緋《ひ》の房のような鶏冠《とさか》の男らしい表徴もよい。怒脈《どみゃく》を走らせた酔ったように爛々と見開いた眼も良い。その眼眸《まなざし》の中には、人の窺い知れぬ妖しい孤独と、澄みきった戦意が、一点に凝固してひそんでいる気配を感じた。この直《なお》い姿勢を愛し、その猛々しい性格に執しはじめた。鶴の孤高の裏側にある軟弱さも、取りすました美装もない。軍鶏の中に引きこまれるようなものを感じていった。それは大地にしっかり脚をつけた豪快《ごうかい》な禽鳥の王者である。己の魂もこの鳥の孤独や、強さや、戦いの雄々しい力に重なりあってくる。人の世にあって慰められないもの、埋められないものが、悉《ことごと》くこの禽鳥の上に仮託されてゆくのであった。

元親はこれまでのように、馬場に脚を向けることは尠《すくな》くなった。自ら鉄砲で的討ちを稽古したり、時には猿楽の演舞に己を忘れることもなくなった。暇があれば戌《いぬ》の角《かど》の軍鶏場で、じっと軍鶏と向いあって暮すことが多くなった。伏見の邸にも次第に軍鶏を移した。春から秋の候にかけては京都に過し、秀吉に伺候し、大名としての諸事の役を司《つかさど》る。その間も軍鶏をはなさなかった。時には土佐から船で運ぶこともある。定紋入りの唐丸籠に、飼役をつき添わせて寄越した。しかし元親はこの一途《ず》なまでに闘いだけしか知らぬ軍鶏を、家臣の誰にも飼えとは言わなかった。けれども何時の間にか谷忠兵衛が飼いはじめた。桑名弥次兵衛が飼った。久武親直も飼った。しまいにはその鶏たちを出会わして、春と秋、おおがかりな闘いをさすことになった。

戸次川の戦いは手ひどい痛手を元親に与えた。「我が子とも思われず」とその成長を喜んだ嫡子信親を失ったばかりでなく、長い戦乱の後に生き残っていた、土佐七郡の駿材逸足《しゅんざいいっそく》の悉くが、この戦場の露と消えてしまった。周囲を顧みると二、三の家臣を除いて、輔佐の良材として尽してくれた者達は、歯の欠けたように不在である。元親は四国併呑《へいどん》も天下へ賭けた夢も敗れ、漸く故郷土佐一国に腰を据えようとした矢先、己《おのれ》の後継者や長い辛苦を共にした従者を夥《おびただ》しく失ったわけである。これが時の定め、武家のならいとはいいながら、いても立っても居られぬ焦慮と昏迷を呼びこむことがあった。

元親はよく夢の中で信親をみた。ふと人の気配に、閉めきった障子をあけると、ぼんやりとした人影がむこうの館《やかた》から庭づたいにやってくるところであった。

「――父上、弓のお相手を」

と声をかけたのは死んだ筈の信親ではないか。その手には大剛の士に相応《ふさわ》しい、強弓が握られている。

「おお、弥三郎か、よく来た。よく参った」

とはずんだ声をあげた。、父子は城中尾の丸の弓場に行く。

「父上、白いものがめっきりふえましたなあ――」

と言って信親は突然、足をとめて落涙した。

「なにと、白いものが、馬鹿な。未だ白《しら》毛《が》頭になる年でもあるまい」

と振りかえりみた。それにしてもこの子はひどく痩せ、頰は蒼ざめている。座についで弓をひき絞った。的がぼんやりと、小さく提灯のともしびのように揺れるのを感じた。――弥三郎はひょっとすると、何処か遠くへ行くのではないか――最前からそう思いつづけている己にぶつかった。的がかすんで、壁面は油煙のように崩れ又あとから崩れた。流涕《りゆうてい》している己自身にその時はじめて気づいた。引きしぼった弓は力なくたゆみ、矢はあらぬ方向に外《はず》れて行った。


――広い松風の鳴る部屋の中にいた。次の間からしきりと謡いと鼓の音が、とおい枕の底から湧き起るように、近くなり、低くなり連りつづいていた。一堂に会して千《せん》韻《いん》の会を催していた。連歌《れんが》は祖先以来家の嘉例《かれい》として長宗我部家で尊ばれてきたものである。座には京都足利家に仕えていた連歌の師匠、蜷川《にながわ》新左衛門道標が招聘《しようへい》されているのをはじめ、桑名も中島も久武もいた。

茶筅《ちゃせん》結髪と太い月代《さかやき》の男たちが大勢集っている。その頭たちが揺れていた。座敷には今しも古例によって夢想の句「杉むらや弓の柄かや春緑」と巻頭《かんとう》が出された。つづいて元親は「四方《よも》は皆汲手に靡《なび》く霞かな」と、謡うた。長子弥三郎信親は硯を寄せて、

行水のあらわによるや玉柳

と出した。一座は、

「太守殿の抱負の大を謳《うた》い得て見事でござる。また優にやさしきは弥三郎若君の事よ」

と言ってもてはやす。その信親は微笑の中に晏如《あんじょ》として坐っていた。横顔にはあけ放った縁側から反射してくる光が、ちらりちらりと遊糸《かげろう》のように躍っていた。凝《じ》っと眼を閉じていた。その相貌は三十年昔の自分と瓜二つのようにおもえてしげしげと見守っていた。――信親は突然眼をあけて言った。

「父上、如何なさいました？」

と、低い声で気づかう。しかもその眼には、とっくに前から己の瞶《みつ》められていることを知っていて、しかも父のおもいがけぬ思惑《おもわく》をいたわる気配が濃かった。

「父上、如何なさいました」

と、もう一度はっきり耳元に聞いた時、目がさめた。亡児の夢をみて、深夜茫然《ぼうぜん》と

床に醒めて坐るのであった。形容の出来ぬ空虚が心を領していた。そしてその空虚を追い払い埋めることを考えついた。城地移転のことである。

今の岡豊《おこう》城は土佐の中央より東に偏しすぎている。それに海国として城は海に遠く、国防上おもわしくない。そればかりではない、永い間戦乱に疲れた人心を新たにすることが出来る。しかも己の心を鎮め、一切《いっさい》の旧処にあった想い出から一転できる。これは最上の策に相違ないと信じた。

俄かにおもい立ったこの計画は早急に実行に移された。翌天正十五年冬、戸次川合戦から一年足らずで築城した大高坂に移転して行った。大高坂郷は岡豊から西へ六里（二十四粁《キロ》）の地にあって、海水は洲《す》となってすぐ脚下まで迫り洗っていた。先祖から数百年二十数代を住みなれた墳墓の地岡豊を見捨てて、新城に居を移したのは、海《かい》嘯《しょう》荒れ、乱濤《らんとう》の土佐灘を嚙んでいる時候であった。

忽《たちま》ちにして岡豊は冬野が原と寂《さ》びかえり、国沢大高坂は暫時の裡《うち》に、急造の都らしく家居が立ちはじめた。けれども栄枯は一朝にして地を替え、慌《あわただ》しい世の様に道行く人にも心の落着きを失わしめた。この大高坂の新城下は、折角場所は中央でよろしきを得ているものの、洲に近く海汐の上げ潮、退き潮に伴って、土地が甚しく卑湿《ひしつ》で沼沢《しょうたく》が多かった。

移った年からはやくも悪徴《あくちょう》が出た。原因不明の病患に犯されて、人々が倒れゆく有様である。その他、海近く川に囲まれているために夏季には、甚しい洪水と高潮の氾濫が生ずることが判明してきた。人々は恰《あたか》も中有《ちゅうう》に迷う心地がし、物情は何んとなく騒がしくなってきた。

元親は大高坂より吾川《あがわ》郡浦戸に築城を命じ、二年と経たぬうちに、浦戸城に移って行った。浦戸は三十年前、元親が土佐七郡の雄本山氏を攻めて初陣したゆかりの土地である。高知より南へ三里（十二キロメートル）である。元親の再度の移転には、諸人「こは何事ぞ」と上下おどろき呆れて、その堵《と》に安んずることができない有様がしばらくつづいた。これに追い打ちをかけるが如き不穏な事件が次々と起きた。

紀州根来《ねごろ》より逃れてきている専式坊法師《せんしきぼうほうし》主従八人の者追討《ついとう》のこと。秦泉《しんせん》寺領主秦泉寺大和守父子、池の領主池市正《いちのかみ》頼定、韮生《にろう》郷の萩野の領主萩野織部、久礼田《くれた》の領主横山伊賀、及び弘岡鶏冠木《とさかぎ》次郎左衛門等の宿将《しゆくしよう》の叛乱の事があった。

これらは次々に誅戮《ちゆうりく》に遇った。いずれも累代《るいだい》の功臣であり、数度の武功かくれなき勇将であったが、戦後の論功行賞にあき足らなかった為と言われる。中でも池は元親の妹婿であり、鶏冠木は元親の従兄弟で親しき一族の者であった。

これより少し前、天正十七年冬、亡き信親の三周忌が高知長浜天甫寺で盛大に催された。この後で家督相続を決める一席が、城内に設けられた。御前会議には元伊予軍代久武《ひさたけ》親直、元親の甥であり娘婿の吉良《きら》左京進《さきょうのしん》親実《ちかざね》、同じく従弟に当る比江山掃部《かもん》、蓮池城代勝賀野《しょうがの》次郎兵衛、このほかに桑名、谷、中内、吉田、宿毛《すくも》などの秦《しん》門《もん》棟梁《とうりょう》の重臣ばかり十数人が並んだ。

元親の肚の中は最初から決っていた。信親の次弟は香川親和で、これは四国戦線の際、讃州《さんしゅう》香川家に養子に遣わしたが、香川家は断絶して、今土佐に戻って長岡郡小野に閑居していた。さらに三男で津野姓をおかす親忠も国内にすんでいる。けれど元親には二人に相続さす気持ははじめから起きなかった。末子の千熊丸（後の盛親《もりちか》）がいとしくて仕方がない。この末子へ信親の遺女を配して長男の血脈を伝えるというのが、千熊丸策立の口実である。

かねて主君の心意を察知していた久武親直が、ひそかにこの遺女を配することを献言したのである。久武はこの幼主を擁立《ようりつ》して、自らの威福《いふく》を伸ばそうというひそかな野心を抱いていた。長を疎《おろそか》にして幼を愛しむ老親の情であろうか。元親が人一倍千熊丸に傾いていた心情を利用することを忘れなかった。この久武は先きの伊予軍代久武親信の弟であるが、兄親信は出陣に際し、元親に遺言したことがある。

「某《それがし》、このたび討死仕りたりとも、弟にてある彦七親直に跡式をなし下されまじ。彦七は行末お家の障《さわ》りにはなるとも、御用に立つ者にてはござらぬ故」

　久武親信は遺言の如く予州岡本の城の戦いで鉄砲に討たれて戦死した。しかし、この遺言にかえって興味をそそられた元親は、ともかく兄なき跡に召し出して使ってみると、それ程奸佞智《かんねいち》の人物ともおもわれない。それのみか、後の四国戦線には次第に武勇を顕《あらわ》し、よく戦い、よく仕えた。其の数年間に取り立てられて高岡郡佐川四万石の領主となり、今は元親の昵懇《じっこん》の重臣であった。

　元親は一門重臣の評定の場で、己が高飛車に一言いい出せば、それで　切は決ると信じていた。それには何よりも雑音の出ないうちに結論を言ってしまうに限ると考えた。

「吾れ既に耳順《じじゅん》（六十歳）の年に向う。余命計りがたい。ここに長宗我部家二十二世の家督を只今取り決めに致す。種々の思惑は重なれど、我が亡き跡目は千熊と決めてあるぞ。但し弥三郎の女子を以て是に妻合《めあわ》せて、秦《はた》氏の武門を残さんと思うが如何に。皆の者、異議なきや否や」

　と厳かに宣するように、一同を見廻した。この一声に平伏して、異論なく頭を下げたと思いきや、一番手近いところからぬっくと立ち上ったものがいる。

「──殿、しばらく、しばらく。長子不例の際は次子是を継ぐは、家の常道と心得申す。殊に先年豊後陣の際、元親殿父子相果つことあるも、土佐一国は汝に遣わすべしとの太閤御朱印まで頂いた香川殿は如何すべきか。香川殿もとは他家を継ぐとはいえ、今はその家断絶し、小野の在に閑居し居られる御身分。何条不都合御座ろうか。また弥三郎殿（信親）女子を千熊丸殿に妻合《めあわ》せ家督渡させ給うは、惣領の筋目立つようには思えども、道理と言い、公儀への聞えと言い、面妖《めんよう》奇態の事と存ずる。香川殿の御世継ぎこそ廉直《れんちょく》の御仕置《おしおき》とこそ存じまする」

と憚《はばか》るところなく堂々と申し述べたのは、吉良親実であった。するとこの説を支えるようにまた一人立った。従弟の比江山《ひえやま》掃部《かもん》である。

「さらば申し上ぐる。太閤朱印の段、再説申し上げますまい。もし香川殿亡きときは御三男津野殿の相続一点の疑いあるべき筈はござらぬ。事の外なるは、姪御を以て御叔父の妻に納《い》るべしとの仰せ、これ人倫の破壊でござります。太古《たいこ》にありてはいざ知らず、秦門この頃まで聞きし例もなきこと。長幼の序を紊《みだ》して人倫を没するが如き、千熊丸殿の御家督とは、最早、お家も末に成りつるかな」

と諫言《かんげん》して、はらはらと流涕した。

左京進にしろ、掃部にしろ、南村梅軒《みなみむらばいけん》、如淵忍性《じょえんにんしょう》などの南海朱子学者に指導された、鉾々たる連中である。聖賢の教えに処世の指導を待つより他なき、融通の効かぬ正論家揃いである。当時岡豊城内では数多の学僧が招かれて朱子学を講筵し、土佐南学の揺籃《ようらん》を創《つく》った。一方久武派は、謡曲、箏曲、囲碁、蹴鞠《けまり》などの師を迎えて専ら王朝文化を模倣せんと動いていた。

元親は「三史五経」（三史は、史記、漢書、後漢書。五経は、易経、詩経、書経、春秋、礼記を指す）常に郷に付いて学習すべし」とすすめ、また「猿楽《さるがく》、謡舞、蹴鞠、茶事《さじ》の技芸と雖も、略相嗜《ほぼあいたしな》むべし。他郷に対して恥を遣わすは、尤《もつと》も恥辱たるべし」と天正二年の式目に諭《さと》した程であった。後の元親百箇条にも「書学並びに芸能心懸《こころが》くべき事」と決めた。元親の慧眼《けいがん》着目もさることながら、学問技芸はよく栄えた。

けれども吉良親実等の正義派は、これら芸能事を靡軟《びなん》の風として顔を背《そむ》け、四国戦役後も儒学の教えと、武術の修練に寧日《ねいじつ》がなかった。剛直な土佐の武士道を貫いて上方《かみがた》風の繊細優雅に抗《あらが》った。奢侈《しやし》の世界に滔々《とうとう》と吸いよって行く時勢の動きに白眼を向けた。殊にこうした久武輩が、己をさしおいて家老の筆頭に据り、便佞《べんねい》の才智を以て主君をあやつる。一党一派を以て秦氏の政権を壟断《ろうだん》せんとする、日頃からの行為には、極度の憤懣《ふんまん》を抱いていた。

しかし一方、久武としては、吉良方こそ元親連枝の門地門閥を笠に着て、僅かばかりの学問武芸を鼻にかけ、人もなげに振舞う奴輩《どはい》よ、と内心こころよく思っていなかった。

双方にはこんな経緯もあった。先年大仏殿の用材を秀吉より指名された時、久武は高知仁淀川上流の良材運般を督して筏上《ばつじょう》に立って指揮していた。折りもおり、吉良親実が遊猟《ゆうりょう》に来て河岸に出て来た。久武は公儀の職責を遂行中に、一つ一つ笠をとることもあるまいと、そっぽを向いて礼をしなかった。親実は遥かにこれを見て怒り、猟を射る矢で久武の笠を射て落した。この場は一応取りなされて、双方和解し恰好はついたが、久武は爾来《じらい》、深く吉良に含むところがあった。その大詰がきていた。久武は主君の言辞をことさら笠にとり、皮肉とも誠実ともつかぬ面持で冷たく言い切った。

「吉良殿、掃部殿。なかなかに学筋通りて論議の程御尤の如く聞え渡ってござる。さりながら、今の世にとても叔父と姪の縁組み必ずしも無きことではござらぬ。ましてー たび亡き弥三郎殿の継ぎし家督をその遺姫《いき》に伝えんとして、一族中の千熊丸殿を迎えること、尤も然るべきの理《ことわり》でござる。これ別心ありて、香川殿を移し奉らんとするものにてはござらぬ。まして朱印状は朱印状。一国の主の跡目を決めるのは朱印状ばかりにてもござるまい」

じっくりとからみつくような語調で、元親の意を最後まで迎えた。元親は重ね重ねの反対にあって、大いに面色を損じていた。家督に関する指揮権すら掣肘《せいちゆう》されたような不快を感じた。遠祖秦能俊《はたよしとし》以来、二十数代連綿と続いてきた武門の家柄である。累世の家臣共がよくこの家をもり立てて今に至らしめたとは言え、己れの意志に背いてまで、あえて異を称える吉良、掃部《かもん》らの言葉が、ぐっと胸につかえた。倫理と学筋を伴って押さえる。天下を喪った志が、人はともあれ、今、最愛の千熊丸をもり立てることで、次代への夢を継がせんとする。それすら捨てよと言うのか。――もう夜は更け短くなった燭灯《しよくとう》は揺れていた。城上の汐風が砂を打ちつけ、閾《しきみ》の溝に後から後からかそかな音を送りつづけていた。

「――もうよい。皆の者、重ねて評議致せ」

と元親は荒々しく奥の間に入った。残された家臣の面々、目と目を見合し、言葉もなく坐りつづけた。

あけて正月下旬の朝まだき、草におりた霜をふんで遠くから出向いてきたと思われる一行があった。ものものしく武装に身をしつらえた一団は、長岡郡比江山にある比江山掃部助の邸を取り巻いた。掃部は予期していたものの如く落ちついて使者を迎え入れた。

「元親公へ切々の御諫言、御立腹により切腹あるべきこと」

と上意が伝えられた。日頃温厚の長者と言われた掃部は、この時かすかに慷慨《こうがい》の気に面《おもて》を紅潮させて答えた。

「まこと土佐守殿こそ他国へも聞えたる大将。然るにこれも家運の末か。右衛門太郎殿（盛親のこと）はとても当家を相続すべき器量にてござらぬ。これを知る故、拙者強《たつ》ての諫言なすとも容れられず……良狗《りようく》烹《に》られて謀臣のため国亡ぶか――この上は速かに腹切って御憤《おいきどお》りを散ずるより外に忠義もあるまい」

と言って諸肌《もろはだ》ぬぐところへ、掃部助の家臣がかけつけた。

「切腹暫く待ち下されよ。必ずこれ讒者毒舌《ざんしやどくぜつ》の致すところ、大殿に謁《えつ》して理否を糾《ただ》さでおくべきか」

と刀の鍔をおさえた。掃部助その手を打ち払い、

「ええ、言い甲斐なきことよ。一身軽くして君命重し、背いて騒動せば二世迄の勘当ぞ」

と叱りざま広間の縁で、刀逆手《さかて》に腹を衝き刺し、見事な切腹を遂げた。

それより少し刻が遅れて吉良親実の屋敷には、十余りの兵が指し向けられた。恰も

この時は大高坂城普請の最中で、親実の仮住居は城西小高坂にあった。親実はかねて武勇世に顕《あらわ》れた将であるから、万一の手向いにこのものものしい兵を附けた。検使には桑名弥次兵衛、宿毛《すくも》甚左衛門の二家老が立った。

既に今朝、掃部助第一の切腹の報に接して覚悟は決めていたが、黙って腹を切るには業腹《ごうはら》である。一同を迎え入れると、

「何んのための切腹ぞ」

と開き直った。

「先日の御諫言の御立腹故にてござる」

この桑名の返答をききもあえず、はったと睨みつけて、

「諫言御耳に逆えば御採《とり》上げなきまでのこと。その上、甥たり婿たり我等に腹を切れとは何事ぞ。貴殿ら譜代《ふだい》の家老でありながら、主君の非道を諫《いさ》める道を知らず。おめおめと切腹の検使に立ちたる木偶坊《でくのぼう》め。今貴殿らを真向《まっこう》二つに切り割って自害せんとは思えども、それも詮ないこと。恨みを死後に残すぞ」

と血走った眼で一同を睨みつけ、腹十文字に掻切り、腸を摑んで投げつけりようとするところを、後にまわった桑名が首を落した。吉良親実、時に二十六歳であった。

高知東郊一宮《いっく》神社の神主永吉《ながよし》飛驒守《ひだのかみ》宗明は、当時隠れもなき文武兼備の材物《さいぶつ》と言わ

れた。京都の吉田宗家より神道の奥秘《おうひ》を受け、元親の父国親の時より、股肱《ここう》の臣として数次の四国の戦場にも勇名を顕《あらわ》し、一度も不覚をとらぬ勇士である。平素、吉良親実とは特に親交があり、南海朱子学について通じ合うところが多かった。

本朝、この吉良親実に討手が向ったということをききつけ、馬に乗ってその実否を確かめんと小高坂へ駈け付ける途中のことであった。大坪与兵衛等討手の者と、はたと行き合った。双方気配を察したが、大坪は永吉が聞えた剛の者であるから、尋常の太刀打ちの勝負して、もし仕損じてはと咄嗟に考えた。

馬を近々と乗り寄せ、馬同士平首がすれあう程のところで、疎遠《そえん》の礼を述べた。さりげなく行き違うと思いきや、大坪、刀を抜き打ちに斬りつけた。永吉は斬られながらも透さず、大坪の耳から肩先まで切って落した。しかし傷のいたみに反対側に馬からころげ落ちた処を、大坪の郎党らに、折り重って永吉の首を刎ねられた。大坪は両二、三日生きたが、この深手に落命した。また永吉の遺族九人は、彼が刃向った廉《かど》により捕えられて皆殺しにあった。

左京進親実はその知行所が高岡郡の蓮池にあった。この蓮池の城代はその一族勝賀野次郎兵衛であったが、ここにも討手が遣わされた。勝賀野はもともとこの地方の豪族で、強豪がきこえていた。討手には土居勘左衛門、北代代助などの一騎当千の五人の者が出向いた。この訪問を受けると、勝賀野は何を思ったか喜んで座敷に招き入れた。

「遠路御苦労でござった。さぞかし空腹でもござろう」

と言って、粥を炊かして振舞い、それが終ると次から次へと、世間噺に打ち興ずるので用件を、切り出すしおがない。と言うより、知ってか知らずか、悠々たる勝賀野の度胸に今更ら圧倒されて、五人の討手は手出しの糸口がなかった。そこで一人がしどろもどろに、

「貴殿の所領は安堵し、追って蓮池城主に任ずべく、元親殿の命を伝えんとて参った、吾等五人の使者――」

と出鱈目《でたらめ》な口火をきった。すると勝賀野は、

「元親殿が、真実左様戯事《ざれごと》申せしか。禄を食《は》む身にして、主殺されておめおめ生き残る者がござろうか。瞞《だま》されぬぞ、瞞されようぞ……あっははは……飴を以て童《わらべ》を釣るが如き申し様かな」

と嘲《あざわら》笑って酬いかえすと、やおら起ち上って床の間の大鹿の刀掛けより、一刀とり出し、

「これは国光の銘刀《めいとう》ぞ」と抜ち放ちおどろく五人を尻目に一振りして鞘に入れた。つ

づいて二尺二寸の脇差を引き抜き、

「これは月山《がつざん》の名作にて、一度び抜かば敵の五人十人、撫で斬ること眼前にござるよ」

と口幅広い口説を始めた。嬲《なぶり》ものにせられた討手の一人は、これにたまりかねて、

「——上意」

と叫んで斬りつけた。勝賀野、

「さもあらんこと」

と答えざま、月山の名刀は件《くだん》の男の乳下を斬って捨てた。返す刀で脇にまわった一人を袈裟《けさ》斬《ぎ》りにし、三つ目の刀で三人目の男の頸骨《けい》に斬りつけた。颯《さつ》と庭へ飛び下りて北代、土居の二人を相手に斬り結んだ。北代はとても手に合わぬ相手とみてとったか、刀を引いてその場へごろりと寝た。

「くたびれたれば拙者休息するぞ。存分の働きなされよ」

と相棒の土居に声をかけた。二人でも叶わぬ強敵を一人で引き受けた土居は、しどろもどろの防ぎ太刀であった。土居は次第に逐いつめられ危うく見えた時、寝ていた北代は背後から勝賀野の両脚を払った。不意に斬りつけられて、さしもの勝賀野も仰向けに倒れた。倒れ際に打ちこんだ手裏剣が、北代の腹を射貫いた。そのまま北代は

息絶えた。幸運の土居が一人、倒れた勝賀野にとどめを刺し、首級を挙げた。

このほかに、吉良親実の異父兄であり、その黒幕として目をつけられてきた、真西《しんせい》堂如淵《どうじょえん》も殺された。如淵は吸江寺《きゅうこうじ》の忍性《にんしょう》らと共に土佐朱子学の開拓者であり、南学三叟《そう》と称された学僧であった。別に討たれたものに香美郡大忍庄城主行宗氏直、安芸郡安田村の安田宗兵衛などがあった。

この後、誰言うともなく「七人御先《みさき》の姿」をみたと言うものがあらわれた。ある夜更け高知西郊仁淀川《によどがわ》の渡舟を、西岸の高岡の方から呼ぶ声がした。渡守が舟を漕ぎ寄せてみれば人影もなかった。空耳《からみみ》かと漕ぎかえそうとする舟に、六、七人の人数がどやどやと乗りこむ気配がしたが、人影は見えなかった。目に見えぬ人間をのせて東岸につけると、再び陸地へ上る響きがした。

「吾れらは比江山掃部助の亡者である。妄執《もうしゅう》の恨みをはらさんとて、一党引具して大高坂《おおたかさか》へ急ぐ処ぞ」

と言い捨てて行った。

勝賀野の死んだ蓮池城下では呻《うめ》き声や、人馬の駈け違う音がきこえた。また野風吹く小高坂山の吉良親実の新墓からは、鬼火が毎夜上った。

これらの噂は、移転怱々《そうそう》の新都大高坂に暗い影を投げかけた。つづいて疫病がはやり城下の人々はころころと死んでゆく。砂洲の水が田畑を浸して農民は、鋤鍬《すきくわ》を打ち捨てはじめた。すると間もなく久武親直の子が原因不明の熱病から狂い死ぬように亡くなった。その亡児の初七夜に長男久武親兼は、一室で腹切っていた。その妻女は別の一室で自害して果てた。久武の子八人のうち七人までが次々とかような浅ましい死に方に遇った。

元親が軍鶏を愛玩する度合は、その後ますます深まった。愛玩というよりも執するという方がふさわしかった。闘うためだけにこの世に生れてきたような軍鶏の中に、元親は人の世界にない明白な勝負をみた。鶏は己《おのれ》の全身で戦う。五尺の土俵中に勝負を決する。ここには人のそれの如く天候、地勢、時期など周囲との相関関係や、運命や条件によって総称されるものは殆ど存しない。蹴爪《けつめ》を布片で巻いて、土俵の中に放って疑似の試合をさせることがある。しかも軍鶏はいずれも真剣勝負同然に刃向うた。そのひたむきさが可憐にも見えた。

――けれども己の境涯を振りかえってみて、かような場面がなかったと言えようか。飼主にあやつられて、懸命な犠牲を払い、羽毛を散らし血を流して、恰《あたか》もこの柵内での偽の試合に、寧日《ねいじつ》がなかったと言えようか。少年時代からこの老年に至る長い歳月のすべてを、兵馬倥偬《へいばこうそう》の間にくらしてきた。そしてそれがどれ程の経営に成功したか。大方は血で償《つぐな》った領土を、他人に捧げるために戦ってきたようなものではないか。天地を支配するものの眼から己の行動を眺めれば、闘鶏の図にも類する。何ものとも知れぬものにあやつられて、五尺の土俵中で戦い老いてきた。ふと自分が軍鶏そのものになったかの如き感にうたれた。すると烈しい怒りのようなものがこみ上げてきた。

「三左、冠《かぶせ》を取れ、存分にやらせてみよ」

と言い放って、床几に腰をおろした。近従の吉松三左衛門は、直《ただち》に双方の軍鶏の蹴爪《けづめ》を巻いてあった布を取り除けた。今まで蹴合っても一向に効果のない甲斐なき試合から、急に生々と立ち直って行った。的確な蹴合いと羽を搏《う》ち、肉をひき割く争いが眼前に展《ひろ》げられた。双方が頭を交叉したまま、じっと立ちどまって、息をはずませつつ、相手の隙を窺いみた。もう半刻も戦わせているのに、元親は引きわけようともせず、その血だらけの試合を凝視《ぎょうし》していた。

——すると片方がどんな隙を見出したか、相手の耳たぶに喰いさがるとはげしく蹴り倒した。蹴られた方は遂に坐ったまま起き上らなかった。勝った方は、蹌踉《そうろう》とした躯を振り立てながら、抜きとられた羽毛をふるって、一声鬨《とき》の声を告げた。

負けた方に向って元親は、思わず罵《ののし》りの声をあげた。敗れた方には憐憫《れんびん》は湧かなかった。自嘲のような後めいたものが疼《うず》いてきた。「はやく取りかたづけよ」と命じた。その敗けざまが苦々しかったのである。戦塵の間に敗亡して、醜く落ちてゆく己を感じた。たわけ鶏め、とはそんな無様《ぶざま》な敗け方に対して、元親自身の自嘲がそう言わしめた。

「たわけ鶏め」

家臣の中には軍鶏好きがいた。中でも谷、桑名、久武らは熱心な軍鶏飼いのように見えた。谷忠兵衛には、どこか主君の軍鶏好きを共にいて慰めようとするいたわりが見えた。時々良種の軍鶏の雛を送ってよこしたりした。けれど一度試合となると、己の最も丹精した鶏を差し向け、相手が元親の鶏であろうとも、一歩も容赦しなかった。

桑名弥次兵衛は軍鶏好きという程の、他愛もない鶏飼いである。毛並の立派な軍鶏を育て、蹴合いをさせて、傷めつけるのを余り好まない傾向があった。それ故桑名の鳥はいつみてもよく手入れが足り、美しかった。

久武内蔵助は、決して強い軍鶏を飼わなかった。それは、飼い方を心得ぬと思われるほどであった。図体は大きく逞しそうでも、それが大概、脂肪ぶとりや動作の緩い鶏が多く、強い軍鶏を養ったためしはなかった。そして元親の鶏と向い合せても決してこれに勝つ軍鶏を差し出さない。主君の意を迎えようとしている、と陰口をきかれる程、奇妙に不様な鶏ばかり集めていた。これらの家臣の様子を知ってか知らずか、そんなことに頓着なく、元親は相手にした。

天正十九年春のこと、大高坂南郊二里、浦戸に再び築城なって、移転がはじまった。この日は築城祝いとして、城内に家臣を集めて軍鶏の蹴合いを催した。常々、主だった家臣は地方の封禄《ほうろく》の地に住んでいたが、今日はその祝いに各地から馳せつけてきた。幡多《はた》から谷忠兵衛、佐川郷から久武、介良郷から桑名と、各々自分の持ち鶏を籠に運ばせてやってくる。他の家臣もこれに準じた。

元親は久し振りに機嫌がよかった。新城は潮の香の流れる浦戸湾頭にある。裏は松籟《しょうらい》の鳴る山つづきである。その山の端《はな》に城が築かれていた。南東は明るく開けて、下は殆ど海へ垂直に臨み、不落の態勢を構えている。朝夕、潮の音が高く、波のたえまないたたずまいが、海底の龍宮城にいるような錯覚《さっかく》をおこさせた。松が鳴り砂と波がとどろいて調和のある音叉を奏で止まないからである。一望の裡に土佐灘がつづき、景色は絶佳と言ってよかった。北西は、城下の町として、長浜の港附近を囲む丘陵地に、家臣の家々が建ちはじめた。

元親は海の匂いに包まれたこの海城がひどく気に入った。四国山脈を越えて、天下に志した己の夢が、今度は南方の海に向って開けてゆく心地がした。ゆくゆくは大船を仕たてて暹羅《シャム》、安南、呂宋《ルソン》などの南蛮の地に商《あきな》いの使いも仕立ててやろうと思う。一望遮《さえぎ》るものもなく紺碧《こんぺき》に拓けた大海原に向いあっていると、己の挫《くじ》かれた夢、見果てぬ夢が息をもりかえして、また新しく開けてくる。この海は季節によると、熱帯の海をおもわせる、油を流したような色調を呈する。心に描く南進の地とは一衣帯水の海をみつめて、烈しい夢のおもいに己を忘れることがあった。

軍鶏の囲い場に行って、元親は日頃最も愛玩してきた「朝鶏《あさどり》」を取り出した。未だ暁の頃である。数日後に迫った試合に出場させるため、元親は鶏の手入れをはじめた。闘鶏の前には、特別な用意を怠らなかった。一旬も二旬も前から生卵をのます。また試合数日前になると蝮《まむし》の生餌を一寸程に切り刻んで与える。これは闘志をつけ、精力を与えると共に、一種の興奮剤として役立つ。蹴合いには頸と脚の強さと持久力が最大限に要求される故、ここにも細心の苦心を払った。軍鶏の強い条件としては種々考えられるが、胴は長い方がよく羽は肩が怒り広く、ぐっと羽交《はがい》がしまって脚をひろく踏み開いた鳥がよいとされている。

頭は高く持ち顔は長く（かようの鶏をキスゴとよび珍重する慣しがある）眼は怒脈《どみゃく》を宿して鋭い。こういう鶏はくわえが早く頑張りがきくのである。この「朝鶏」は働きざかりの二歳鶏で目方は二貫目になんなんとする。骨格あくまで逞しく頸もふとく直《なお》く、ふまえた脚は大地を蹴って跳ぶにふさわしい。全身赤毛で尾筒の太い丸尾の鶏で、いずれの条件から言ってもこの軍鶏の仲間の王者の貫禄を具えていた。殊に蹴爪は大身の槍の穂先のように鋭く光っていた。

元親は己の脇の下に鶏の頸を抱き、胴体を膝の上に固定して、尖った蹴爪に一層磨きをかけるため鑢《やすり》をつかっていた。試合前には蹴爪を鋭く削ることが必須である。

嘴《くちばし》と共に爪は闘争の最大の武器である。この入念な手入れが終ると、今度は塩茶で頸をもむ。気管を痛めぬように両横からよく揉む。軍鶏はそうした時、喉をならして強い脚に加わる力をしっかり耐えていた。かなりの時間をかけてこれを終ると、次の脚の運動にかかる。脚を強くするためには、三尺位（九十センチ）の高さから投げ上げて地上に落すのである。これを朝夕二回、五十回ほど、毎日くりかえすのが、闘鶏一旬前からの習いであった。

今「朝鶏」をとり上げて、最後の運動に移っていた。二貫目の鶏が地上に抛りなげられる。投げては、ぱっととび立った鶏の両肩をおさえつけて、次は前後左右にひきずるようにして、脚に重量をかけて運動させるのである。他所見《よそみ》には、鶏と角力をとっている具合である。この運動を気長くくりかえした後で、軍鶏は主人の手によって、高く抱き上げられては地上に落された。そのたび夜露に湿った大地が、荒々しく踏みならされて行った。これを何回目までくりかえした時であろうか。軍鶏は突然何をおもったか、地上に飛び下りた途端、すっくと立ち直ると猛然と主人めがけて躍りかかってきた。鋭い嘴《くちばし》が一瞬がっと引きさくように手許にとびついた。それと共に鑢《やすり》のかかった蹴爪がつきささると一蹴りかけて、ぱっと前方に跳んでいた。瞬間のことであった。

元親の静脈のういた厚い左の腕から、血がさっととび散った。

次の瞬間、毛を総立てて再び主人の胴体の辺に烈しく飛びかかってきた。

「ええい、痴者《たわけ》め」

と叫びざま、脇差が光った。鶏は音もなく四、五歩はしると、朝露の敷いた草の間にばさと音をたてて斃れこみ、そのまま動かなかった。

血のしたたる刀をさげたまま、元親は茫然と佇立《ちょりつ》していた。脚下から叢をこえて波濤が鼓動のように嚙みつつ湧き上ってくるのを、遠い物音のようにきいていた。草叢に長々と頸をなげ出し、延ばしきった脚を空向けて死に絶えた、赤毛の鶏を瞶《みつ》めているうち悔悟が、しんしんと遠い潮騒《しおさい》のように元親の身内に湧き上ってきた。軍鶏の錯乱は連日ふくませている蝮の効果が強すぎ、試合前の興奮が、時に元親の羽織ったものに同類を錯覚したものであろうか。

――あれはいつだったたか。悔いとも憤りともつかぬものが、脳裡を暗くおおっていた。元親は己の蹴破られた二の腕のあたりから、一筋黒々と血が吹き流れているのも気づかずに、朝靄《もや》の霽《は》れてゆく城内に立ちつくしていた。この愛玩の鶏を、己の手で割《さ》き斬った時と同じ無念と悔いがある。そう想った時、亡き吉良親実の、いつも瞳《どう》中《ちゅう》怒脈を宿した、真率《しんそつ》一途《ず》な顔が浮び上った。つづいて比江山掃部助の蒼透いた顔がすーっと胸を通りすぎた。そして永吉飛騨守や僧如淵が、次から次へ真夏の軒端に泛《う》き上った走馬灯のようにゆっくりゆっくりと浮んでは消え去った。

蹴合いは翌々日、五ツ半刻（午前九時）からはじまった。城内堀の丸に幔幕《まんまく》を張り渡して、その中に闘鶏の土俵が四カ所設けられた。よく踏みならされた土の上に、高さは二尺、直径五尺の藁《わら》囲いがつくられる。出場の軍鶏は竹を細目に編んだ上蓋《うわふた》のある深い軍鶏籠に入れられて運びこまれた。試合は大体一刻をもって勝ち負けを決める。

この日は例によって遠く幡多中村城より谷忠兵衛、高知東郊田辺島領より桑名、佐川領四万石の久武らが、各々持鶏を携えてやって来た。忠兵衛は飼い自慢の「唐丸」という菊冠の黒鶏と、他に二、三羽を持ってきていた。桑名も久武も日頃、愛玩するうちで最も試合に強い鳥を帯同してきていた。その取り組みは籤《くじ》を以て決められた。何回も何回も蹴合いがなされた。一回終るごとに土俵中はきれいに掃かれ、砂を撒いてゆく。その日の呼びものは、家臣たちの鳥と元親秘蔵の鶏との蹴合いであった。

はじめは桑名の持ち鳥「藤綱」が元親の「朝友」と向いあった。「藤綱」は丸羽で石冠の精悍《せいかん》な相貌をした鶏であった。石冠とは鶏冠《とさか》がぴったり押しつぶしたように固くかたまっているのであって、蹴合いの時、鶏冠を破られる虞《おそ》れがないだけ闘鶏の場では珍重された。「朝友」は尾筒の太い丸尾鶏で目方は一貫七、八百目もあろうか。元親は一団高い台の上で、唐桟《とうざん》を羽織って床几《しょうぎ》に腰かけていた。家臣たちは盆（土俵）のまわりを取り囲むように居流れていた。

蹴合いの審判は、一に通常、なき（鳴かし）と言われてきゃあきゃあ鳴いて戦わなくなる事。これは最も無惨な敗け方で珍しい。二に坐り、三に蹴倒し。四に飛び出し、これは逐いつめられて場外に飛び出す。五に蹴殺し。以上五つにわかれ、この内蹴殺しが最高点を得るわけである。

今、場内に出された二羽の鶏は、すぐに跳びかからない。相手の気合いと隙を窺《うかが》いみている。ぐっと低めて前方に延した頸には、本能的に相手の強弱を知り、打ち斃《たお》そうとする闘志に、濡れたような眼眸《まなざし》が光っていた。その眼は一本の線となって震えるように結ばれていた。頸の怒《いか》り毛は逆風を受けたように呆《ほう》け立っている。人間に与うる限りの苦心を払わして育っただけに、この鶏には、またこの試合には、飼主の期待が異様にかかっていた。しばらくの間、向いあった首だけが爬《は》虫《ちゆう》類の体軀のようになめらかに不気味に動いた。

するとどこに隙を見出したか、桑名の「藤綱」が、猛然と跳びかかった。次の瞬間「朝友」は餌袋の附近をくわえられ、鋭い蹴爪で飛び上り飛び上り烈しく蹴られた。これを辛うじてもぎ離すと、「朝友」はいきり立って「藤綱」の側面を狙い、反撃に出た。羽の下の柔かい部分に喰いさがって蹴りたてた。効果的な打撃を与えるまで、しばらく離さなかった。

双方の闘志がよくつづいた。夥しい羽毛が、時々土俵外までとび散った。その頃からむっとするような妖しい勝負の世界が人と盆の中を結びつけていた。そこには凄壮な決闘の美しさがあり、血に濡れたなまぐさい匂いがたちこめていた。「藤綱」は常に上方から相手の顔面を窺い、「朝友」は手薄い側面を狙って闘った。長い闘いは続けられた。やがて闘うことを止めて、血だらけの首を交叉するようにして立ちどまった。一見、互いの犠牲の深さをいたわりあい、寄り合っているかのように見えた。それは遠くから見れば、まるで仲のよい鶏同士が、睦言《むつごと》でもささやいている風に見えた。嘴は乾いたように開いていたが、眼は虚《うつ》ろな底からじっと尚も相手の隙を見定めていた。しかしそうした状態は長く持続しなかった。静止は再び「藤綱」の攻撃で破られた。「朝友」は何度も啣《くわ》え破られた頰袋に鋭い蹴爪の打撃を受けた。それをもぎはなそうとして土俵の囲りを騒ぎながらぐるぐる廻った。さすがに鳴かなかったが「朝友」は顔面はふくれ上り、筋肉が切れて血だらけであった。相手の爪から逃れると「朝友」は必ず数倍はげしく反撃を忘れず加えた。こうした動作を、互いの飽きない儀礼のように繰りかえした。

一刻になったが、双方鳴きもせず、倒れもしなかったのはさすがである。結局この試合は同点となり、引きわけとなった。元親はその闘いぶりをみて、久しぶりに身内が引きしまるのを感じた。そして「朝友」が時間一ぱい戦い抜いたことに満足した。また桑名の鶏の、上目附けをねらう試合巧者を褒めた。

久武の飼鶏「ユゼ丸」と元親の「朝潮」が向った時は、人々はなんとなく失笑した。「ユゼ丸」は巻冠鶏で白微黄帯毛である。三冠の赤鳥である「朝潮」に較べ、甚だ見劣りがした。おまけに「ユゼ丸」は俗に言う脂太《あぶらふと》りで、威風は堂々とみえるが誰が見ても強い鶏ではない。

「久武、その方の鶏はとりじゃない。白狸みたいじゃの」

　と元親はこころよく声たてて笑った。半刻も経ずに、勝負はあっけなくついた。さんざん場を逐いまわされた「ユゼ丸」は、たまりかねて土俵際にとび上ったので、飛び出し同然自ら勝負を放棄したものとして、元親の「朝潮」が勝ったのである。久武は無様な敗け方をした「ユゼ丸」に、

「汝のような奴は、絞って喰ってやるわ」

　と言ったが、内心そんなにも敗けたことを口惜しがっている様子はなかった。

　最後には、谷忠兵衛の「唐丸」と元親の「朝風」とが蹴合う組合せとなった。「唐丸」は鮮紅の菊冠の赤毛である。脚のしっかりした見るからに鋭い蹴爪をそなえていた。頭の持ちが高く肩は怒り、頸はあくまで太く、これまで試合の場数を、屢々《しばしば》踏んだためであろう。胸から腹にかけて、毛の擦り切れている部分もある程だ。「朝風」もこれに劣らず、丈は高く蝦尾《えびお》の黒鶏で、艶々と油をかけたように美しい。試合の前にこの主従は、こんな会話をした。

「忠兵衛、その方のは鶏仲間でも中古じゃの」

「いいえ、殿。人間は無論、まして鶏は見かけによらぬもの。老朽の老武者の円熟の闘い振りを、とくと御覧召されよ」

「何を吠えるぞ、忠兵衛。朝風はいやが上にも若鶏。されば必ず抜けがけの功名を立ててみせようぞ」

「御意。では一合戦仕りましょう。なかなかこればかりは殿とても容赦《ようしゃ》はしませぬぞ」

と応酬して、忠兵衛は当らざる気風を示した。

「唐丸」と「朝風」は土俵に出された。人々は緊張した。しずまりかえった背後から、鼓動のように打ちかえす波濤の音ばかり、耳についた。——一瞬、鶏達は塑像《そぞう》の如く立ちつくした。怒った互いの美しい羽毛を、潮風がなぶって行った。双方がもつれあったかと思うと、パッと地を蹴ってとび上った。羽毛がさっと舞い上りながら、飛び退《の》いた空間に後を追うようにおちた。

「唐丸」は「朝風」の後頭部を狙い、「朝風」は前から胸のあたりを蹴り上げていた。その前胸部を狙った時「唐丸」はひょいと体をひねった。行きすぎようとした「朝風」の後頭部に猛然と襲いかかる。そのくわえ方は鋭く深く、槍の穂先と変らない蹴爪は、相手の躰の上に負いかぶさるようにして蹴りたてた。蹴合いには頭の後を狙う鶏が、最も老練とされていた。ここには薄い肉が鶏冠に匿されている。「朝風」はこれをもぎはなそうと、必死になって場を廻った。「唐丸」は執拗に離さなかった。「朝風」は苦しまぎれに、くわえられたまま相手の腹の部分を蹴り上げた。この痛打が効いたものか、「唐丸」はぱっととび退いて坐りこむような風態を示したが、また立ち直って向ってきた。「唐丸」の胸が一カ所蹴り裂かれていた。

どれ程闘ったであろうか。今までのどの鶏よりも老巧な伎倆と闘志に、みらみちた戦い振りであった。怒脈を走らせた双眼は、からみ合うようにして、しばらく退いて相手の隙を覗っていた。「朝風」の鶏冠と後頭部からは夥しい血が流れ出ていた。片眼は薄く開けていたが、飽くない闘志が溢れ出ていた。「唐丸」は餌袋《えさぶくろ》のところに白い肉切れをみせていた。しばらく顔を近づけると、嘴で応酬しあった。打ち見る人々は、殆ど酔ったように妖《あや》しく重く濡れた空気に包まれていた。いつ隙を見出したのであろうか。

「唐丸」は「朝風」の長い耳たぶの処をくわえると、これにははげしく喰い下った。忽ち片目から血が流れ落ちた。すると「朝風」は敵にくわえさせたまま、左の蹴爪《けづめ》を相手の下胴に向けはげしく蹴り上げた。双方が同時にその痛みに耐えやらぬが如く離しあったので、よろよろと蹌踉《よろめ》いて立ち直った。「朝風」ははずみをとって、一回転してくるりと起き上るとぴたりと向いあっていた。勝負は決まらないのに一刻をとっくに過ぎていた。はげしい攻防をみる人々は、吸い寄せられるように息をつめている。場内にはバサバサと蹴合う音以外、聞えるものはないが、一種殺気をはらんだ気《き》魄《はく》が立ちこめていた。生身をぶっつけあい、これこそ真っ裸の明白な勝負を争う試合である。条件は一切取り除かれ、唯体軀《たいく》を以て戦いに終始できる世界である。元親はこの鶏のねばり強い闘志と戦いぶりを嘆じたのであった。

「よい。過ぎてもよい。もっとやれ、勝負がつくまでやらせい」

と命じた。忠兵衛もこれに強く肯《うなず》いて、

「御意《ぎょい》——」

といったまま二羽の軍鶏から眼を放さなかった。

乾いた砂の下には花吹雪のように血がこぼれおちていた。闘いは果てしなく続いた。片方が低く狙うと、片方は高く頭の辺に打撃を与えつづけた。「唐丸」の前胸と餌袋は喰い破られた。「朝風」は片目になり、千切れたような鶏冠に血が吹き出ていた。双方とも血潮に染まり、なまぐさい匂いが盆から溢れた。はげしく蹴合った羽毛の数々が海から吹きこんでくる風に一斉にとんで、幔幕の高さまで四散した。その飛び上った羽毛の中に、元親は戦場を馳駆《ちく》した濛々《もうもう》たる砂塵を感じた。その砂塵の間、はるかな彼方に、かつかつと馬蹄《ばてい》が鳴り止まなかった。陽が眩くばかり強い戦線で、敵を認めて馬を寄せあい、槍を繰り出さんとした時の、一瞬凍ったような白濁した呼吸を感じた。その眼前にぼろぼろと汚れた白い羽毛のようなものが、降りしきりとび散った。双方がくわえあったまま、ぱっと飛び上っていたのである。

元親は擦りきれ欠落《けつらく》して血糊《ちのり》をあびた刀が、脳裡をつっ走った。鋭く妄念が元親を横切った。島津方からもたらされた大左文字《おおさもんじ》の簓《ささら》と化した刀。威絲《おどしいと》のとれた鎧《よろい》、そして血だらけの亡児信親の相貌——それが大写しになると、さっと面上に冷たいあおりのようなものを受けた。「朝風」は蹴倒されて砂にうずくまって立たなかった。

元親はおもわず唸った。

「ほほう、ほーほーほう」

訳のわからない悪寒《おかん》がして、全身、汗をびっしょりかいていた。忠兵衛は鶏を打ち捨てて元親のところへ駈け寄った。

「殿、顔色がおわるい。どうなされましたか」

と声をかけた。元親は、ほっと我に返って顔をふりむけた。

「いや、いや。老残、白昼《はくちゅう》の夢をみていたわい」

と力なく笑った。倒れた「朝風」の血だらけの姿に目を移して凝視した。

「よく戦ったのう——」

その声はおもいなしか、かすれて弱々しかった。忠兵衛の「唐丸」はその時、五彩に輝く翼を羽ばたいて一声あげた。


その夕ぐれ時、長宗我部家の紋の入った唐丸籠の行列が高知北郊にある円行寺鉱泉につづいた。その日の闘鶏に傷ついた軍鶏たちが手当に赴く一団である。この有様を畦《あぜ》道から望みみていた百姓たちは、

「国主様も弥三郎様が亡くなられてから血狂いなさったのう」

「そうよ。とんと軍鶏狂いになられたわい」

と囁きあった。

「たかが知れた軍鶏を、我等の仕事籠より立派なかごにのせて、温泉場に通うとは……七人みさきの討取りと言い、二度までのお城替えと言い、世も末、末。呆れ果てたことよのう」

と鍬《くわ》をとめてひそひそと寄りあった。彼等の脚下には、薄暮に麦の穂がそよいでいたが、百姓たちの表情は虚ろに暗く思われた。

天正十八年（一五九〇）は四月、秀吉が小田原北条氏を攻めた時、元親は水軍を率いて参加した。十八反帆の「大黒丸」が伊豆、相模の荒海を乗り廻し、二百人の舟子《かこ》が鬨《とき》をつくって、海上から小田原の南櫓《みなみやぐら》へ、石火箭《いしびや》を打ち込んで遂にこれを陥れた。秀吉はこの時「大船の手柄、日本一」と元親の功を嘆賞した。

元親はかねて遠く南方の海洋に進出しようとして、国内で船の経営には特別力を入れていた。

「元親百箇条」にはこう決めてあった。職工は大工、木びき、屋根師、鍛冶、銀屋、塗師等の十三種に分類した。これを技術の巧拙によって上中下三等の賃金を定めた。上等職工には一日の賃金は京桝《きようます》で籾《もみ》七升、中等者は五升、下等者は三升に定する。但し船大工のみは一日籾一斗均一という優遇ぶりであった。土佐を海国たらしめるために企図するところがあった。

たまたまこの年、天正十九年閏《うるう》正月（一五九一年三月）羅馬《ローマ》使節として長く海外を巡歴してきた大友、有馬、大村らの使節団を、京都聚楽第で迎え見た。この伊東マンショら一行は、アラビア馬を贈り、ビオラを演奏した。秀吉はこれまでにも京都の南蛮寺を毀したり天主教の布教を禁じたり、京都の教会を焼きはらうなど、この異国の教えに弾圧の手をゆるめなかったが、諸外国との交易はすすんで当っていた。天正十九年（一五九一）朝鮮派兵にしろ、文禄二年（一五九三）台湾に使を遣ったことにしろ、その領土侵寇《りょうどしんこう》と、世界的な雄飛を胸中にたたんでいた。文禄の頃には、朱印船の額を定め、西班牙《スペイン》船及び葡萄牙《ポルトガル》船の貿易を請うてくるのを許可している。この大村らの帰朝と共に文禄三年、堺商人納屋《なや》助左衛門が呂宋から帰った。数年後には同国の入貢を許している。このような風潮をうけて国内の大名たちは、かつて天下を競った覇気《はき》で以て、海外に眼を向けている者も少くなかった。

慶長元年（一五九六）真夏のこと、高知浦戸の沖、十八里に巨大な南蛮船が漂着した。船の長さ三十間（五十四米）、横幅二十二間、八帆の柱に荷を満載した大船である。元親は、繻子《しゅす》、唐木綿、金襴緞子《どんす》、猿、鸚鵡《おうむ》、麝香《じやこう》等大量の物品を没収した。阿波、讃州《さんしゅう》から集めた百五十艘の舟を動員して、これを大坂の秀吉に送った。この時、修道会士をふくむポルトガル、イスパニア人、二百三十余人が乗っていた。この際、元親は水樽、肴の十五荷と白米五十俵を遣した。その夥しい積荷と、巨船の群を目の前にしたとき、自国の船で遠く南方まで出向き、盛んな交易をやらせてみようと考えた。己はそのためには少し老いてしまったが、他日、盛親をして南蛮の国々まで版図を展げるべきだと思った。

秀吉の天下は、北条氏を降して一切の経営が終ったと言える。天正十八年七月北条氏直が降ると、早速この関八州を家康に授与し、彼の旧領三河、遠江、駿河、甲州、信州の五カ国を没収した。家康の勢力を牽制したのである。秀吉の小田原評定中、謡曲、田楽の諸芸人を集めて悠々たる陣を布いたことは、既にはじめから天下を呑んでかかっていた。

明けて天正十九年（一五九一）は、秀吉にとっても、近年稀な佳歳《かさい》となる。数十年つづいた割拠群立の闘争は一切終り、日本統一の目出度い春となった。秀吉は時の天皇後陽成《ごようぜい》を聚楽第《じゅらくだい》に招き、盛大な宴舞《えんぶ》を張った。諸侯も長の戦塵をおとして晴々とその盛宴に列《つらな》った。

聚楽第は、天正十五年九州平定の最中に、大内裏《だいり》の跡に営みはじめた。天下統一の成る日を既に知っていたのである。邸宅というよりは一見城郭に等しい豪華宏壮を極めた建造物である。巨大な天守を持つ邸宅の周囲には、諸将の邸を数十置き、その周囲には深い濠を掘り、四方三千歩の石垣がこれを取り囲んだ。家の内部はすべて極彩色の障壁をめぐらし、唐様の金箔を押してあった。規模、構造ともに雄大、美麗をきわめた御殿である。秀吉は天正十三年（一五八五）に関白を贈られ、豊臣の姓を与えられた。文字通り位《くらい》人臣を極めた欣びと礼に、早速この邸が出来上ると、後陽成天皇を迎えて天下にその威武を示した。

時に天正十六年（一五八八）四月のことであるが、今回は二度目で、名実ともに四海波静かな一大祝宴を四日三夜心ざまに演じたのである。諸侯と共に聚楽第に加わった元親は、この勝者の盛宴に相応《ふさわ》しい贈物をなして、秀吉はじめ諸侯をおどろかした。当時高知浦戸沖で生捕りした大鯨一頭を、舟積みして淀川口まで送った。さらに人夫七百人で大坂城内に担ぎ込ませた。


これより五年後の文禄二年（一五九三）のこと、元親は伏見の土佐邸に、秀吉はじめ公卿諸大名を招待した。豪華一世を傾ける盛宴は、聚楽第での盛宴以来とも言われ、天下の耳目をあつめた。当時人々はこの伏見の邸のことを、

「様《さま》は伏見の日暮《ひぐらし》御門。見ても見飽《あ》かん、添ひ飽かん」

と歌った。様とはお姫様のことである。伏見の門は彫鏤《ちょうる》結構をきわめ、人目をそばだたせ美女に譬えられた。この土佐邸を、文禄の役の朝鮮征伐が和議成った頃、千金を投じて豪華な藩邸《はんてい》に改めた。秀吉にとってもまた元親にしてもこの文禄の役後、慶長《けいちょう》二年（一五九七）の朝鮮再征までの三、四年が、生涯のうち最も平安な晩年の数刻であったと言える。元親は接待に種々のものをもって供し、海南の地にかかる風流のあることを併せて紹介した。茶ノ湯は、千宗易《せんのそうえき》（利休）、鼓《つづみ》は泉州堺勝部勘兵

衛、鞠《まり》は京都飛鳥井曾衣《あすかいそえ》、碁は本因坊高弟大平捨牛《しやぎゆう》らの長年の指導で、趣向をこらして催したが、とりわけ諸侯をおどろかしたものに、皿鉢《さわち》料理の馳走と、闘鶏大会の事がある。

皿鉢《さわち》料理は土佐独特のものと言われ、その野趣をおびた豪華さと実用的な調法さが、来客の眼をみはらせた。窮屈な懐席料理や、普茶《ふちや》料理に飽きた招待客を殊の外喜ばした。大鯛の生《いけ》造りから、刺身、組もの、鮨《すし》、酢物などが色美しく大《おお》皿に盛り上げられる。それがずらりと数十枚も並べられた。料理を盛る皿は、さしわたし一尺五寸以上から二尺五寸までである。土佐ではその大皿を「皿鉢《さわち》」と言う。特に大鯛を生きたまま刺身につくる。そのはずし身を威勢のよい生きた鯛の姿に盛りつける。刺身は皿に跳《はね》んばかりの新鮮なものである。この生造りには、三尺もある大皿鉢が使われた。皿鉢には支那の漢、唐、宋に至る歴史絵がつづきものとなって描かれていた。

いずれも祝宴を飾るにはふさわしい料理なので、豪快な南方の海を髣髴《ほうふつ》させ、他国人の眼をそばだたせた。皿鉢をのせる朱又は黒塗りの物据《ものすえ》には、長宗我部家酢漿草《かたばみ》の紋が、金泥で以て押し出されていた。この華やかな馳走の有様は、ただ見るだけでも満腹の感を味うが、ずらりと見渡して好みのものを所望して馳走にありつける。如何にも酒の国に相応わしく、座に臨むものをして、隔意《かくい》も遠慮《えんりよ》も取り除いてくれる。皿鉢のものは大箸ではさみ、小皿に移されて客に饗される。そうした中に野趣を兼ねた豪華さと、親しみを互いに、頒ち合う宴が、盛り上ってゆく。

生《なま》は刺身のことである。三面環海《かんかい》の土佐には魚の種類も多く、鮮度も新しい。取れたばかりの魚の旨さを、最も合理的に美味に調理して喰べる方法が発達した。鰹《かつお》の刺身になるとその王者と言われ、朴歯《ほおば》の下駄の歯ほどの太さに切らねばうまさが逃れると信じられていた。組ものは組合せものの事で、一鉢に五種又は七種の奇数に盛り合せて出す。煮込みもの、焼きもの、和物の味付けが主となっている。鮨《すし》には、大鯖の姿鮨を筆頭に、巻ずし、押ずしが出る。四季に応じて筍《たけのこ》ずし、板昆布巻《いたこんぶまき》すし、胡瓜《きゅうり》の菰《こも》ずしなど、郷土色豊かな鮨も皿鉢に色とりどり揃える。

元親はとりわけ、土佐の海でとれる鰹を好んだ。当日は特に土佐灘でとれた鰹多数を、舟仕立ての生簀《いけす》で伏見まで送り、席上、鰹のたたき料理から鰹飯に至るまで、諸々《もろもろ》の調理に趣向をこらして供した。たたきは鰹をいぶしてつくる最も野趣溢れる刺身である。鰹飯には鰹を三枚におろしてから乱切《らんぎ》りにして炊きこむ。秀吉はこの時、鰹のたたきの珍味と同じく魚の茶掛け飯を褒めて、何度も所望する程であった。

「宮内少輔《くないしょうゆう》、其方、本日の饗宴ぶりは豪勢至極のものじゃ。土佐は山国にて林産は天下無敵と思いしに、先年九尋《ひろ》の大鯨と言い、今回の大鯛、鰹に至るまで海のものも、殊の外見事じゃ。されば斯様《かよう》な旨いものを喰い、酒ものめれば戦はせずとも、人間一代息災無事にくらせるものを喃《のう》――」

と上機嫌で言った。自分の過去を省みて尚、位人臣を極めた己に向って言い含めるのか、それとも元親の半生にあてつけたのか、どちらにもとれる口調であったが、長い境涯の果てでなければ到達しがたいおもいであろうか。

「――如何にも。土佐は四国の果て、日本の終りにてござるが、昔から万物潤沢《じゅんたく》のうまし国にてござる。上古より流民《るみん》の国にて、その子孫ども多く、雄心勃々《ゆうしんぼつぼつ》として四国の山を越え、上方に出る望み上代よりの慣しにてござった。某《それがし》、行く行くは南へ向け海を渡りて呂宋、暹羅《シャム》まで行きたきものと考えおりまする」

「成る程、なる程。四国山脈以北を遮《さえぎ》ったのは余か。あっははは。宮内其方、小田原攻めの大船と言い、朝鮮征伐の水軍と申しなかなかのもの。やがて大船つくって異国に渡るとか。それもよい。如何にも宮内らしいが。よいか。宮内もバテレンにはなるまいぞ」

と笑いながらたしなめた。秀吉は異教については禁止し、バテレンや寺院を焼き、布教師を追放したが、貿易は決して禁止しなかった。切支丹の中に領土的野心があることを知って、これを退けるに急な時であった。

「御意。一旦元親、太閤殿に志をお譲り申したが、これを伸ぶるは、国内ばかりではござるまい。まして国を富まし、気宇《きう》を広々と渡すもの、海の彼方の国にてござる。宮内、先祖二十数代の昔より、神祇《じんぎ》を祀る秦門《しんもん》の家柄。今更などて異教のおしえを真似ることがござろうや」

と切りかえす。打つべき処にははっきり釘をうって、秀吉の肯定を誘ったのである。

宴酣《えんたけなわ》なる頃、庭前に篝火《かがりび》が一斉に灯《とも》された。橋掛りのついた舞台がさっと開いた。忽ち鼓の音と共に、朗々と謡が客座の大広間に響き渡った。声と共に橋掛《はしかかり》にあらわれたのは、縹《はなだ》色の襟に段熨斗目《だんのしめ》を着、素袍《すおう》上下に水桿《すいかん》さした渡し守の風情《ふぜい》である。演能は世阿弥の嫡子元雅《もとまさ》の作と伝えられる「隅田川」であった。一子梅若を人買に誘拐《ゆうかい》されて、狂女となった母（シテ）がその子をたずねて、武蔵国の隅田川に到れば、渡し守（ワキ）に教えられて、たまたま行われている子供供養の大念仏に加わる。はしなくもそれが、己のたずねる梅若丸であることがわかる。渡し守は痛く同情し、泣きくずれる母を励まして、夜もすがら念誦をとなえて塚の中の亡霊と対面する。暁と共に子の亡霊は忽ち消え失せ、後に残ったのは、空しく生い茂る春草のみである。

　この哀れにやさしい物語を、謡いゆく程に、座中の一同、今までの談笑を打ち止め、微醺《びくん》の頬を灯りに向けて、今は寂《せき》となって、舞台の上に耳目を注いでいた。そこへ一斉の囃子《はやし》で、狂女に扮したシテが、橋懸一ノ松にしずしずと登場した。深井の面に無紅縫箔《いろなしぬいはく》、摺箔《すりはく》の着附に浅黄の襟をみせ、縫入無紅の腰帯と水衣《みずごろも》女笠に、笹、鉦、撞木《しゅもく》を携える。長身の男の扮せるシテと見えた。

〽げにや、人の親の、心は闇にあらねども、子を思ふ道に迷ふとは、今こそ思ひ白雪の、道行く人に言伝《ことづて》て、行方を何と尋ぬらん。
〽聞くや如何に。うはの空なる風だにも、
〽松に音する習ひあり
〽真葛《まくず》が原の露の世に
身を怨みてや明け暮れん。
〽これは都北白河に、年経て住める女なるが、思はざる外に、一人子を、人商人《あきびと》に誘はれて、行方を聞けば、逢坂の関の東の国遠き、東《あずま》とかやに下りぬと、聞くより心乱れつつ、其方とばかり、思ひ子の、跡を尋ねて迷ふなり。

狂って子を尋ねる母は、舞いつつ常座《じょうざ》に立ち現われた。次第に地テが所作を繰りながら、破《は》の段にかかってゆく。

〽もとよりも、契《ちぎ》り仮なる一つ世の、その中をだ、で、此処や、彼処《かしこ》に親と子の、四鳥の別れこれなれや。尋ぬる、心の果や蔵の国と下総《しもふさ》の中にある、隅田川にも着きにけり、隅田川にも着きにけり。

シテとワキとの軽妙洒脱な問答から、破の三段に至り、狂女の素姓に同情したワキとの間に、呼吸は昂まり、次第次第に、夢幻の果てに誘ってゆく。

〽今までは、さりとも逢はんを頼みにこそ、知らぬ東《あづま》に下りたるに、今はこの世に亡き跡の、標《しるし》ばかりを見る事よ。さても無慙《むざん》や。死の縁《えにし》とて、生所《しょうじょ》を去って、東のはての路の傍《ほとり》の土となりて、春の草のみ生《お》ひ茂りたる、この下にこそあるらめや――

と謡いつつ、作り物（亡児の塚）に向って嘆き呼びかけるシテの所作《しょさ》には、殆どそれ自身が嗚咽に似たような音が洩れ、真に迫った舞い振りであった。

〽さりとては人々、この土をかへして、今一度、この世の姿を、母に見せさせ給へや。

〽残りてもかひあるべきは、空しくて、かひあるべきは空しくて、あるはかひなき帚木《ははきぎ》の、見えつ隠れつ面影の、定めなき世の習ひ。人間、愁ひの花盛り、無常の嵐音添《おとそ》ひ、生死長夜《しやうじちやうや》の月の影、不定の雲覆へり。げに目の前の浮世かな、げに目の前の浮世かな――

地謡《じうたい》に併せてシテの所作は、いよいよ真に入った。見るもの深い哀歓《あいかん》に誘われ、今は咳一つない寂然《せきぜん》たる芸の世界にあった。暁、母は子を、子は母を呼びかわしつつ、シテの弔い鳴らす鉦鼓《しようこ》の内に亡霊は消え、シテは茫然と打ち茂る塚の前に、空しく立ちつくす。

幕と共にしばらくは、最前の静止が持ちこされていたが、やがて一同我にかえったように拍手と嘆声が、期せずして座敷から起きた。

「今の舞い振り、どなたかな」

「いや久しく見ざる収穫《とりもの》よ、シテとワキは、そも何人の演ずるや」
と声が乱れとぶ。すると、舞台前の白州に最前の装束のまま、役者があらわれて静かに一礼した。そして面《おもて》をとって再び一揖《ゆう》して退いた。シテは他ならぬこの邸の主、今日の亭主、元親自身であった。ワキは当時有名な藤田の高弟宗因である。座敷には、再び声にならないどよめきのような嘆声がわいた。

武骨な戦国大名の裡《うち》にもかかる妙技を持つ者がいたか、と膝をたたくものもあった。

五年前、長男信親を九州戸次川で討たれた元親の悲痛を悼む者もいた。遠い昔話を元親にはなむけとして、座に語りあうものもあった。またそれからそれへと、戦場馳《ち》駆《く》の昔語りに夜の更けるのを惜しみ語りあう者もいた。

翌日は趣向をかえて、点茶《てんちゃ》の会と闘鶏の催しを繰り展げた。昨日にひきつづき、席上には、かつて数年前までの敵味方にあった、諸大名も多く隣りあっていた。茶席に入る前、家康がふと元親のところに寄ってきて、

「宮内殿は、かかる結構の豪奢《ごうしゃ》の催しのたぐいと申せ、また昨日拝見仕った至芸の能楽と言い、なかなかのもの、土佐の国は石高何十万石に相当するのでござるか」

とたずねた。元親は白扇を持つ手をかえて、その時からからと打ち笑った。

「先年のこと（天正十八年）関白太閤殿に、差し出し申したる天正地検帳三百六十八巻に、それら田地吟味方、詳しく載せて納めてござる。内府殿、今仰せの如くとても何十万石もござるまいよ」

とあけすけな返事をかえすと、

「いや、いや、御謙遜なくとも。御辺のもてなしぶり、遊びぶり、とてもとても平大名にては叶うまいことでござるよ」

家康はかく考え深げに答えたが、心底この饗応《きょうおう》ぶりに、早くも後年の禄高しらべを脳裡に泛ばせていたのである。家康は後に人に向って、

「――元親殿この際のふるまい事、五十万石以下の身代にては叶うまじこと」

と洩らし、それから数年後、山内氏土佐入国まで、そう信じていた。元親没年の翌年おきた関ヶ原後、山内一豊に土佐一国の封を与えた家康は、後に、二十四万石とわかって、甚しく意外におもい、この勲功《くんこう》のあった一豊を気の毒がったと言う。それ程の善美を尽した諸方式と言い、壮大の催会、結構の賀宴は、諸侯には稀にみるものであった。この噂を耳にした京童は、十数年前、茶筅髷を結び大月代《さかやき》に剃って、土童《もぐら》の如く山家者《やまがもの》めいた侍たちの一行が、烏帽子《えぼし》、狩衣《かりぎぬ》、さては肩衣《かたぎぬ》、半袴に扮して凜々《りり》しく宴遊《えんゆう》の間に周旋《しゅうせん》する有様を想い泛べることはできなかった。

その日の午後は、伏見の邸「鳥の丸」と名づけられた庭前で、軍鶏蹴合を供覧《きようらん》させた。今日のは、広い藁囲いをつくり、そこに軍鶏あまたを、一時に放って闘わすのである。

この珍しい鶏の蹴合いを見るもの、いずれも歴戦の勇士ばかりである。軍鶏の猛々しく紅白入り乱れての戦闘の中に、一同生々しい戦塵の匂いを嗅ぐおもいで、次第に惹き入れられるように熱中しはじめた。蹴倒されるもの、血だらけに傷つき、尚且刃向うもの、戦わないで逃げるもの、鳴声をあげるもの、攻めつづけ振りもどき、啣《くわ》えては蹴り進むもの、場外へ苦しまぎれに跳び出すもの——。見ているとそれは、人間の戦場の姿の縮図だ。諸侯一同、酔ったように軍鶏闘う図を瞶《みつ》め親しんだ。今しも一羽の群鶏をぬきん出た鶏が、傍の鶏を蹴爪にかけて、又別のに跳みかかって行った。中央一段高い床几に、金扇を膝に立てて眺めている秀吉の眼は、その鶏に注がれていた。眼は光りを増し、しかも片方の頰は午後の光に落ち凹んでみえた。頰は何か嗤《わら》っているようにさえ見えた。干戈《かんか》十年の幾戦場を偲《しの》んでいる風であった。兵馬倥偬《へいばこうそう》の明け暮れ、戦陣を共にした諸将の顔を、感慨深く見遣っていた秀吉は、何おもってか、傍の元親を省みた。

「時に宮内少輔。其方、歳は幾つぞ」

元親、姿勢を秀吉に向きかえると、

「されば、太閤殿より三つ歳下なれば五十六の老いぼれに相成り申しました」

と、静かな声で応えた。この観戦から猛々しいものを打ち消す響があった。

「成程、五十六歳とな。すれば大西白地の合戦は天正十四年。む、む、さればあの頃、其方はじめて京に出て来られしは、丁度十年も昔のことか。――互いに歳を取り過ぎたことよ」

と顎をうごかして、元親の顔をみかえしていたが、

「――何と、宮内少輔《くないしょうゆう》は四国を望みたるか、天下に心を賭けたるか」

と胸中を刺す秀吉の問いであった。秀吉は、時々ずばりとした言辞を吐いて、家臣の心胆を寒からしめる癖があったが、この時元親は、躊躇《ちゅうちょ》もなくきっぱりと答えた。

「――何しに四国をのみ望むべき、天下一統に心を懸け申してござった」

この率直な返答に興がのったのか、秀吉は、

「宮内少輔が器量にて、天下の望みは如何で叶うべきや、あっははは」

と、面上渋をよせてからかった。その笑い声には、人に憎めない豪快な無邪気さが含まれていた。元親は、すかさずその笑いを衝き伏せるように鋭く言った。

「悪《あ》しき時代に生れきて、天下の主《あるじ》になり損ね申してござったわ」

この答えぶりに、秀吉はさらに手を拍《う》って、大声であけすけに笑った。その笑い声は、眼前の闘鶏に熱中していた諸侯一同を、この主従にふりむかせた。秀吉は元親の中にある戦国武士の気骨の大と、率直な感慨流露ぶりを愛し喜んだのである。しかし元親の面上に、一抹沈痛の色が泛んだ。心底には長い間、綻《ほころ》びきらぬ、痛い想いが少しずつ再び拡がっていた。天下の夢を喪った日の、心の痛みが蘇っていた。

何もかもが蹉跌《さてつ》の上にあざなわれた、人生と言わば言えた。己は何ものとも知れぬものに翻弄《ほんろう》された世界の中に、長い間、棲んできたのではなかったか。傾いた午後の光が、呆けたように庭に隈なく渡っていた。今、殆ど恍惚として軍鶏蹴合の図を覗きこんでいる諸侯の顔が、並び連なっている。福島がいる、前田がいる、毛利もいる。独眼の伊達もいる。法体《ほったい》の島津もいる。力の限り闘いつづけている数十羽の雄々しい軍鶏たちの中に、この大名たちは、何を見、何を夢みていることであろうか——。

最前から元親は、一二三人さきの床几に腰かけて、凝っと大きな耳を欹《そばだ》てるように、軍鶏の場を睨みつけている男に気づいた。徳川内府である。あの耳の智《さと》そうな家康と、いつのことであったか、天下の覇《は》を握ろうと約し合ったことさえある。忘れもしない、本能寺の変で信長が斃《たお》れてからである。己は明智光秀の重臣、斎藤内蔵助利《とし》三《みつ》の妹を、室に迎えていた故、この直後、諸所から声掛りがあり、誘いがあった。

元親はその頃、弟の阿波軍代香宗我部親泰《こうそかべちかやす》をして、京畿へ進出する足場を準備させていた。しかるに元親の四国全土の経営は悉くは終ってなかった。上洛を急いだ元親はとりあえず紀州根来《ねごろ》、雑賀《さいが》の僧兵と結び、織田信雄、徳川家康と策応して三方より大坂城包囲の計画をめぐらしていた。元親らの計略を察知した秀吉は、小牧、長久手に出征するに当り、仙石秀久を讃岐《さぬき》に遣した。この時仙石は水軍を以て、元親の東上を牽制《けんせい》しようとした。その東征留守中、元親が大坂城を衝くことを、秀吉が憂えたためである。然るに元親は一年間という貴重な歳月を、四国全土を席捲《せっけん》するために暇どり費した。

天正十二年（一五八四）六月、十河《そごう》、雨滝、虎丸の三城が陥落し、ここに全讃州は己の掌中に帰した。しかも、時なるかな、既に小牧、長久手の合戦の終った後である。

かかる事は夢にも知らぬ元親は、この六月、直ちに檄《げき》をとばして、大坂城挟撃《きょうげき》のため軍代香宗我部親泰《ちかやす》へ兵を授けて、摂津（大阪）へ向けようとした。さらに重臣鶏《か》冠木《えで》右京亮《うきようのすけ》を使者に、急遽《きゆうきよ》軍を率いて西上せんことを、家康に促した。時に家康は、秀吉と講和の議が済んだところであった。

「扨《さ》て扨《さ》て、此度《このたび》の報を十日以前に申し来るに於ては、東西より差競《さしきそ》ひ攻立て候はば、上勢《かみぜい》敗軍して勝手得べきこと目前に候処、無念残念さ、互の心中御察し成され候へ」

という文書が届いた。家康は余程のこと、元親の遅参が無念とみえ、沈痛の気配が言外にも溢れていた。

それから秀吉は十万の大軍を四国にさし向けてきた。けれど家康は見て見ぬふりして、今度は救援もまた調停の役にも出た形跡はなかった。その節の遅延が余程家康を無念とさせたためであろうか。あの家康からの返書を見た時、元親は自分が描いていた天下取りの夢の破れたことを、瞭然《りょうぜん》と見せつけられた気がした。

四国統一が数年、否一年遅かった。そしてあの時、秀吉の時局収拾が、あれ程神速機敏でなくて、今少しの間、永禄、元亀（一五五八―一五七二）と混沌状態がつづいていたらどうなっていたことか。九州の島津、中国の毛利、駿河の徳川と、四国の長宗我部と軍を併せて、四方より秀吉を攻めれば、天下の事は未だ予測するを許されなかった筈だ。

それより少し前にもこんな事がある。織田信長は最初、元親にあてて「四国の儀は手柄次第に元親切取り候へ」と朱印を送ったり、長子弥三郎にまで「信」の一字を与えて信親と名乗らせた程の間柄であったが、いくばくもなくして、讃岐の三好存保《まさやす》、伊予の河野氏らが信長に援を乞うと、「土佐一国と阿波半国を汝に遣す故、爾余の地は旧主に返却し退軍せよ」という干渉に変ってきた。

このような際にも中国の毛利とは、区々たる義理にこだわって協調できなかったことが、悔まれる。あの場合むしろ毛利は元親の四国征伐に、声援して双方互いに手を携え、果ては四国、中国の連合を組織して、共同の敵信長に当っていたら、どういうことになっていたか——。

今その毛利も家康も神妙な顔をしてひかえていた。あの壮年の頃からみれば、ごま塩の鬚《ひげ》、白い鬢《びん》も交えて老年という領域に、どの人も踏みこんでいる。——何をおもい、何を夢みつつ、今眼前に展開する、羽毛をとばし、血を砂に沁ませて戦う鶏の有様を眺めているのか。未だ燃えのこる雄心勃々《ぼつぼつ》たる見果てぬ夢を追っているのか、またま過去の悔恨を己のように思い耽っているのか。長く記憶の底に睡っていたものが、今は脈絡もなく唐突に泛んでは消えていった。

嘗《かつ》て元親は、聚楽第の庭で後陽成天皇の御宴に侍し、勅題に奏答して、一首を詠んだ。

豊かなる都の内の松風に
沖津島根も浪静かなり

天正十六年春のことであった。たしかに波鎮まった世の中に変っていたけれど、人の耕し平げた沖津島根のしずけさに、かくの如く安堵し、屈託なく棲めるものであろうか。元親の心はむなしかった。己の世界は天正十三年の頃、四十七歳の時、阿波大西白地で死んでしまった。何ものかがこれを境として、亡んでしまったことに気づく。――嘗《かつ》て元親は天正のはじめ頃、土佐統一をなし了えて、「四方《よも》は皆汲手に靡《なび》く霞かな」と詠って、「殿の意気天下一」と、並いる家臣の手を拍《う》たしめたものである。ゆくりなくも泛ぶ、壮年の日の旺んな気概。これも香炉の煙の如くもう何処にも燃えないというのか、もう軀のどこをたたいても出てこぬであろうか。最後の幕に敗れて意気を喪った老鶏の身上であるのか。近年長子信親を死なして、蹉《さ》跌《てつ》のみ降りつづく。下々が密かに秦家の末路を噂するのを人事のように聞いていた。己はそれ程耄碌《もうろく》はしていない。起きたこと、あったこと、全部心得ている。知っている。往年の意気だの、気概だのは、一切この太閤の槽櫪《そうれき》（かいばおけ）に繋がれた故の、己の無力に押し流されたせいであろうか。己が今こうして、伏見の屋敷の宴に、諸侯を招待するのも、みんな末子千熊丸へのいとしさにかかる。己無き後跡目の千熊丸を、よろしくという遺志に尽きる。こうして晩年に得た末子の行く先を、憂うる老父の迂愚《うぐ》を、人は嗤《わら》うであろうか。

元親は、午後のおくれた光の中に、傾くような姿勢で、群鶏争闘の図を眺めている、諸侯諸臣の中にいて、名状しがたい孤独を感じていた。昨日「隅田川」を舞った後、鏡の間で密かに落涙した。亡き信親への哀惜とも、昨今の盛饗の歓びとも、けじめのつかぬ感慨が襲ったのである。それは次第に体のどこかが削ぎ取られ、消滅に急いでいるような無力感であった。軍鶏達は、蹴合い、啣《くわ》え、羽毛をふるい飛ばして戦いつづけていた。逐いつ逐われつ、砂を血と羽毛の散乱に委せて、何時果つるとも知れない鶏たちの死闘の下には、春の傾いた日ざしが一杯にこぼれていた。諸侯の席をめぐる幔幕《まんまく》は、あるかなきかの風に、時々腹を動かした。

伏見の邸の招宴後、元親は四位少将に上せられた。また嫡子千熊丸は、秀吉近従増田右衛門尉長盛にたのんだ甲斐あって、千熊丸の幼名を右衛門太郎盛親と改め、重ねて従五位下侍従に加冠を許されたのである。この厚遇に応えて、元親は太閤へ直ちに刀剣馬匹《ばひつ》を献じた。秀吉はこれに対し、再び一万石の茶代を贈った。

元親が最後の戦功をたてたのは、それから三年後の慶長二年（一五九七）正月朝鮮に再征した時である。水軍による戦いは過去三度を数えた。第一回は十数年の昔、天正の頃淡路の仙石秀久を相手に、瀬戸の海に浮ばせた盲船《めくらぶね》（船上の四方を楯《たて》で囲った軍船）で、仙石水軍を破った。第二回は天正十八年の小田原の役に、十八反帆の「大黒丸」を仕立て、石火箭《いしびや》を小田原城南櫓に打ち込んで、これを陥れた。今回は盛親と共に大黒丸よりも大きな船をつくり、三千の手兵をのせて、福島正則らの第五軍に参加した。戦って敵将朴念仁以下八十八人を生捕り、郷国に連れ帰り彼らを唐人町に棲わせて、豆腐をつくって生計をたてさせ、子孫に伝えさせた。

翌慶長三年八月のこと、征戦なかばにして太閤の訃《ふ》に接し、元親らは急遽伏見に引き上げた。秀吉は天下を掌中のものとして約十箇年の間に、聚楽第建造と後陽成天皇行幸、北野の大茶会、吉野の観桜、伏見及び大坂の築城、方広寺大仏殿の建立《こんりゅう》など、次々と盛んな営みをなした。しかしこの華やかな動きの中にも、ここ四、五年は秀吉の晩年の焦慮と、豊臣家の衰運を暗示するが如き事柄がつづきがちであった。

天正十九年（一五九一）には、豊臣家の礎《いしずえ》をきずいた功臣であった弟の羽柴秀長が五十二歳で死んだ。又同年、私憤のため利休に死を賜うた。翌年は文禄と改元したが、大政所《おおまんどころ》が薨《こう》じた。秀頼は朝鮮出兵中、淀君の腹に生れたが、この翌年、文禄四年七月には、甥の関白秀次を高野山においやって、自決さした。三条磧《かわら》の秀次の曝首《さらしくび》の前では、彼の妻妾、若君、三十余人が殺された。再び慶長と、改元した。しかし良い歳は訪れなかった。この慶長元年夏には京都に大地震が起き、折角全国の刀狩りによって鋳造した、高さ二十五間の大仏殿は崩れ落ちた。翌々年のこと朝鮮に再征の軍を出した。醍醐の花見の宴はこの年慶長三年（一五九八）三月、死する前五カ月のことである。

花見は、一赤貧の子より立って、位人臣を極めた太閤秀吉にとっては、その終焉《しゅうえん》を飾るに相応しい豪華な宴《うたげ》と言えた。醍醐の馬場先から檜山まで、三百五十間（六百三十米）両側に七百本の桜を植え、未だ五歳にしかならぬ、世子秀頼を淀君が抱いた。この外、北政所以下妻妾侍女数十人を連れて、伏見城を出た。爛漫《らんまん》の桜を眺めては、樹間の短冊に句をひねり、それも飽きると、大名たちの数奇《すき》をこらした亭に入って、茶を喫し、長い一日を遊び呆《ほう》けくらした。

この世の善美を尽した綺羅佳肴《きらかこう》に取り巻かれ、地上のものとはおもわれぬ桜花の空を、幾度びか仰いだ。花の中にはべるのは選りぬきの美女たちである。趣向をこらした諸侯の接待である。不足なものは何もなかった。幸いの至上《しじょう》のものばかり克《か》ち得ている。しかし何か虚しかった。感きわまって悲しみ到ると言うものか。前方に待ち設けている、黒い死の影を予測することもできなかった。秀吉は醍醐の花見をこの世の最後の餐宴として、翌々月の五月、病んで再び起たなかった。八月十八日伏見城で痩せさらばえて、六十三歳を一期《ご》に死んだ。

朝鮮から馳せつけた元親は、秀吉の死を葬い伏見表にとどまったが、その年のうちに土佐へ帰り、翌慶長四年（一五九九）四月のこと、嫡子盛親を伴って上洛した。元親もまた新主秀頼に謁見《えっけん》し、そのまま伏見の藩邸に病んで起たなかった。

病床ではしきりと水を欲しがりながら、乾いた口唇を絶えず動かしつづけていた。その口のまわりには銀色の髭が荒くのびていた。おちくぼんではいたが、眼だけは生涯の果てを見きわめんとするように、澄んで光っていた。元親は時々、深い睡りに陥りながら、夢とも現実ともつかぬものに、揺り動かされた。

己の生涯は、一体なにものであったであろうか。末子盛親へ土佐一国を遺すため、生れた時から、この六十年を戦場の興亡に賭けてきたのか。少くとも結果から逆にながめわたしてゆけば、其のような運命を背負って生きてきた。天下を取り損って、遂には十年の経営も空しく、土佐一国に削られ、おとされた。それっきりで生涯を終ろうとしている。太閤秀吉は、己たちに、とって代って生きた。けれど掌握した天下を、あの世に連れて行くことも叶わぬ。遺孤《いこ》秀頼を、家臣に殆どすがるように頼んだのが精一杯だ。この様に、天下を掌中に収めた秀吉すらも、死に臨んでは、

「秀より事なりたち候やうに、此かきつけえしゆとしてたのみ申候。なに事も此ほかには、おもひのこす事なく候。返々《かえすがえす》秀より事たのみ申候。五人のしゆたのみ申候。たのみ申上候。いさい五人の者に申わたし候。なごりをしく候。以上、かしく、八月五日　秀吉」

と五人の年寄衆に遺言状を与えた。また、五大老五奉行から、己ら一般大名に至るまで、何回となく誓紙《せいし》を出させた、太閤の晩年をおもうと、胸がいたむ。

遺児秀頼を天下と共に残しておくことが、どんなに気掛りであったであろうか。己が土佐一国を盛親と、その子孫にのこしおきたい気持、その心残りが執するように付きまとう。さすれば秀吉の不安は如何ばかりのものであったろう。

「つゆとおち　つゆときへにしわがみかな
なにわの事もゆめの又ゆめ」

秀吉の辞世の一首を読んだ時、元親はひそかに暗涙にくれた。秀吉の死に臨んでの心事をおもった。たとえ身は王者たりとも、この自然の掟《おきて》の前には、何という深い

空しさを抱いて人は亡びなければならぬか。あの世に旅立つに際しては、何ものも死後のことは保障してはくれぬ。生と死との明快な断絶が示す如く、生者との脈絡はその時から断ち切られる。何ものも手形として、あの世に持ち込むことは出来ぬ。所詮は生きている者たちの世界だ。それがわかっていても、尚更妄執《もうしゅう》の言行を人は残して亡びる。

最期の近づいたのを知った元親は、早船で郷国から棟梁《とうりょう》の臣のうち、主だった者を枕頭に集め、後事を託し、頼むべきをたのんだ。一切が終ると、もう薬師《くすし》の差し出す薬をのまなかった。死期の近づくのを己から進んで待とうとした。死の数日前、ふとおもい当るように言った。

「忠兵衛を呼べ」

やがて枕頭に手をついた谷忠兵衛に、

「長い間、余によく仕えてくれた。戦国の世に生を享けて互いに心労を藉《か》しあったものよ。長宗我部家の幾度かの危機を切り抜け、今日に至ったのも其方の手柄ぞ。礼を言うぞ」

長年知りあった主君が、正面からこんな風な挨拶をくれるのははじめての事である。忠兵衛は感激の色を顔に現わして、

「いや、いや、とても。拙者生来の無調法もの。忠兵衛こそ様々のことにかこつけて、殿に盾《たて》つきお志の邪魔ばかり仕申しました。まこと殿は天下に志を喪うし――忠兵衛その責を、これから生くる限り償いまする」

と言って、武骨い頰にはらはらと落涙した。元親は光った眼だけで忠兵衛を睨みつけるように、

「痴言《たわけ》を申すな。人のやることは五十歩、百歩じゃ。己のほしいままをなし、志を得たとて、この段になって、掌中何がのこるであろうぞ。其方、世迷い事を申すな」

と低い声で、一語一語を区切って言った。一徹律儀の忠兵衛はその心がわからず、只、己の微衷《びちゆう》を憐んで主人は逆に己を慰めてくれるとしか解釈ができず、益々肩をふるわして枕頭に哭《な》いた。元親はしばらく眼を閉じていたが、ふっと大きく見開くと、

「忠兵衛、其方に余の軍鶏を悉《ことごと》くさげ渡す。さらば余の死後は其方放とうと、飼おうと、其方の意のままに委《まか》す。よきにしてくれ」

と言った。

五月十九日払暁、元親は混濁してゆく意識の中で、ふと現実にもない美しい幻をみたようにおもった。軍鶏が無数の輪になって、七彩の色を蹴合っていた。やがて精悍

な鶏たちは、朱に染って地の砂にかえってゆく。闘争は眩くばかり悽愴に見事で美しかった。すべてが無にかえる。恨みも、敗北も、嗟嘆も、喜びもが解消した無縁の別世界を、はっきりと見たと思った。

「つゆとおち　つゆときへにしわがみかな
　なにわの事もゆめの又ゆめ」

　心の底では、自分と敵対し、臣従した秀吉が今なつかしかった。歌を泛べていると、その淋しさ、空しさが、大きな石臼の回転のように、身内にきこえてくるように思った。戦国の世の中に生を享け、戦陣《せんじん》に斃《たお》れたもの、平和な時代に畳の上で死んでいった知己、家来を、数えていた。外は地軸にしみるような豪雨が降りつづいていた。意識の衰えてゆく元親の枕頭に、時々紫電《しでん》の光が欄間障紙を通して走り続けていた。

　かくてこの暁、元親は六十一歳を一期《ご》として、波瀾万丈《はらんばんじょう》の一代を終えた。すぐにおきる豊臣家の滅亡も、愛児盛親の末路も知らなかった。遺体は京都天竜寺策彦《さくげん》和尚が導師となって、茶毘《だび》に附し、遺骨を土佐に下し、亡児信親の墓所長浜天甫山に葬った。諡名《おくりな》は遺命により、「雪蹊恕三《せつけいじょさん》」と呼んだため、この寺は雪蹊寺と寺号を改めた。

今、潮風と松籟の鳴る高知長浜天甫寺山《てんぽじさん》に、「空　風　火　水　地」と漸く読める一基の五輪塔が、守る人なく捨てられたように建っている。

（軍鶏に関する文献資料は、作家、故浜田健氏より頂きました）

# 落武者

盛親は夢を見ていた。脚下には乱濤《らんとう》が渦《うづま》きかえり、白砂を洗っていた。家来《けらい》も従えず、高い松根の這った巖《いはお》の上を伝い歩きながら、浦戸の海辺に出てきた。はるか松籟《しょうらい》のきこえる辺りには、父長宗我部元親の居城浦戸城の白壁と、高楼が臨まれる。己《おのれ》は未だ前髪もあげぬ少年である。前方には胡蝶のように、小袖《こそで》の裳裾《もすそ》をひるがえして走ってゆくのは、一族の香宗我部の娘、千振姫である。

黒い髪を風になびかせて走る。小さい草履《ぞうり》の足跡が、白い小兎のように、砂上に点々と描かれる。それを拾うように逐う。磯の香が、満面に飛沫《しぶき》のように打ってかかる。千振姫をしっかりと、抱きかかえていた。その己の腕の中で、柔かい魚族のように、姫は無邪気に身をよじった。盛親は姫の白い透いたような額に、一すじおちた髪を撫であげながら心地よげに言った。

「姫、其方と予は夫婦《めおと》じゃ」

「夫婦になると、な、予とここから船出して、伏見の屋敷に行き、父上の処に住むのじゃ」

姫は夫婦という深い意味も判らずに、頷いたが、

「私は上方《かみがた》より、この海がよろしゅうございます。千熊丸殿とこの海辺にいる方が、なんぼきれいでよろしゅうございます」

と幼く言って見上げた。瞳は深く澄み黒い。南国特有の女のひたむきな、光を宿している。あの眼が好きだった。あの瞳は、黒汐の流れる蒼茫たる海原の濃さや、潮の香り高さを髣髴《ほうふつ》とさせた。
「姫、そうか、予も此処が好きじゃ」
千振姫を見ていると、姫の言うことは、何んでもきいてやりたい。――そう言い直すと、くるりと姫の方に背を向けて、手を指し延す。姫は盛親の背に軽々と負われていた。
〽鷹の尾の松の木場で、国見れば、土佐の名所は浦戸種崎
清水《きよみず》の地主《じしゅ》の桜に、花咲いて、散るか散らぬか、見たか
水汲み、水汲みは水こそ汲め、花の散るは、嵐こそ知れ
この頃、家中に流行した歌である。盛親は姫を背負って磯辺を伝いながら、この音節蒼涼《そうりょう》たる歌曲を、声張り上げてうたっていた。いつの間にか背の姫は、すやすやと寝息をたてて、睡っている。未だ十一歳の童女だもの――。
先年九州戸次川で討死した長兄信親の家督を、次兄香川五郎次郎親和、三兄津野孫次郎親忠が、他家を継いでいる故「其方《そなた》が跡目《あとめ》相続」と父元親から申し渡されたのは、

この間のことだ。この十三歳の盛親に父のはからいであった。やがて己が土佐の太守《たいしゅ》となり、太閤殿に謁見《えっけん》する。洋々たる希望がある。胸がふくらむ。背には妹のような千振姫が、安心しきってねむっている。初夏の光が晋《あまね》く降りそそぎ、陸に向けた風が、心地よく盛親のはだけた胸を、なぶって過ぎる。

その頃から、南の沖合から、一片の雲が走り寄ってくる。忽ち、天を覆ってくる。一陣の生ぐさい風が磯辺に下りてきた。海の方から雷鳴が届いた。不意に、白い箭《や》のように、雨が烈しく二人を、包んだ。駈けながら背を強くゆすりあげ、姫の名を呼んだが、ぐったり濡れて応《いら》えがない。走った。飛ぶように走りながら、しかも長い磯であった。砂の細かさと、深さが、泥濘に脚を入れたように、進み難かった。盛親は次第に言うに言われぬ焦慮と困惑を感じた。この時、背後に迫ってくるような、鬨《とき》の声をきいて眼が醒めた。

——びっしょり汗をかいていた。片手は破れかけた己の草摺《くさずり》を、しっかりと摑んでいた。草いきれのはげしさが鼻に入って、我に返った。淀川岸の枚方《ひらかた》の葭原《よしはら》に、身を潜めていた。主従僅かに五、六人、いずれも傷つき、雨露と汗と血に滲んだ鎧、小手に、身を装っていた。盛親は、敗残の己が、かかる夢をみた迂闊を羞《は》じた。否、そうではない。もっと見つづけ甘受したかった。遠い日の夢を醒めずに逐いたかった。

もっと故郷の磯辺を走っていたかった。

五日前の元和元年（一六一五）五月八日、大坂は落城し京橋口の防戦にも破れ、敵の重囲を衝《つ》いて、京街道を走った。昼間は草陰に伏し、樹間に匿《かく》れ、夜、暗中をまさぐりながら、淀川に沿って北へ北へと逃れていたのである。この年夏のこと、前年大坂城外堀を埋めてしまった家康秀忠父子は、二十万の大軍を以て、大坂城ただ一揉みと、押寄せてきた。

五月六日の黎明《れいめい》のこと、前土佐国国主、長宗我部盛親は木村重成と並んで、兵五千を率い城南八尾の平原に打って出た。相手は徳川方の先鋒藤堂高虎である。藤堂こそ父の元親時代から、良きにつけ悪しきにつけ、因縁が深い。嘗《かつ》て、元親が大正の頃四国戦線で、秀吉の追討軍を迎えた時も、羽柴秀長と共に藤堂高虎がいた。秀吉と聚楽第で対面するため、元親が上坂した時の接伴《せっぱん》も、彼が執った。又、関ケ原役後、盛親が家康の許しを得るため単身上坂した際、盛親の罪を、家康の耳に入れ、土佐一国御預りとなったのも、彼の為であった。陣立を布いた時、盛親は全軍の主たる将兵を集めた。

「八尾陣の敵は藤堂和泉守なるぞ。我等土佐一党とは、長年因縁つながる相手よ。我が党、ここを先途と戦い、旧憤をはらし、天下を奪《うば》う好機ここに到れり」

「おう。屍《しかばね》を山野に捨つるとも、旧領旧主を元にかえすは、いざこの秋」

と言えば、一同、
と力強く応えあう。この五千に垂々とする将兵こそ、死を盟《ちか》って遥々《はるばる》、土佐の山野より馳《はせ》来った、長宗我部家最後の荒武者ばかりである。

それだけに当日の戦闘は、激甚をきわめ、討死するもの千を越え、双方揉みにもむ。盛親、この日は黄金作りの酢漿草《かたばみ》の紋打った兜を戴き、黒絲に緋を交えて縅した鎧を着、鹿毛の馬にのって小脇に大身の槍を横たえる、由々しい武者ぶりである。盛親軍、敵方の家老藤堂高刑以下の首級を斬ること、幾百か知らず、四度び合うて四たび戦い、その都度、敵を押し返す。さすがの敵将、高虎も長宗我部勢決死の猛撃を支えかねて、戦線散乱し、身を以て遁れること幾度であった。

八尾は竹原と言われる程、竹の笹叢《ささむら》が打ちつづく、この日その竹原が「おしなべて野となりぬ」と記された程、はげしい攻防を繰りかえした。藤堂軍は数刻に亙《わた》っての戦いに、押され押されて将に潰滅《かいめつ》に瀕《ひん》せんとした、その時である。僚将木村長門守重成は、井伊直孝の将、安藤長三郎に討たれた。木村軍を破って勝ち誇った井伊三千の軍勢が、不意に長宗我部の側面を衝いてきた。

井伊直孝こそ、去る十数年昔、盛親を詭計《きけい》にかけ、留守居軍の高知浦戸の城を、まんまと乗っとった、その相手である。重なる因縁に盛親、陣をたて直し、たて直し、戦い防ぐこと数合。しかし騎虎の勢も、払暁《ふつぎよう》からの戦いに、はや大半討たれ傷つき、次第に戦線乱れ散る。眼前には士卒、算を乱して遁《のが》れてゆく。一旦、崩れはじめると大濤の陸地を呑むが如くもろい。盛親、身を以て遁れ、大坂城内へ引上げた時には、数十騎の近従に擁せられていただけである。八尾の一戦崩れるや、水門を越えた水の如く、東軍は城門に殺到してきた。

翌五月七日、盛親は残兵をまとめて、京橋口の防戦に打って出る。けれども、勝負は昨日を以て終っていた。大廈《おおか》のくずるるを、一木を以て支うるは難い。まして堀うづめられた裸城である。一門落され、三門、五門と落ち、守備《しゆび》悉《ことごと》く敗退してゆく。火焔は既に本丸に上り、豊臣家最後の日が、眼前に展開された。自ら堀に身を投じて逃げ惑う、城中の女子供の阿鼻叫喚《あびきようかん》、駈け違い、いななく人馬の声など、焔に捲かれて野分けの風のように耳につく。盛親は前方の重囲を突破して、京街道に出て走った。只走った。

五月十一日、淀川《よどがわ》岸、枚方《ひらかた》の葭原《よしはら》に身を潜めていた。盛親一行が、かつて隣領だった阿波蜂須賀家の臣、長坂三郎右衛門にとらえられたのは、それから何刻もたたぬ、薄暮の時刻である。

盛親が、土佐の国守となったのは、慶長四年（一五九九）五月、彼が二十五歳のときである。家督は十年前から、兄二人を越えて、末子盛親に決められていた。この相続が家臣の反対にあって、父元親は、秦門（長宗我部旧姓）棟梁《とうりよう》の重臣、吉良親実、比江山親興以下七人の武将を自刃させた。盛親の家跡は、そうした犠牲の上になされたものであったが、翌年九月関ヶ原で西軍についたばかりに、武運拙く領国没収となり、領首の夢を捨てることになった。

盛親の不運は関ヶ原の時からはじまる。この夏、石田三成、増田長盛、長束正家らは、家康東征の虚に乗じて、挙兵の檄を諸国へとばした。その去就を決定する軍評定が、高知浦戸の城内で開かれた。諸臣に意見を糺したが、容易に決まらなかった。東、西いずれにつくか、それによって家国の運命を賭けることになる。東軍家康に附かんとするものに、長老組が多い。これは嘗て四国戦争に従軍してさんざんの辛苦のあげく、全土を平定した処へ、秀吉の西国軍数十万に押しまくられ、折角の領土を返上しなければならなかった。その無念を覚えていたからである。

「先君は生前、徳川殿と通じ紀州根来雑賀《ねごろさいが》と共に三角同盟を結び、大坂城攻撃を申し合せた。然るにこの時は既に天目山の戦はじまり、徳川殿、太閤殿と講和ありし直後のことでござった。（せめて十日以前に申し来るに於ては、東西より攻立てば上勢、敗軍して我等の勝利を得べきこと目前なるに、残念さ互ひの心中、御察し成され候へ）と当時、家康殿を歎かせたことでござった。そもそも四国中、三国を削られ土佐一国を残したるは誰の故か。今この際こそ旧縁同讐《きゆうえんどうしゆう》を以て、東軍と相結び、先君の宿望を担《にな》うが、あっぱれ新君の果すべきこと」

とすすめる。これに対して西軍石田方に味方せんとする者は、若い家臣の中にある。

石田三成は若い者に人気があった。秀吉の遺児を擁する三成への敬意も含まれている。家康の陰然たる勢力や、くすんだような狡猾さを心よく思わず、十佐人の直情径行が、彼の古沼のような気性を嫌悪する向きがある。

「いやいや、先君生前の恩誼と申せば、誰を措いても太閤殿が無論第一のこと。四国戦争のことは、我等若年にて詳《つまび》らかにせずと雖も、聚楽第、北野の茶会、又は伏見土佐邸での招宴をはじめとし、先君と太閤殿との交りは、諸侯をこえて一段と篤かりしは、衆目の知るところでござる。さらに太閤殿御臨終の際は、秀頼殿について、特に誓紙も入れられしこと。我等などて、東国（家康）の下風に立つことがござろうぞ」

と主張する。盛親は最後に立って、きっぱりと断を下して席をたった。

「亡父生前の思慮と言い、国中の前途と言い、予は東軍に属する考えじゃ」

十市新左衛門、町三郎右衛門の二人が使者となって、直ちに家康に声息《せいそく》を通ずるため、上方に出発した。盛親も八月兵を率いて、大坂に上る。使者は江州水口迄行ったところが、既に石田方が関を固め、通路を扼《やく》して通れない。西国諸侯が、東軍に味方することをおそれて妨げて居たのである。両使この際、あらゆる手を打って使命を達しようとしたが、固く遮られて、叶わなかった。このことを国許に注進せんとして、帰ってくるところ、大坂で長宗我部勢と出あった。盛親は事の次第をきくと、

「よいわ。運は天に在り、人は地に有り。何んぞ小細工を以て、これ以上のことを為すべきや」

と言い放って、飄然、西軍に投じてゆく。運命は大きく転回した。盛親は末子として、存分に父の寵愛を受けて育った。己の行為は善意に依って、迎えられると信じている。労苦知らずの楽天的な運命論者であったと言える。そうでなくとも、今は西軍に属するより手はなかったのである。

関ヶ原合戦当日は、長束正家、毛利吉政、安国寺恵瓊と共に、南宮山麓栗原に布陣する。然るにここは全くの聾《つんぼ》桟敷《さじき》で、戦線数里を距てて、敵味方の勝負すら分明せぬ。機を察して東軍を横撃せんとする戦法に出たが、数刻後には、その必要は無く

なった。石田方前軍が既に総崩れとなったからである。

味方敗退は吉田孫左衛門の決死的な斥候と、僚陣《りようじん》島津家からの諜報によって判明した。それから、大部隊の退却がはじまった。攻めるよりも、兵を損せずして逃げることは難いとされている。盛親はこのことあるを知っていたのか、既に輜重《しちよう》の車輛はことごとく先きに送りかえしてあったので、その働きは比較的容易であった。けれども勝ちに乗じた敵将浅野、池田、蜂須賀の軍勢は途中を要して、猛然と襲ってくる。折り柄、車軸《しやじく》を流す大雨となり、泥濘に脚をとられ、戦列は乱れ討たれるものも次第に増す。盛親軍麾下の諸将である西和田、久万、大高坂らの部将をはじめ百三十余騎が、雨中に斃れ捨てられた。

漸くこの敗兵をまとめて伊勢に出て、伊賀を越え、泉州堺に到る。堺では小出《こいで》播磨守の軍に遮《さえぎ》られたが、戦て之を敗る。散々な目にあって振り出しの大坂に帰ってきた。しかし、もはや賽《さい》は投げられていた。戦わなかったと言い訳は出来ても、敵対したことには、変りはない。その罪は免がれぬ。盛親は大坂より家臣立石助兵衛、横山新兵衛を残して、井伊直政に使いし、徳川家へ取りなし方を頼み、急ぎ帰国した。

浦戸城にかえりつくと、城地を修め、兵糧を貯え、国中に令して守備を厳重にすることを、忘れなかった。すると盛親帰国の跡を逐うようにして、井伊の使者が土佐へ罷《まか》り越した。

「先般、あれ程の戦いに参加していながら、家康公御前の取成し、単に家臣を以ての口上では、困難故、是非、盛親殿自身で上坂の上、親しく謝罪あるべし」

その旨を伝える。盛親じきじきの上坂は重大である。まして一国の運命を左右する時である。再び城内でこれをめぐって会議が開かれた。先年長宗我部家の継子問題で、切腹して果てた吉良左京進の妹婿に当る大黒《おおぐろ》備前守《びぜんのかみ》主計《いえど》は、

「井伊殿お取持の上は、相違あるべからずと雖も、すべて公儀は計り難い。倥偬《こうそう》に御上りありて、敵の虜《とりこ》と成りたまいては、臍《ほぞ》を嚙《か》むとも、甲斐なきこと。さらば運を天に任せて、籠城の御覚悟なされよ」

と言って、敵の術中に陥《おちい》るよりも、むしろ決戦を構えよ、と主張する。

「左様に上方の遣《や》り口をお疑いなら、大黒殿は、敵を迎えての具体策をお持ちの筈と存ずるが……」

と久武内蔵助親直が大黒の方を向いた。内蔵助は先年、盛親を跡目にたて吉良右京進ら七人を、讒言《ざんげん》して亡ぼし権力をふるっている寵臣である。

「されば、我が土佐は山岳重畳の国にて、大軍を動かすには便ではござらぬ。小兵を携げての奇兵戦場には絶好の地勢でござる。殊に山地険難の野根山の砦《とりで》をはじめ、

万夫不当の要害多く、案内知らぬ他国者の迂闊《うかつ》に足を踏入れる土地に非ず。昔源平の合戦の時、幾百の平家の残党が、此処に潜匿《せんとく》致したが、源氏一統の世とても、討伐する能わず、残党安穏にて今に到る。いまこの深山幽谷に吾等の妻子眷属《けんぞく》を住わし、国内の壮丁、天険に拠って陰見出没、勇戦奮闘するならば天下を敵とするも、五年十年支えざる理《ことわり》はござるまい。かくてその内、敵は疲弊困憊《ひへいこんぼう》し、やがては土佐は、徳川の天下より独立する道理ではござらぬか」

大黒が悪びれず堂々と自説を述べたに対し、同じ主戦論の戸波《へわ》右兵衛親武は、異説をはさむ。

「成程、成程。大黒殿のいうところ一理あるに似たれど、第一、源平時代を以て今日を律するは、失当というものよ。今天下一統の世とはなり、文物進み交通拓けて繫らざる山林なく炊煙《すいえん》上らざる幽谷もござらぬに、若し百万の大軍押し寄せ来らば、妻子《さいし》眷属《けんぞく》先ず生捕られ、之を見殺しにして逃げまわる、長宗我部武士の末路よ、と天下の物笑いになるが、関の山。所詮死すべき定命《さだめ》ならば、我等この浦戸の城を生涯の墓所と決めて、北は種崎仁井田の浜、西は長浜日出野と打って出て、討死し、せめて武名を末代に残すが、土佐武士の本懐《ほんかい》ではござらぬか」

と御前をおそれる様子もなくまくしたてた。盛親はこの双方の言うことを聞きつつ、次第に焦立《いらだ》ってきた。これまでにも「土佐の武士は死に急ぐ」と他国者に言われた程、何かと事があれば、すぐ面目が立つ、立たぬで、腹を切ったり、刃傷沙汰に及ぶ事が多い。由来、この国は九十九里の長い海洋に面し、風光明媚《めいび》、気候温暖で山海の天恵に富んでいる。生活は安定し一種の楽土である。従って来世《らいせ》を念う信仰は栄えず、寺院の廃絶せることも、西国にその比を見ない。彼等には万一、現世に於ける生き方が行きづまると、常に死が唯一の解決策である。今、家臣の提出する言理は、すべてこれと軌《き》を一にするように、思われる。

「大黒、戸波ともに勇ましき覚悟じゃ。——されど別に考えがあるなら、誰にても遠慮なく申すがよい」

久武内蔵助は、既にこの時期を狙っていたように、膝をにじり寄せた。口調には時勢を把握した、自負にみちた説得力があった。

「おそれながら御先代元親殿と、徳川内府殿とは、生前殊に御昵懇《じっこん》の間柄でござった。またこの度の使者は、日頃土佐贔屓《びいき》の井伊殿。その折角の好意と取りなしに縋《すが》って歎願するならば、本領安堵《ほんりょうあんど》は相違ござるまい。まして土佐の山野天険にたてこもるなどは、上方の情勢も心得ざる暴将の言うことよ。誠心誠意を表にあらわせば、誰が捨てようか。窮鳥懐《きゅうちょうふところ》に入るに殺す者のござろうか」

と力強く言う。大黒、戸波らは、真率な武士たちなので、

「暴将とは何事でござるぞ。無謀な 謀《はかりごと》を避けるため、我等が進言したるもの。さてさて、左様な一時の安堵に似た言辞を、これ又、何んの証《あかし》があって申さるるか。殿は年若いが故、一層、譜代の我等が、真実を申しあげてお助け申すべき筈じゃ」

するとと久武、

「各々方も真実、我等も真実。尽す道に嘘いつわりある場合でもござるまい」

と軽くいなすあたり、なかなか老練である。けれども御前会議は既に二つに分れて、水掛け論になりそうな按配である。そこへ谷忠兵衛忠澄は、

「皆の衆ひかえられい。殿の御前ぞ。腹一杯言うに不足はないが、私闘の場でもござるまい。されば殿の御決断を――」

と仰ぎみる。忠兵衛こそ、秀吉の四国征伐の時、単身赴いて、秀吉と掛けあって、土佐の安堵を誓わせた剛胆の士である。

「蒼民《そうみん》をいたずらに騒がせ、甲斐なき戦いをして、万一敗れるよりは、自ら出向いて良いことなら、予が行くぞ」

と盛親、眉をあげて言い放った。

その夜更けて亥《い》ノ刻（午後十時過ぎ）盛親の館に「火急おめもじしたき件あるにつ

き通されたい」

と言って、久武が忍びの態で入ってきた。盛親は場合が場合なので、この寵臣《ちょうしん》を入れた。半刻ばかりの後、館を出た久武の面には、何かを決するものの如く、蒼く引きしまっている。翌日、久武は急に兵を出し、数百騎を以て香美郡岩村の吉祥寺に到り、盛親の兄津野孫次郎親忠を取り囲んだ。

「主命によりお腹召されよ」

と伝える。親忠は、

「扨ては己が藤堂殿と結んで、関ヶ原合戦に秘かに徳川殿と通じたるを疑ったか。今更ら徳川殿の天下となりたるに、無念不覚ぞ」と歯嚙みしつつ、今はこれまでと主従妻子ともども自刎《じふん》して果てた。

慶長五年十月、盛親は船ではるばる大坂に上る。冬の海は荒れ模様で、はや室戸の沖を廻る頃には、波が舳先《へさき》を嚙み、時々雲間からこぼれ落ちる光が、不気味であった。盛親は遥か岬の龍神に向い、誦じつづけた。

「喝声《かっせい》は窮鬼《きゅうき》を叱り　赤脚は刀山を走る

一線の路好く通じ　三界関を脱却《だつきやく》す」

僧侶が引導を渡す時の句である。再び運を天に委せたことを、己に確かめてみた。運命の裁《さば》きについて、不平を言うまいと覚悟し直した。これより一路伏見に出て家康の元に到れば、どういう裁きがあるか、それらは一切不明不定の事柄である。船はその頼りない運命の主従をのせて、荒れてゆく冬の海を、一路東へと急いだ。

伏見の藩邸に着くと、盛親は忽ち、監禁同様の身となった。兄親忠を殺して出国してきたことを、藤堂和泉守より聞いた家康は、怒りを面上に漂わせて、

「此の度び、先づは早々《はやばや》、土佐より来り詫びを入れたるは神妙なるに、兄を弑逆《しぎやく》するとは、元親の子に左様な不届の者がいたか」

と言って、一国はおろか、急ぎ盛親を誅戮《ちゆうりく》せよ、とまで命じた。兄の親忠は徳川方とはかねて懇意であった。従って藤堂らの肝煎りで、この際、土佐一国か半分は親忠に下さる懸念があった。これによって、上坂前、久武の奸策を入れ、兄を自刃させてしまった。盛親は血迷っていた。船にのる頃から悔悟と懊悩が次第に拡がってきたが、もはや追いつかなかった。

井伊直政はこの時、取り直し顔に家康に耳打ちして、

「盛親は土佐から釣り出された、人質同様の身でござりますぞ。今彼を斬るより彼を生かして、囮となし、土佐一国を無手で取り上げるが上策と存じまする」

という。

「さらばその策は――」

と問えば、

「いかにもこの胸中に。――よし兄殺しがあろうと無かろうと、領国没収は既定のことにて、罪状処断の口実は、彼方がもたらしてくれ申しましたわい」

と家康主従、笑いあった。

領国没収はあくまで、盛親に秘しておいて、死一等は我らの斡旋《あっせん》により取りのぞかれた。其の余のこと、家康公御前は追って取りなす。当分、御領国は我等に預けおけ、と迫る。よし、井伊にたばかれたにしろ、手足掩《もが》れた人質の盛親に、今何んの手立てがあろう。

盛親は浦戸城中会議で、大黒の言った「公儀計り難し。お上りあって敵の虜《とりこ》となりたまいて、臍《ほぞ》をかむとも詮なきこと」と言った言葉が、耳許を去来して止まぬ。けれどもはや遅い。どちらにしろ運は天にある。信じ難きを信ずるより外なかった。そこで井伊へ、

「ともかく井伊殿を頼み奉る」

と言うと、井伊はすかさず、

「然らば、高知浦戸城を預る家老に宛て、異議なく城を相渡すべし、との一札を書かれよ」

と迫る。元親は遂にこれを諾した。何ものとも知れぬものに、ひきずりまわされている己を感じた。ここまでくる途中の焦慮は、もはや拭いさられていたが、無力に包まれていた。

十月十七日、盛親の一札をさげた井伊の家臣鈴木平兵衛が、兵三百を船八艘に乗り込ませて土佐に向った。これを迎えて浦戸一揆がおきた。家中派（家老重臣連）と一領具足派（郷士民兵連）とのはげしい抗争に発展したが、四十余日後の十二月五日、城中貯うる所の馬匹弾薬《ばひつだんやく》ことごとくを、新国主、掛川六万石の山内家に引渡すこととなる。この間、家中派に討たれた、一領具足組の首級二百七十余が、浦戸南八丁の畷《なわて》に梟《さら》された。

これと前後して盛親は、伏見の藩邸を没収され、京都柳ガ辻の町人富田静斉の元に、身柄を預けられた。名を祐夢《ゆうむ》と改め、手習師匠となり、僅に露命をつなぐこととなった。昨日までの一国一城の主が、今日は一市井の手習師匠である。

父祖数代に亘り、風に櫛り、雨に浴して数十年、惨胆たる経営をもって購い得た、四国のうち三国は、太閤秀吉に捧げ、さらに残された祖父の墳墓の地まで、人手に奪わる。今、何んの感慨があろうか。

これが運命であり、武運であり又、家国の隆替というものであろうか。己の無才の故でもあろう。石田三成はじめ西軍の主だった安国寺恵瓊、小西行長、長束正家など、敵の手中におちて京中をひき廻されて、ついこのさき木枯の吹きあれる六条磧《かわら》で、首を打たれた。中でも行長はバテレンの故に最後まで自殺を拒んで果てた。三十六国四十余人の西国大名を動かし、堂々家康を向うにまわした石田治部三成の才覚を以てしても、亡びる時は亡びてしまう。定命であろう、そう思いつつ、盛親は道服に着替えて硯をひきよせる。

人あって、石田や小西らの首が、三条橋下に曝されていることを、祐夢先生のところへ知らせてくる。けれども盛親は行かなかった。死は余沢にもならぬ。よし惜しまれた死と雖も、消滅にかわりはない。生だけが力強くこの世に生きている。生命長らえて時を俟とう。死者には死者をして語らしめよう、そう思って遥かに三条の方に向って回向《えこう》を捧げた。

盛親ははじめての陋巷《ろうこう》の、隙間を吹きぬける部屋の中で、京の寒い北山おろしに身を揉んだ。そして風の音の寂しい呻り声を、生れてはじめて聞く思いがした。己はこの年、二十六歳になるまで、何も人間について、人生について知り得なかった。――長い間忠義顔して仕えていた久武内蔵助は、浦戸城内の什器重宝の数々を携え、国替のどさくさに紛れて、肥後に逃れて仕官したとか。また重代弓矢の誉の高かった桑名弥次兵衛は伊勢の国に、その他、名ある家臣の面々が、多く他国に縁故をたよって、身上を売りに出て行ったとか。その外、異郷に奔って浪々の身で送るもの、新主山内家に召しかかえられるもの、野に下って百姓になって身すぎをするもの等、四散の情が、耳に入る。

この中でも谷忠兵衛の死に、盛親は力をおとした。忠兵衛は浦戸城一揆の後、高知中村城代職のまま、病死した。十数年昔の天正の頃、四国討伐の太閤を向うにまわし、四国全土を長宗我部家に与えよ、と主張し「元親殿を四国押領《おうりよう》の罪人と宣《のたも》うならば、太閤殿こそ天下押領《おうりよう》の罪人ではござらぬか」と言って引かなかった。だが今回の土佐引渡しの合戦に際して、一領具足方総大将竹内総右衛門は、「土佐半国を盛親殿に与えよ」と嘆願する。しかも相手は陪々臣たる井伊の家臣鈴木である。これすら、とても承引罷りならぬと言われると「然らば一郡か、せめて十箇村でも下しおかれたい」と願いを重ねている。

四国一切を長宗我部に与えよと言った忠兵衛の死、たとえ十カ村でもと嘆願して戦死した一領具足たち——これをきいた時、盛親ははじめて流涕《りゅうてい》を禁じ得なかった。けれども恥曝《はじさら》して、一辺の寸士を受けるよりも、陋巷で人にも知られず、暮す方が、己の今の心に適っている。無一物中の王者の位こそ、この落魄にふさわしいではないか。

それから十五年の星霜が流れた。京洛の片隅に、手習師匠祐夢先生で、彼の一代が終るかと思いの外、慶長十九年（一六一四）十月がきた。もはや訪れまいかと思われていた、機会が訪れた。

これまでにも京都所司代板倉伊賀守の、きびしい探索の眼は、盛親の身辺に光っていた。同年秋のことである。大坂の風雲が急を告げ、秀頼、淀君母子の檄が、四方にとんで入城の士を、天下に求める噂が高くなった。その頃より一層、盛親の身辺は警戒がきびしくなった。

ある日、伊賀守は烏丸の寺小屋師匠祐夢斎を、召換した。大坂方一味の実否を糾した。盛親は誠心を、面に表わし淀みなく陳弁した。

「弓矢八幡も照覧あれ。かく落ぶれ果てし我等に、今更ら何とて大坂より加勢の頼みやござらん。又斯様《かよう》におちぶれては、応ずることも叶わず」

色白で、恰福はいいが、洗いはげた紋服と漆のとれた脇差姿を打ち省りみて淋しく笑う。伊賀守は頷《うなず》き、盛親を信じてその警戒をゆるめた。

盛親は其夜の中に、急遽《きゆうきよ》、甲冑に身を固めて、烏丸の寓居を出た。高瀬舟に乗って伏見へ下る。折りから十日の薄月がさし、秋風がなって、急ぐ身でなければ酒でも一杯汲みたい、爽涼たる気配である。淀枚方《よどひらかた》に差し懸る頃から、影の如く武者一騎が、何処よりともなく馳せ参ずる。これを合図とするように、途中、処々から這い寄るように二騎、三騎と盛親を慕って来る。黎明、大坂城門に入る頃には、郎党百騎に近い者を、数え加えた。

盛親の旧臣には、久武らの如く他藩に仕を求めて走る者もあったが、二君にまみえるを潔《いさぎよ》しとしない者も尠くなかった。兵庫、尼崎に出て、街頭に食を乞うものもある。田に入って鍬をとるものもある。山野に飢ゆるものもある。去就十態《きよしゆうせんたい》、離落の状は言うに忍びないものがあったが、唯一の光は、大坂城の堅塁《けんるい》と、主君盛親の健在であった。執れの日か、大坂方が天下となり、盛親の旧領恢復《かいふく》に期待が繋《つな》がれていた。ここに盛親、大坂城に到るの消息が伝わると、旧主を慕って四方より馳せ参ずる者、踵《きびす》を接した。

久万《くま》兵庫《ひょうご》の孫である久万豊後守俊朝は、藤堂高虎に仕官していたが、大坂の報をきくと、仕《し》を致して上方に向った。その途次疾病に罹り、合戦に間に合わなかったのを恥じ、切腹した。五百蔵《いおろい》左馬進は紀州に落延びて、浅野家に仕えていたが、妻子を田辺に残して訣別を叙し、単身大坂に馳参じて、後討死した。

高知安田城主だった安田又左衛門は、妻子を郷里に捨てて、大坂城に入った。高知奈半利の山麓に佗住居していた彼の妻は、四歳を頭に、二人の子供を掻抱《かきだ》いて、夫の跡を逐って野根山を越えた。折り悪しく甲浦からの便船が風難に逢い、椿泊《つばきどまり》で船懸りしているところへ、大坂城の悲報に接し、守刀で二児を刺し、かえす刀で喉をついて、遥かに夫君に殉じて果てた。

近藤三休は同じく高知奈半利の住人であったが、大坂へ向った後、妻子眷族は山内一豊の手勢に生捕られ、獄に投ぜられて死んだ。幡多郡伊与木の庄屋右近之介は、一族を率いて大坂に向う途次、郷人に逐いかけられ搦めとられた。南部太郎左衛門、本山次郎左衛門らは、山内家に召出されていたが、この時俸禄を抛《なげう》って、大坂へ籠城した。

其の他、山谷に隠れた者、都門に潜んだ者ら、舟に乗り、谷を渡り、大坂に馳来る者引きも切らず、盛親は忽ちにして数百の家臣を従えた。彼等の胸中には果して、豊臣の天下となる成算があったであろうか。旧主に対する衷情《ちゅうじょう》によって、馬前に戦い討死を覚悟している。それだけに大坂城内に於ける、盛親の声望は大変なもので、秀頼からも粗略の扱いを受けることはない。盛親は慶長十九年十月より翌元和元年五月迄の八箇月を、籠城していたが、その間、真田幸村、毛利勝長と共に、「城中三人衆」と呼ばれた。後に後藤又兵衛基次、明石掃部介全登を加えて、「五人衆」と称された。軍評定の席では、第一座を占めるのが盛親で、真田、毛利と居並ぶ。秀頼から大野修理を以て、諸将に策戦の下問があると、

「先ず長宗我部殿こそ」

と真田幸村が推す。

「否々、真田殿ならではかかる謀り事を、申し出ずべき人あるとも思われず」

と盛親は譲った。人々はこの応酬の立派さに、さすがに前土佐の太守よ、と噂しあった。

盛親は五月十五日、高手小手《たかてこて》に禁《いまし》めて、京都大通りを引廻された。群る人々は、縄うたれ車にのせられた盛親一党を見んものと、沿道垣をきずく。物見高い京童たちは、口々に勝手なことを噂しささやき合った。

「みてみやれ、あれが長宗我部殿よ。大坂城も陥《お》ち、秀頼公も自刃されたのに、独り淀川べりを遁げまわったそうな」

「ほほ、土佐の前太守殿の御家運もこれで末でおじゃるわ。某《それがし》は、天正の頃、太閤殿に伺候のため、五十人の士卒をひきいられた父宮内少輔元親殿の行列を眺め申した。茶筅《ちゃせん》の結髪と、短い筒っぽ袖の素朴な土佐武士が、西国一の弓取りの誇を以て、同じこの大通りを歩いておじゃったが、まるで昨日のようで、よう忘れられぬわい。今日の盛親殿の姿をみれば、世も移り、星も替るものよなあ」

六十を越した翁が、杖に身をよせて語りだす。

「いやとよ、そればかりではおじゃらぬわ。その宮内少輔殿が、太閤殿を伏見の土佐邸に招かれて饗宴をひらいた時の大盤ふるまいに、徳川内府殿も、土佐は五十万石以上のお国柄か、と驚いたとは、当時の語り草でもあったそうな」

「その御曹子《おんぞうし》が、昨日は二条城の門脇につながれ、下郎の喰う山折敷《やまおしき》をあてがわれて、最後の舌つづみをうたれた由、生恥晒《いきはじさら》されたたな」

「いや、そうは聞かなんだ。盛親殿は『かような下郎の食を出すとは、まこと、世も末、武道もすたれたり、速かに首を刎《は》ねよ』と一喝《かつ》されたと言うよ」

「井伊殿が膳部《ぜんぶ》を改めて、無礼を詫びられたと聞く」

「某《それがし》も、こんな話を聞き申した。その城門に雨晒しのまま繋《つな》がれていた盛親殿に、登城の島津殿が、自分の傘をさしかけて、置いてゆかれたとな」

「昨今、我らは諸々なものを、続けざまに見てきて、こう肝もつぶさずにいられることの甚しさよ。何年昔になったか喃、関白秀次殿の妻妾三十人にいたいけない稚児まで曳かれて、首刎《は》られたのも、もの凄かったわ。小西行長殿、石田治部殿の打ち首も、つい先きのことじゃった。この道沿いを車に乗せられ曳かれてきたのじゃ。我等、長らえば見るもの多いことよ」

「あれ、見てご覧うじろ——。繋られても胸はって目とじてくるわ。天下に弓引き仇した罰か」

「いやいや、大きな声では申されぬが、これも敗けたが運の尽き、天下に見せしめのお仕置きじゃ。昨日までの朋輩も、一旦弓矢を交えると、かくの如き事に終る。洵《まこと》、無惨よな。南無阿弥陀仏、南無阿弥陀仏——」

「まあ、お年寄り、そうお嘆きなさっても甲斐なき業じゃ。しばらく続いた戦もこれで絶え、内府様が全国に号令する筈とか。亡びるものは夙《はや》く討たれておけば、よかったものよの。まこと長宗我部殿も前代未聞の恥辱《ちじょく》じゃ」

同情も罵りも、弔いも憎しみもそれらが風のように聞えてくる。盛親は目を瞑じたまま、曳かれていた。破れた戎衣《かいい》には汗がたまり、陽ざしが顔のまわりにあった。嘗て四国の隅々まではためき、京都にあっては諸国の大名達の中で重きをなした酢漿草《かたばみ》の家紋も、今は雨露に朽ち色あせて、己の背に忌々《いまいま》しい紋様をえがいている。

盛親は、引かれながら頭《かしら》をめぐらして、風の匂いを聴いていた。緑の葉を裏返しながら、風が渡ってくる。濃い初夏の風である。かすかに卯の花の香がした。

眼を閉じた盛親の耳に、樹々の騒めき、群集のどよめきが潮騒《しおざい》のように鳴っていた。土佐の紺々《こんこん》と青い海、あの茫々とかき暮れるばかりに美しい、春先きに生れる黒潮の流れ、陸に向けて新しい生命が沸《た》ぎり、その上に普《あま》ねく降りそそぐ光は、もう再び見ることはかなうまい。

しかし心はおだやかであった。すべての妄執から解き放たれて、盛親は限りなく自由であった。その時盛親の面上めがけて、突然唾を吐きかけるように、

「生恥さらしの盛親殿よ、舌咬み切って死ねはしまい」

と憎々しげに嘲りきこえた。

人は屈辱だけに対して怒り得る。しかるに己は怒らなかった。「己は卑怯ものか」とここまでに何度も自問していた。けれども今は、口巾たい事を言う群集を、無心に見かえすことが出来る。己の行為が、嘲弄に価いし、捨てるべき生命を、故意に長ら

えたことが、武士社会の規律と名誉に反するか。数日前、二条城内で白州《しらす》に引据えられた。見上げると上段の間に徳川秀忠がいる。秀忠はとらわれの盛親を睨みすえていた。その目には勝者の寛容さも見出せなかった。

「長宗我部殿は一手の大将たるに、何とて、討死するか、自害せざるや」

と語気鋭く下問がある。盛親は、

「左様、我れも一手の大将なれば、妄《みだ》りに死を軽んずべき様はござらぬ」

「されば天下の状勢、只今判然と黒白分明しておるに、かかる予測も覚悟も無き盛親殿か」と畳み込んでたづねる。

「されば、勝負は時の運、不運。いかに名器の将と雖も、戦わで勝つべき馬鹿もござるまい。大坂にて討死するは士卒のことよ。大将と成る者は、率爾《そつじ》の討死はせぬもの。昔より名ある大将の生捕になりたる事、敢て恥にはあらず。後の望を心懸くる故でござる」

と泰然として答える。すると秀忠の顔が歪《ゆが》むようにおぼえた。

「秀頼殿もなき今日、なんの後事を計りて命を惜むぞ。強がりも程々に言うがよい」

「否、我ら殊の外、命惜しくてござる。たとえ秀頼公なくとも、一矢も酬わで死すこそ口惜し。生命と右の手さえあれば、采幣《さいへい》を遣《つか》い、運さえ強ければ、東将軍《あづま》（家康）

を斬くの如くにせんものを」

と盛親、縄目の下から腕を扼して、秀忠を睨みかえす。並いるものら、何んの曳かれ者の小唄よ、雑言無礼千万と、膝を立てるものもある。一方では心中深く、まこと盛親殿の無念、縄目の外にこぼれるよと、ひそかに想いを寄せる者もある。

討たれる筈の六条磧が次第に目に見えて来た。白州できっぱり言い開いた再挙の謀も、報復の機会も訪れない。やがて、己はこの現実とも瞬時に断絶するであろう。仏法にいう輪廻転生《りんねてんしょう》がどういうものかは知らぬ。信じられぬ。只、この世に生きることから、敗れたことで生者たちから、己は死まで追い遣られるという、まことに冷たい掟が横たわっている。

それもよい。熟《いず》れ喪う生命を長らえるだけ長らえたのも、再び決して照し出されまい、この生の世界を、最後の幕まで戦い拓《ひら》いて、見とどけることであった。死んではなんにもならぬ。生だけがこの世のものだ、と思ってきた。その己を人は卑怯未練と罵り、臆病者とまで言い放った。拙い運命を、己は最後まで生き抜いてきた。それが何が悪かろう。立派と言われなくとも、見事に生きてきた。

生き抜いたことに、恥辱が与えられる。無念であると言えばその一点だが、これも定命、よく忍び永らえてきたことぞ、そう考える己の心は孤独であった。この考えすら人は「卑怯」と呼ぶであろうか。己は大勇猛心だとさえ思っている。まずそれもよいわ、一片の土に返れば、やがて人も忘れ去るであろう。――そう思うと心は落ちついてきた。昨日までの再挙をはかろうとしたことも、せめて屍を故郷の山に横たえんと思ったことも、遠い日のことのように思えてくる。

六条磧《かわら》には初夏の光が溢れ、加茂川の水は澄みわたって流れている。盛親はその紺色の流れを目に入れた時、捕われる日、河原の仮寝《うたたね》でみた夢の世界を、まざまざと眼前に再現した。南国の黒潮の海と、幼い千振姫が、不意に衝き上げるように、意識に甦った。千振姫は、その幼い頃のまま亡んで、この世にいないはずだ。だが一度でいい、浦戸に帰ってあの海辺や、己の育った城壁を仰ぎ見たい。煙のような潮に囲まれて磯に立ってみたい。これが、盛親が過去に向けた、最後の眩《くる》めくばかりの光芒の一閃であった。次の一瞬大きな音立てて停った車から盛親は降されていた。

きつくゆわえられた縄つきのまま、川に向って肩を張った。思いきりこの世の最後の空気を胸にすってみた。河原には竹矢来を打ち廻し、塚穴が掘られ一切の用意が出来ていた。打首は重悪罪人のあつかいである。くくられたまま首さしのべて、後に廻った太刀取に打たれる寸法である。盛親は所定の荒莚の上につくと、傍らの検使の役人に向って

「今生のわかれに、一曲謡って終りたいが、許されい」

と乞うた。土佐では亡父元親が文武諸芸の師範を招いて、礼学文学を夙《はや》くからひろめていたので、その家中の者から、碁、鞠、笛、茶道、連歌など心得て上達する者が尠くなかった。盛親は藤田の門弟宗因について、能楽をたのしみ、その舞い振りも凡手ではなかった。

役人は今にも首おとされる罪人が、かかる申し出をなしたのは、前例もなきことである。早く処断して、この大役を片づけてしまえば済む。躊躇している片方の同役に耳打ちすると、

「勝手に召されよ」

と答えた。盛親には小役人の、一つ一つの返事は今更らどうでもよかった。今は己の手で腹を割くこともできぬ代り、頭身処を異にする時までは、自由の効くのは、この口だけである。盛親は正座の姿勢で、朗々と謡いはじめた。捕われの身といえども嘗《かつ》て一国の太守にふさわしい、よく響く、錆のある声である。戦陣の間に鍛え、長い陋巷《ろうこう》の辛苦にも耐え抜いてきた、味のある謡いぶりであった。

俄かに朗々とひびいてくる謡に、今までざわめいて木柵に群がっていた見物衆も、静まっていった。謡は義経の霊が弓流しを語る、「屋嶋」である。

〽声も更けゆく浦かぜの〳〵、松が根枕そばだて丶、思ひを延ぶる苔筵《こけむしろ》、重ねて夢を待ちゐたり、重ねて夢を待ちゐたり。

〽落花枝に帰らず。破鏡《はきよう》ふた丶び照らさず。然れども猶妄執《もうしゆう》の瞋恚《しんに》とて、鬼神魂《こん》魄《ぱく》の境界にかへり、我と此身を苦しめて、修羅《しゆら》の巷《ちまた》によりくる浪の、浅からざりし業因《ごおいん》かな。

〽もの丶ふの、屋嶋に入るや弓月の〳〵、本《もと》の身ながら又爰《ここ》に、弓箭《きゆうせん》の道は迷はぬに、迷ひけるぞ。生死の海山を離れやらで、帰る屋嶋の恨めしや。とにかくに執心の、残りの海の深き夜に、夢物語り申すなり、夢物語り申すなり——

この条が、終るか終らないうちに、背後の刀が、合図もかけず盛親の首を打ちおとした。けれども「屋嶋」の謡いは、しばらく後をおって、加茂のながれに乗って、流れつづけてくるように思えた。謡がとだえても、矢来の群集は、しばらく声を失っていた。

この日の光景について、「兵家茶話抄」には「長宗我部殿男振り見事にて、流石《さすが》一城の主と見ゆる人品也。最後迄少しも臆する気色《きしよく》、聊《いささ》かもなかりし也」とある。

# あとがき

私ごとで恐縮であるが、亡父佐太郎は朝起きて洗顔の際、眉を水にぬらして撫でつけながら、

「あだことよ」

と、自らに言い聞かすように、よく言っていた。「おはよう」という挨拶より、幼少の私には印象的であった。

「あだこと」は土佐言葉で、語源は確かと分からないが、「仇事」「空事」とも書ける。あだなこと、虚しいこと、つまらぬことの語感もある。たやすいこと、たいしたこともない、些細なこと、という意味も含まれていはしないか。眉毛を水で整えながら、自分の人生を叱咤し励ましていたのかも知れない。

父は、高知市郊外の農村に、地主の家の長男として明治十一年に生まれて、敗戦の年、昭和二十年秋、六十七歳で亡くなっている。平凡な一生であった。若い頃は郡会議員や村会議員、役場助役をつとめ、地方政治に情熱を燃やしたらしいが、父の晩年に生まれた私がもの心ついた頃には、一切の公の役職から身を退いて、何羽も軍鶏を

飼い、株式相場を相手に暮らしていた。

戦後、私は、生れ故郷を離れ焼跡の東京に棲みついて、ほとんど半世紀になるが、私の手許に父の遺品が二つある。

軍鶏狂いの父が、その蹴合いで特賞として受けとった桐の簞笥《たんす》と、ピストルの皮のケースである。拙作「闘鶏絵図」(昭和三十九年度第五十一回直木賞候補作品)は、この亡父と軍鶏をモデルにした小説である。

四国征伐の合戦で、豊臣秀吉に敗れた晩年の長宗我部元親が、軍鶏を家臣の鶏と闘わせ、自らを慰めたと設定し、「天下の夢を喪い、蹉跌《さてつ》の上にあざなわれた人生」を、戦国武将の中に、軍鶏狂いとして描いたものである。亡父は晩年、世間から身を退き、株に失敗し敗亡のうちに終った没落地主だったのである。

ピストルは六連発蓮根《れんこん》型アメリカ製であった。昭和十年代、日中戦争の最中、中学生の私は、父の命令でこれを携えて、高知県警察署へ献納した。弾丸も二十発を添えて提出した記憶がある。

このピストルには辛い想い出がある。民政党、政友会の地方政治の激しい政争に際して護身用として、近所のE兄弟と揃って三人で購求したものであった。

後日、E兄弟は二人ともピストル自殺を遂げている。地方の旧家の兄弟が、子供も道連れにした事件は、当時「鉄砲腹を切った」といって、平穏な村人を驚かせた。時代は第二次世界大戦の暗い世相に向っていたのである。

三挺のうち残った一挺が、父のものであった。父の心底には、E兄弟への尽きぬ哀悼のこころがあったはずである。人生なべて「あだこと」である。いつの間にか父の年を越えてしまった豚児には、この方言に、人の世の険しさ、虚しさに対する、自己激励を感ずる昨今である。

昨春、学陽書房編集部長高橋脩氏より「長宗我部元親」の一代物語、史話（史伝）を要請されて、私は一夏かけて二百二十枚第一部を書きおろした。

第二部には、歴史小説三篇をおさめた。

「放鶴絵図」（昭和二十九年正月「詩と真実」第二号）

「闘鶏絵図」（昭和三十一年七月「詩と真実」第十号）

「落武者」（昭和三十年十二月「詩と真実」第八号）

「放鶴絵図」の戸次川渡河作戦席上、三好存保が仙石秀久の渡河に同調して、元親と対立するところは、史実（第一部第五章、悲運戸次川合戦）に反するシーンであるが、私は武将たちの戦場怨恨に荷担して、小説的フィクションとして描いた。

また「放鶴絵図」の、岡豊城下鶴田のお留場は、作者の創作である。実際は長浜に鶴田があって、幕末吉田東洋の鶴田塾があった。

いずれも四十年前の若書き旧作で、書き改めることも考えたが、字句の訂正にとどめ文章も殆んどそのままを載せた。一度の文学は一度しか燃焼できないと、思うからである。

再来年（平成十一年五月）は、元親四百年忌である。浦戸城下長浜若宮八幡宮に元親初陣の銅像が建ち、元親の再誕、再生の時を迎えるのである。元親の生涯は、やはり清濁併せ持った土佐の原風景を見る思いがする。土佐人の原点として遡るべき人物ではなかろうか。

幕末明治の、脱藩して斃れた坂本龍馬、中岡慎太郎、吉村虎太郎ら、あるいは自由民権の板垣退助、植木枝盛、中江兆民から馬場辰猪、アナアキスト幸徳秋水に至るまで、近代に大きな影響を及ぼした武将であった。

拙著が生まれるまで多くの人々のお力添えがあった。故平尾道雄先生と、高知県立城東中学校の担任恩師で、高知大学名誉教授山本大先生には、望外の学恩を頂いた。長年の畏友、文芸評論家磯貝勝太郎氏より、拙作について懇篤な解説を頂いた。他に

も尊名を記してお礼を申し上げます。（順不同）

京都府八幡市科手、谷村家。井の頭公園、渋谷光信氏。京都蓮光寺、森哲雄氏。高知闘犬センター弘瀬家。竜月社上田英興氏。高知長浜若宮八幡宮大久保千卉氏。奏親公氏。西尾秋風氏。小野才八郎氏。仲田美佐登氏。竹間久江氏。泉淳氏。吉本一郎氏。三谷万佐雄氏。小美濃清明氏。入交好修氏。江藤治雄氏。高知県立歴史民俗資料館長吉村淑甫氏。谷是氏。松田智幸氏。富田達也氏に目次・小見出し、校正の労を取って頂いた。家人真喜子の、多年にわたる協力に感謝します。

平成九年八月朔日

井ノ頭　神田川畔居にて

宮地佐一郎

# 解説

磯貝勝太郎

悲運の戦国武将、長宗我部元親《ちょうそがべもとちか》は、豊臣秀吉、徳川家康、武田勝頼らと同じ天文年間(一五三九—一五九九)を生きた人物である。

その六十一年にわたる生涯の大半を、土佐の諸豪族の討伐と、四国全土平定のため兵馬倥偬《へいばこうそう》の間《あいだ》に費《ついや》し、「西国一の弓取り」といわれ、天下統一の野望を抱いた。だが、時代の寵児《ちょうじ》、秀吉の四国征伐にあい、幾多の屍山血河《しざんけつか》の戦いで掌中におさめた四国全土を奪われ、もとの土佐一国を返して、いわば元《もと》の木阿弥《もくあみ》となってしまった。

その後の元親も不運であった。知勇兼武《けんぶ》の偉丈夫で、後継者として全幅《ぜんぷく》の信頼をよせていた嫡男の信親《のぶちか》が、天正十四年(一五八六)、秀吉の九州征伐の豊後戸次川《へつぎがわ》(大分市戸次町)の戦いで討死したからである。長男を失った傷心が癒《い》えないまま偏愛する四男盛親《もりちか》を継嗣《けいし》者に決めたことからお家騒動が起こり、反対派を血の粛清《しゅくせい》で弾圧した。この騒動で数人の重臣が上使討ちの犠牲となり、四男の盛親を跡継《あとつぎ》にしたため後年、自ら枝葉を切って根幹を枯らす結果を招いたのである。秀吉から土佐一国の領有を許された元親は、一領具足の農兵制を改制し、兵農分離をおこない、塩田事業、新田開発などの経済策をすすめる一方で、秀吉に心服して小田原の戦役や朝鮮出兵にも老いの身を粉骨砕身《ふんこつさいしん》してはたらいたが、雄図空《ゆうとむな》しく慶長四年(一五九九)に没した。

その翌年、天下分け目の関ヶ原合戦で、盛親は最初、家康の東軍方に味方すべく使者を送ったが、石田三成に妨げられて家康にその誠意は届かず、やむなく西軍側に味方した。しかも、兄の三男、親忠《ちかただ》がかねてから徳川方と懇意だったので、自刃させる破目に追い込んだことは、家康に長宗我部家を除封する口実をあたえた。家康は兄殺しの不義の盛親を追放し、土佐の領国を没収して遠州掛川六万石(静岡県)の山内《やまのうち》一豊《かずとよ》にあたえたので、山内氏が新領主として進駐した。追放された盛親は、名を祐夢《ゆうむ》とあらためて手習師匠となり、京都所司代の監視を受けながら、十四年間、京都でひそかに暮していたが、慶長十九年(一六一四)の大坂の陣に郎党百騎をひきつれて参戦した。だが、大坂城落城後、蜂須賀勢に捕えられた盛親は、元和元年(一六一五)、六条河原で斬首された。長宗我部家の二代目の死滅は、豊臣秀頼や武田勝頼のそれを連想させ、戦国乱世の栄枯盛衰をほうふつさせる。

このたび学陽書房の人物文庫に収録された第一部「長宗我部元親」は、薩長連合に奔走した坂本龍馬と中岡慎太郎の生涯と思想をそれぞれ集成する『坂本龍馬全集』、『中岡慎太郎全集』の編者として著名な宮地佐一郎が、永年にわたってつちかってきた「歴史的真実」にもとづいて書きおろした長宗我部元親の評伝・史伝である。第二部「放鶴絵図」「闘鶏絵図」「落武者」は、アカデミズムを特色として有力新人作家を輩出させたので知られている雑誌「詩と真実」に昭和三十年前後、掲載した歴史小説。その当時、すでに、森鷗外の系譜につらなる作者の文体が確立していたことを明示する正統的な歴史小説であり、「文学的真実」を追究した力作である。第一部、第二部の作品を読みくらべることによって、作者が生涯にわたって探究する「歴史的真実」と、「文学的真実」の相違を知ることができる。

第一部「長宗我部元親」は、土佐国（高知県）の地形が土佐人に影響をあたえ、その国人をして中央（時の日本政府の所在地、京都、東京）を志向させ、日本国全体に向って呼びかけさせた四大テーマがある、と指摘することから起筆されており、冒頭から著者ならではの卓見がみられる。四国の中央を東西につらぬいて走る脊梁《せきりよう》山脈である四国山脈は高くて、けわしい。この峻険《しゆんけん》な四国山脈を北に背負って、三面に海をめぐらしているのが土佐国である。

こんにちでは高知に行くのは飛行機を利用すれば容易である。だが、鉄道で東京や京都から高知へは、四国の土讃本線《どさんほんせん》に乗って行くと、讃岐《さぬき》の琴平あたりから山路にかかり、高知に至るまで、九十九折《つづらお》りの鉄道路を、うねうねと屈曲し、上《あが》りつ、下《くだ》りつ、その間、百幾つかのトンネルをくぐらなければならない。この険阻《けんそ》に鎧《よろ》われた地形が、土佐国をして流人《るにん》、落人《おちうど》の国になさしめ、土佐人の性格を、ひいてはその勤皇運動を、特殊なもののひとつにしたのだといえよう。土佐国には戦国以来、南学《なんがく》が連《れん》綿《めん》としておこなわれ、この海南朱子学といわれる南学が維新にさいして、勤皇運動の母胎《ぼたい》となった。兵農一致という原始的な武士のかたちをとる郷士《ごうし》の制度も、維新にいたるまで残存した。土佐藩では維新の志士として活躍した多くの人たちが、郷士の出身であった。作家の海音寺潮五郎の説によると、この郷士の制度や南学を、転変流動する時代の風潮から、堅固に護りつづけてきたのは、土佐国特有の険阻な地形であったという。

　長宗我部元親の先祖は、流人、落人のたぐいではなく外来の帰化人中、有力氏族であった秦《はた》氏の末裔《まつえい》だという。その先祖をさかのぼると、古代中国の秦《しん》の始皇帝《しこうてい》にたどりつく。始皇帝は紀元前二二一年、中国史上、最初の統一国家を築き、法治主義を重視して国をおさめた。その覇気と精神を意識的に受け継いだ元親は、四国を統一したのち、天下統一の野望を胸中に秘めていた。「長宗我部元親百箇条《ひやっかじょう》」という有名な領国法をつくったのも始皇帝の法治主義を尊重する精神を引き継いだからではなかろうか。若いころから智謀の才に富む将器の人であった元親が、「土佐の出来人《できびと》」と仰がれて、父の国親《くにちか》ゆずりの調略の才覚をはたらかせ、土佐国、さらに四国全土を傘下《さんか》におさめた直後、秀吉の四国征伐をきっかけとして、悲運の一途をたどるてんまつが、激動する乱世の時代相を通して鮮明に映し出されている。

元親は無粋な戦国武将ではなく、歌人、茶人としての教養があり、土佐に伝わる南学を尊重している。南学は机上の講学、空論の学問よりも実践を重んじることを特色とする。元親は伝統的な南学を重視していたが、身をもって実践したとはいえない。嫡男の信親の死後、後継者を決めるにあたって、次男の親和や三男の親忠を無視して四男の盛親を継嗣としたことから、お家騒動を引き起こし、長幼の序を重んじて正論を直言した家臣たちを、あいついで上意討ちにして葬っているからだ。元親は長を疎《おろそか》にして幼を偏愛し、南学の儒教道徳に反するおこないをしている。「長子不例の際は次子是を継ぐは、家の常道なり」と諫言《かんげん》して死んだ家臣たちのあいだに南学の教えは浸透していたのである。

第二部「放鶴絵図」は、天正十三年（一五八五）、秀吉の軍門に降った元親が、一切の敗兵を取りまとめて北山（四国山脈）越えして土佐へ帰る途中、郷里の原野を望見しながら、おのれの半生を顧みて、虚しい徒労感にひたる場面描写と、信親主従ことごとく討たれた後の中津留《なかつる》 蹟《がわら》における落陽の場面描写に作者の詩人としての資質があらわれている作品だ。

「闘鶏絵図」にも元親の空しさの感慨が表出されており、作者は本編のあとがきにおいて、「亡父と軍鶏をモデルにした小説である。四国征伐の合戦で、豊臣秀吉に敗れた晩年の長宗我部元親が、軍鶏を家臣の鶏と闘わせ、自らを慰めたと設定し、『天下の夢を喪い、蹉跌《さてつ》の上にあざなわれた人生』を、戦国武将の中に、軍鶏狂いとして描いたものである」、と記している。「闘鶏絵図」を読んだ文藝評論家、吉田健一は「見事な小説である。――この小説は資料の不足が歴史の形での記述を許さない時に、それを想像力で補ふといふ歴史小説の正統に属するものである。併しそれゆえに、凡てはその補ひ方、元親の描き方に掛ってゐて、この小説ではその期待に答へて餘りあるものがある。この作者は元親が戸次川以後に軍鶏の飼育に凝ったという状況を設定し、これを戦略と戦術に望みを失った元親がもっと純粋な形での戦ひの姿を闘鶏に見出して我を忘れる情景に仕立ててゐる。それ自體、秀抜な着想である。――これ程、充実した作品をいつ又読むことが出來るだろうか。」と、「大衆文学時評」(昭和三十九年八月三十一日夕刊讀賣新聞)で絶賛している。

「落武者」は、不運で、起伏に富んだ盛親の後半生を通して、戦国武将の落魄感がとらえられている短編である。この作品は昭和三十九年に刊行された中短編集『闘鶏絵図』に収録されている。ちなみに、『闘鶏絵図』は、昭和三十九年上半期、第五十一回直木賞候補となった。この作品集について、文芸評論家の亀井勝一郎と作家の大佛次郎は、「格調のある文章、ひきしまった作風、短い文体の中に、緊密に圧縮された南国の人らしい熱情がひそめられていて人を打つ」、と評価している。

詩人、作家の宮地佐一郎は、外見はおだやかだが、内には、たぎるような情熱を秘めており、宮地文学を貫いているのは、表裏一体をなしているロマンチシズムとニヒリズムである。前者は遠祖が平家の落人といわれている母親秀恵さんの明るい南国女性の性格によるものであり、後者は郷士の家として知られた宮地家の当主であった父佐太郎さんの血につながるものであろう。評伝・史伝「長宗我部元親」と中短編「放鶴絵図」「闘鶏絵図」「落武者」には、ニヒリズムが流露しており、作者の死生観を明示している。

（文芸評論家）

本書は、一九九七年に刊行された文庫の新装版です。

人物文庫

# 長宗我部元親《ちょうそがべもとちか》

二〇〇九年二月二〇日［初版発行］

著者――宮地佐一郎《みやじさいちろう》
発行者――光行淳子
発行所――株式会社学陽書房
東京都千代田区飯田橋一-九-三　〒一〇二-〇〇七二
〈営業部〉電話＝〇三-三二六一-一一一一
FAX＝〇三-五二一一-三三〇〇
〈編集部〉電話＝〇三-三二六一-一一一二
振替＝〇〇一七〇-四-八四二四〇

フォーマットデザイン――川畑博昭
DTP組版――錦明印刷株式会社
印刷・製本――錦明印刷株式会社


定価はカバーに表示してあります。
ISBN978-4-313-75243-6　C0193

# 学陽書房人物文庫好評既刊

## 北条氏康　永岡慶之助

剛胆にして冷静沈着。知略を駆使して関東の激闘を制し、武田信玄、上杉謙信をも退け、民衆を愛し、善政を行った〝相模の獅子〟北条氏康の雄渾なる生涯を描いた傑作長編小説。

## 上杉謙信と直江兼続　永岡慶之助

数々の合戦で圧倒的強さを発揮した軍神上杉謙信。謙信の薫陶を受け、遺志を継ぎ上杉家隆昌のために激動の戦国を生きた智将直江兼続。毘沙門天の旗の下に駆け抜けた清冽なる生き様を描く。

## 黒田官兵衛　高橋和島

持ち前の智略と強靱な精神力で、数々の戦場にて天才的軍略を揮い続けた名将黒田官兵衛。信長、秀吉、竹中半兵衛との出会い、有岡城内の俘囚生活…。稀代の軍師の魅力を余すところなく描く。

## 明智光秀〈上・中・下〉　桜田晋也

「敵は本能寺にあり！」敗者ゆえに謎とされてきた出自と前半生から本能寺の変まで、大胆な発想と綿密な史料調査でその真実に迫り、全く新しい光秀像を描きだす雄渾の長編小説。

## 嶋　左近　山元泰生

筒井家を退去した左近のもとに石田三成が大いなる禄高をもって迎えたいと訪れる…。秀吉亡きあと、天下を目指す家康に対し毅然と立ち向かい、武人の美学と矜持をもって生きた激闘の生涯。